よき時を思う

宮本輝
Teru Miyamoto

集英社

よき時を思う

一

風向きにもよるが、ＪＲ中央線の東小金井駅を通過していく最後の電車の音が「くたびれた、くたびれた」と聞こえる夜がある。

そのように聞こえる夜は、三沢兵馬《みさわへいま》は、なにやかやとわずらわしいことは起こっても、世はなべてこともなしだと感じて、三歳のときから七十年近く暮らしてきた奇妙な造りの家の居間のテーブルに両肘をつき、生姜入りミルクティーを作ってゆっくりと味わう。

妻の喜和子《きわこ》は二階の寝室に十時きっかりに入ってしまう。もしまだ起きているとすれば本を読んでいるのだ。

もう一時過ぎだったが、くたびれたくたびれたが聞こえなくなると、兵馬は家から出て、高さ二メートルの頑丈な煉瓦塀に囲まれた敷地内の中央にある井戸のところに行き、他の三棟のそれぞれの窓の明かりを確かめてから、南に面した表門の分厚い板戸を閉めにいく。まだ帰っていない者は、門の左下にあるくぐり戸の鍵をあけて入ればいいのだ。鍵は三棟の借家人に一個ずつ渡してある。

だが、電車の音が遠くの耳障りな騒音にしか聞こえない夜は、兵馬は道をふたつ隔てたところにある幼稚園を包み込んでいる小さな欅《けやき》の森の近くまで行き、一本一本の木が、木にしかわからない言葉で話しているのに耳をそばだてるのだ。

木が話している内容がわかるときはほとんどない。しかし、たまにわかるときもある。

「ウニ、ヤニ、ハニ、アニ、ムニ、ギニ」

大木たちはそう言っている。意味はわからない。木と木がこすれあって、それに風の音が混じり、呪文のような言葉に聞こえるが、兵馬はそれが木の言葉だと最近わかるようになった。木だけが理解しあえる言葉だ。

雨の日と、風の冷たい冬以外は、兵馬は夜の一時前後にそうしてきた。

兵馬は、日本中にたくさんある祠《ほこら》を守るために、鎮守の杜があるのだと長いこと思ってきた。そうではなく、森を守るために祠が設けられたということを十年ほど前に知った。だから、子どもたちは森の木々を守るためにこの幼稚園に通っているのだと考えると、神経にさわる甲高い声にも苛立たなくなった。

その夜、東小金井駅の南側の商店街にある居酒屋風のスナックで遅い食事をして、中央線の高架をくぐって夜道を歩いてきた金井綾乃《かないあやの》は、金木犀の芳香に誘われていつもと違う道を三沢家へと戻ってきて、幼稚園を取り囲むようにして黒々と盛りあがっている小さな森のところで、家主の三沢兵馬がぼんやりと佇んでいるのを見た。これで二度目だった。一度目は、三沢家の四合院《しごういん》造りの家の一棟に越してきた日で、引っ越し作業を遅くまで手伝ってくれた大学時代の仲間たちに今夜行ったスナックでご馳走し、ひとりで夜道を帰って来て、欅の森のほうに曲がったとき、街路灯の明かりの下でなにやら呪文のような言葉を低い声でつぶやいている老人がいたのだ。

綾乃はびっくりして、その老人との間隔を保ちながら、逃げるように家へと帰った。表門に立ったとき、うしろから声をかけられて、老人が家主の三沢兵馬だとわかった。

「引っ越しは大変ですね」

三沢はそう言って自分の住まいのほうへと去って行った。

ヤニ、アニ、ギニって、なんなの？

そう思いながら、綾乃は外界とはまったく異なる異空間のような奇妙な屋敷の主のうしろ姿を藤棚に身を隠して見つめたのだ。

夜は人通りのほとんどない道なので、綾乃は滅多にそこは通らないのだが、勤め先の女子社員たちにつきあわされて飲めない酒を少し飲んだあと、新宿駅でばったりとかつての同僚の女性と出くわしてしまった。

同じ電車で国分寺に帰る元同僚は、東小金井駅で降りるから、少しつきあってくれと言った。離婚するかどうか迷いつづけてもう一年たつという。

大学の同期で、同い年の二十九歳だったが、さして親しい仲ではなかったし、綾乃は疲れていて早く家に帰りたかった。だが、奢るから好きなものを食べてくれという誘いについ乗ってしまったのだ。

さして親しくない綾乃に私的な悩みを打ち明けようというのだから、よほどのことであろう。役にたたなくても聞いてあげなければならないなとも思った。

離婚しようかどうかという問題に、他人が口出しできない。決めるのは本人なのだと考えながらも、綾乃は駅の南側の、これまでに二度行ったことがあるだけの居酒屋風スナックに元同僚をつれて行った。

以前食べた鯵のカルパッチョがおいしかったし、そのとき隣りの客が食べていた北欧風ミートボールのクリームソース煮というのを、いつか食べてみたいと思っていたからだ。

元同僚の話は長かった。いっこうに本題に入っていかないまま、上司の女性部長の高学歴の話題からなぜかケイマン諸島の投資会社の裏話へと移り、三か月前に夫に内緒で中絶したことまで話しだしたときには呂律《ろれつ》が廻らなくなっていた。

綾乃はタクシーを呼んでもらって、元同僚をそれに乗せ、テールランプが見えなくなるまで見送ってから、せっかくの金曜日の夜を不快にさせられた女性に心のなかで悪態をつきながら家路についたのだ。

「奢るって言ったからついて行ったのよ。六千四百円返せ。どんな夫か知らないけど、もうあいつとは終わりたい終わりたいなんて何回も言うな。夫に内緒でお腹の子を中絶するなんて、もうあんたたち夫婦は終わってんのよ。大きな風呂敷の真ん中に穴をあけて、それを頭からかぶったような服ね、だなんて余計なお世話よ。ほっとけ！　ホオズキのお化けみたいだなんて、よくも言ったたな。わたしはこの服を気に入ってるんだぞ。生まれてからきょうまで、ずーっとぽっちゃり体型のままなんだからね」

　そう胸の内で言って、夜道に落ちている木の枝を白いスニーカーで蹴ったとき、街路灯の明かりの下に家主の顔があらわれたのだ。そのうしろに黒々とした欅の巨木がうごめいていて、三沢兵馬の姿は木々に操られている幽鬼に見えた。

「ああ、綾乃さんか。いま綾乃さんは木の枝をぼくに投げつけましたか？」

と三沢兵馬は街灯の明かりでそこだけ浮き上がっているような夜道に視線を注ぎながら訊いた。

「いえ、足許に落ちてたのを蹴ったんです。投げつけたりしてません。当たりましたか？　すみません」

「いえいえ、痴漢に間違われたかと思いましてね。なかなかのナイスシュートでしたよ。ここまで飛んでる」

　三沢兵馬は道と森とのあいだに落ちている葉のついた枝を拾いあげながら言った。

「この道は暗いから、夜遅く帰ってくるときは駅の左側の東大通りをまっすぐ北へ行って、磯辺さんっていう家の前を左に曲がるほうがいいですよ。あの道がいちばん明るいですからね」

「いつもはその道なんです」

そう言いながら、綾乃は三沢兵馬と並んで森と幼稚園のある東側の道を歩きだした。綾乃はずっと「とうだいどおり」だと思っていた。この周辺には大学が多いから、東京大学のなにかの学部か研究所のようなものがあるのであろうと思い込んだのだ。東大通りは「ひがしおおどおり」と読むことを引っ越してきた三か月前に知った。

「あの磯辺さんていうおうちも広いですねえ」

と綾乃は言った。

「あそこも三百坪くらいありますからね」

「三沢さんのおうちは正確には何坪ですか？」

「三百八十坪ですね」

「えっ、そんなに広いんですか？」

「ぼくの親父が昭和二十五年に買ったんですよ。ぼくが三歳のときです。そのころは、まだこのあたりは武蔵野の丘陵の一端みたいなところで、畑と雑木林が延々とひろがってましてね。田圃はほとんどなくて、だだっぴろいいなかでしたよ。駅前のロータリーのところは植木畑がひろがってました。見渡す限り畑でしたね」

綾乃は三沢兵馬を、とっつきにくい偏屈な老人と思っていたので、今夜は少しお酒でも飲んで機嫌がいいのかなと横顔を盗み見た。だが、三沢から酒気は感じられなかった。

「植木畑ってなんですか？」

と綾乃は訊いた。

「植木用の木の苗を植えて、ある程度大きく育てるための畑です。いまもこのあたりは植木屋さんが多いでしょう？　昔はもっと多かったんです。アスファルトの道なんて一本もなかったですよ。だけど、中央線が武蔵野台地へと延びてました。もとは甲武鉄道といって、開通は明治二十二年です。開通したころは新宿、中野、武蔵境、国分寺しか駅はなかったそうですよ。東小金井駅は昭和三十九年です。ぼくが高校二年生のときです。小学生のときはまだ蒸気機関車も走ってました」

「じゃあ、都心に出るときはどうしてたんですか？」

「武蔵境駅まで歩いてました」

と三沢兵馬は答えて、話をつづけた。北大通りを渡り、住宅のあいだの道に入ると、すぐに三沢家の長い煉瓦塀が見えた。

「磯辺家は、明治のころからこのあたりの大地主だったんですが、所有地のうちの二千坪を売ることになって、四合院造りの家を建てたいっていうぼくの親父に四百坪を売ってくれたんです。朝鮮戦争の特需景気で、親父にも思いも寄らない金が入りましてね。よその国の戦争で儲けた金だ。どうせあぶく銭だ。贅沢な夢に使っちまえって思ったんだって言ってました」

綾乃は、自分が叔母夫婦から二年間だけ住んでくれと頼まれた家が、三沢家の四合院造りの家のうちの一棟だとは聞いていたし、引っ越してくる前に、「四合院造りの家」についてネットで調べたので、大雑把な知識は持っていた。

いわく、

――四合院造りとは北方中国の伝統的家屋建築。方形の中庭を囲んで、一棟三室、東西南北四棟を単位とする。道路に面した建物の壁と接続して高さ三メートル近い煉瓦塀が築かれ、南側に大門（表門）を構える。中国の華北地方以北及び西北地方に多く見られるが、とくに北京市街において建てられたものが著名である。――

――四合院の「院」とは中庭のことで、中庭を中央に設け、その真ん中に十文字の通路を作り、その東西南北の突き当たりに、それぞれ一棟ずつ建物を配置する。そのため、四合院と呼ばれるようになった。北側に設けられるのは「正房」であり、表座敷に当たり、主人夫婦が住む。そのため屋根も他の棟より高い。東側に設けられるのが「東廂房《とうしようぼう》」である。東のわきの間であり、主人の両親や長男が住む。西側に設けられるのが「西廂房」である。西のわきの間であり、次男が住む。南側に設けられるのが「倒坐房《とうざぼう》」であり、逆向きの間である。コックが住み、厨房や厠《かわや》が設けられる。これらの四棟はそれぞれ独立して建てられており、中央の十文字の通路を通らなければ訪問できない。――

他にも約束事がたくさん書かれていたが、綾乃は思い出せなかった。

「ぼくの家は、いまの時代じゃあ、まあとにかく目立つんですよ。高い頑丈な煉瓦塀だけでも、なかになにがあるんだって思わせてしまいますしねえ。この煉瓦塀にはねえ、太い鉄筋が通ってて地中に深く刺さってるんです。日本は地震が多いですからね、もし塀が倒れて歩いてる人を直撃したら大変ですからね。この家でいちばんお金がかかったのは、三百八十坪の土地を包み込んでる塀かもしれませんね。狭い日本では、無駄だらけの非合理的で風変わりな、酔狂者が建てた家としか見えないんですね。でも、ぼくの父にとっては、この四合院造りの家は、生涯の夢の家だったんですよ」

三沢兵馬は照れ笑いのようなものを浮かべて言った。

表門のくぐり戸の鍵をあけて敷地内に入るとすぐに左に歩き、中庭への丸い形の門を通って石畳の通路を中央の井戸のほうへとゆっくり歩を進めていく三沢に、

「わたしの叔父がお借りしてるのは『倒坐房』ですね」

と言いながら、綾乃は倒坐房の玄関先の藤棚の下で、布製のショルダーバッグから家の鍵を出した。

「ええ、倒坐房ですよ。でも、厠じゃありません」

うしろを振り向かないまま、三沢兵馬はそう応じて、自分の住まいである「正房」に入っていった。

綾乃は特別に造らせたのであろう木製のぶ厚い戸をあけて家に入りかけて、丸門のほうへと歩き、井戸が自分の正面のところにくる場所で立ち止まって、東廂房と西廂房を見やった。四つの建物は独立しているが、丸門のところから眺めると回廊のようにつらなって見える。

丸門は高さが二メートル半ほどで、中国の古い建物によくある細緻な彫刻の代わりに三色のタイルで紋様が描かれている。竜や蓮の花ではなく、藍色と白と朱色の抽象的な点と線だ。

円形のくぐり門の真ん中を中心として左右対称に描かれた紋様は近くからではなんなのかわからない。といって、離れて見ることはできない。その丸門は煉瓦塀のなかに設けられたもう

ひとつの煉瓦塀のなかに穿たれているからだ。外塀と内塀との間隔は二メートルほどだった。外塀の南東に表門があり、なかの内塀の中央に丸門があるので、通りからは門があいていても敷地内は見えない構造になっている。

綾乃は蓋を載せてある井戸の前に行ってみた。そこがこの家の中心部ということになる。そしてそこから十字形の石畳を眺めた。月明かりが御影石の石畳を光らせていた。表面を粗く研磨してあるのは滑りを抑えるためだとわかった。

十字形の石畳の道は、人間を誘う力を持っている触手のように四棟の家の玄関へと延びている。

井戸はいまは使われていない。というよりも、庭や花壇に水を遣るとき以外は使用禁止になっているのだ。

表門の内側に大きなヤマボウシの木が茂っている。綾乃は植物には詳しくなかったが、三沢家のヤマボウシ以上に大きくて太いのは見たことがなかった。

正房と西廂房のあいだ、正房と東廂房とのあいだには、寺の境内で茂っていそうなタブノキの大木が植えられている。

四合院造りの家では四つの木を嫌うということも、綾乃はネットで知った。「桑柳楡槐不進宅」という風水の戒めなのだ。

桑も柳も楡《にれ》もわかるが、槐がどんな木なのかはネットで調べて、なんだエンジュかと納得した。葉の落ち方が烈しくて、縁起が悪そうな木だったからだ。

塩見四郎《しおみしろう》と卯菜《うな》の夫婦が住む東廂房の南側に花壇がある。夫婦でバラを育てていて、畳四畳ほどの花壇のうち三畳分には数種類のバラが丁寧に剪定されて咲き時を待っている。いまは黄色いバラがたくさん蕾をつけていた。残りの一畳分はスミレだ。

スミレが花を咲かせるのは四月と五月なので、それ以外のときは枯れたような茎と葉が、色も大きさも異なるバラたちを引き立たせるのだという叔父さんの言葉を思い出し、綾乃は家に入った。もう二時前だった。

生涯の夢の家か……。

綾乃は三沢兵馬の言葉を思い出しながら、履物を脱ぐ広いタイル張りの玄関に立って壁を軽く叩いた。壁が厚くて空洞がないということは手の感触でわかる。

家全体がぶ厚い漆喰壁で出来ている。外壁は五年ほど前にその漆喰の上からなにか防水・防塵用の新素材を塗ったらしい。台風が関東を襲ったときに、五日間も大雨が降りつづいて、壁が少し剝がれたのだ。

だが、なかほどの部屋も下半分は薄緑色のタイル張りになっている。上半分は漆喰の柔らかな白のままだ。

引っ越してきた当座は、なんだか殺風景な部屋だなと思ったが、外の音がまったく聞こえなくて、猛暑の日でも外気の熱が遮断されるらしく、三十分ほど冷房を入れておくだけで、部屋はすっかり冷えてしまい、寝るときには切らないと寒いくらいになる。

きっと冬も、暖房はさほど長時間必要としないのであろうと予想できたので、綾乃はこの家を気にいってしまって、叔母さん夫婦がこのままタイのバンコクで暮らしつづけてくれたらいいのにと思うようになっていた。

中国の伝統建築といっても、日本風に変えたほうがいいところは融通無碍に変えてある。

玄関には造りつけの履物入れがある。中国は西洋と同じく外で履いたものを脱がずに台所や居間や寝室に入る家が多いそうだが、この四合院造りの家は、外履きと内履きとを区別して部屋を使うように造ってあるのだ。

玄関の向こうは十二畳ほどの板の間だ。正面の壁には大きな鏡が嵌め込んであり、その下に棚が設けてある。

綾乃には、なんのための板の間で、なんのための鏡と棚かわからないが、それがあるとなにかにつけて重宝ではあった。叔母さん夫婦はここをリビングに使っていた。

その板の間の左側は二部屋に分かれていて、ドアで開け閉めする。片方は風呂と洗面所とトイレで、もう片方の台所兼食堂の奥に二階への階段がある。

正面の板の間の右側は十二畳ほどの部屋二つが壁で仕切られて並んでいる。その壁も、大男が体当たりしてもびくともしないような厚さだし、ドアも驚くほど重くて頑丈だ。

漆喰の壁には、違い棚が埋め込まれていて、その棚の前部には細い溝が刻んである。なにかを吊るすならここに吊るせという溝だ。

物を吊るすために漆喰壁に釘やねじを打ち込まないでくれという家主の意思のようで、綾乃は引っ越してすぐに使い勝手のいい大きなカレンダーを壁際に立てかけるためのイーゼル型の額を買った。

重要文化財指定の家に住んでいるようなものだなと思いながら、綾乃は台所の奥の狭い階段をのぼって二階へあがると着替えの下着とスウェットパンツとTシャツを持ってすぐに階下に降りた。

綾乃の持ち物のなかでたぶんいちばん高価であろうデンマーク製のダイニングテーブルと椅子のセットは母方の祖母が遺してくれたのだ。六人掛けで、焦げ茶色の、質実剛健といったたたずまいの家具だが、祖母が買ってもう四十年以上がたつのに、どこにも緩みはなく、使い込んだテーブルの表面の傷が、歳月の価値を伝えてくれる。

綾乃はそのダイニングテーブルの横に置いてあるベージュ色のソファに腰をおろして、大きく溜息をついた。

先月買った二万二千円の特価品で、家具店に並べてあるもののなかでは最も落ち着いて見えたのだが、祖母の遺品であるダイニングテーブルと椅子のセットの横に置くと、あまりの格の差で、この四合院造りの家からすぐにも放り出さねばならないという気分になるのだ。

「水みたいにハイボールを飲むだらしない女のせいよ」

と綾乃は言った。

週末の今夜は家でやりたいことがいくつかあったのだ。まず徳子《とくこ》おばあちゃんに手紙を書く。父の母親だ。硯で墨をすり、筆に墨を含ませて、上等の和紙に文鎮を載せて、この三か月間の出来事を書く。その手紙は徳子おばあちゃんが朱を入れて送り返してくれるのだ。

──このハネには作為があります。もっと抑えて。このトメには力が見えすぎます。このカスレはこれみよがしです。この一文字は邪《よこし》まです。小手先から力を抜きなさい。上手に書こうとしてはいけません。一文字一文字が、いまその瞬間の綾乃なのです。──

筆でよくもこれほどの細い字が書けるものだと感嘆するが、その流麗な筆の流れにはもっと心打たれる。

朱色の墨での添削のあとには、あと三日で九十歳になる徳子おばあちゃんの近況がつづられている。四百字詰め原稿用紙で半分ほどの文章だ。

最近の体調のこと。読んでよかったと思える書物のこと。ちょっと心にかかっている心配事。それを読むたびに、綾乃は、徳子おばあちゃんにまったく認知症の気配すらないことを知って安心するが、それがいかに驚くべきことかを最近思い知るようになった。

しかし、補聴器なしでは会話は成立しにくい。誰かに手をつないでもらっての散歩も、億劫がるようになった。

手紙を書き終えたら、シャワーを浴びてから、録画しておいた映画を観ながら「ブガッティー」のチョコトルテを二個食べる予定だった。吉祥寺で途中下車して、井の頭公園の手前にある「ブガッティー」でケーキを買うつもりだったが、それもできなかった。

日頃は甘いものを控えているので、金曜日の夜は週に一度の解禁日なのだ。

綾乃はそれらささやかな幸福がすべて台無しになってしまい、胸に石が詰まったような気分で帰って来たが、夜道で三沢兵馬に四合院造りの家についてのレクチャーを受けたことで、機嫌がなおりつつあった。

北欧風ミートボールのクリームソース煮はおいしかったし、ガーリックトーストも絶品といってよかった。たかがガーリックトーストなのに、なぜあんなにおいしいのだろう。

綾乃はそう思いながらシャワーを浴び、歯を磨いた。そして、自分の顔を見つめた。腰にくびれはあるのに、そのくびれもぽっちゃりしている。上目遣いで相手を見る癖は相変わらずだ。これは向き合っている人をみるとき、無意識にうなだれる癖があるので、上目遣いになってしまうのだ。唇は少し厚めだが、幅が狭いので、唇を丸く尖らせているかに見える。

幼稚園児が園長先生に叱られているときのような顔だと笑った上司がいたが、まったく言い得て妙だ。

綾乃はそう思い、タオルを首に巻いて二階にあがった。廊下の奥にトイレがある。トイレの横の壁には大きな出窓があって、外堀に面している。

綾乃の寝室は六畳でベッドが真ん中に置いてある。寝室の北側はベランダ兼物干しで、そこには隣りの八畳からは行けない。寝室の鉄線の入った大きなガラス窓からだけ出入りできる。ベランダの下は一階の右側の二部屋なのだ。

二階の廊下の壁も部屋の壁も、一階と同じ色の漆喰とタイルで統一されている。

きっと他の家も同じなのだろうと思いながら、綾乃はベランダに通じる窓をあけて、網戸だけにして他の三棟を眺めた。

西廂房の北側にはタブノキと並んで芙蓉《ふよう》の木が植えてある。その芙蓉の木と西廂房のあいだには花壇があって、季節ごとに植えられる花々が見事なのだと叔母さんが言っていた。一年草をこまめに植え替える手間は大変だろう、と。

西廂房を借りている高山《たかやま》さんは、五十前後の男性で、母親と二人暮らしだ。花壇の手入れは高山さんのお母さんの仕事なのだ。高山さんがずっと独身なのか、結婚したことがあるのかどうかは、綾乃は知らなかった。

東廂房の塩見家も、西廂房の高山家も、家主である正房の三沢家も、どんな仕事で収入を得ているのか、綾乃は知らないのだ。

三沢家は家主だから、家賃収入で生活しているのであろうが、どうもそれが本業ではないような気がしていた。綾乃は、三沢兵馬が火曜日と木曜日だけ、こざっぱりとしたスーツとネクタイ姿で出かけていくのを何度も目にしていた。

ベッドに腰を降ろし、闇のなかで鈍く光る中庭を見ていると瞼が落ちて来て、気を失うように眠りに落ちていきかけたので、綾乃は慌ててガラス窓を閉め、白地に小さなバラの花々が散らしてある厚手のカーテンを引いた。

すると、部屋は繭のなかに小花が咲いている居心地のいい巣になった。

「日」という漢字一文字を毛筆で書かせて、

——縦にまっすぐの線が、これほど迷いなくきれいに書ける人に会ったのは初めてよ。——

と七歳の綾乃に言ったときの徳子おばあちゃんの低くて滑らかな声が聞こえた。「子」ではなく「人」と徳子おばあちゃんは言ったのだ。

二

ベッドサイドテーブルのデジタル時計は２０１８年10月13日　土曜日　ＡＭ10時32分という青白い文字を光らせていた。

綾乃は、午前中の予定をすべて午後に廻さなければならなくなったなと思ったが、またすぐに十分ほどまどろんだ。

このまま寝ていたら昼を過ぎてしまうと慌てて跳ね起きて、覚醒し切っていないままシャワーを浴びて髪を洗いかけたとき、きょうの四時に美容院を予約していることを思いだした。

「シャンプーしなくてもいいんだ」

とつぶやき、綾乃は自分はかなり疲れていると悟って、しばらくシャワーを浴びながら目を閉じていた。

心身がひどく疲れているときは、自分は予定を忘れてしまうのだ。三月から六か月分の財務表の作成に手間取って、上司からは叱られ、報告の遅れている営業部に督促すると機嫌を悪くされて、あちこちの部署に気を遣うことが多発したし、そのせいで残業も多かった。経理部のチームリーダーになったのだから、多くの部署との折衝の矢面に立つのは覚悟していたが、昇進してからの半年間でこれほど疲れるとは思っていなかったのだ。

「昇進といっても下から三番目になっただけよね」

シャワーの温度を下げ、湯を少し冷たいくらいに調節しながら、綾乃は声に出して言った。まったくの平社員、サブリーダー、チームリーダー、主任、課長、次長、部長。

社員数五百六十人の会社で、部長に行き着くまでに五つの役職があるのは無駄ではないかと言われるようになって三年がたつが、部長あたりから上が詰まっているので組織変革なんて実行しそうにない。

イノベーションがどうのなんて横文字が飛び交ってはいるが、創業昭和二十六年の海運会社は、古い体質のまま扱い高と社員数だけ増えた。

戦後創業の海運会社で最初に中東との航路を開いたので名は知られているし、これまで大きな事故がないので取引き相手からの信用も厚い。

社員が会社の財産だという創業者の理念は福利厚生の面だけとっても口先だけのものではないとわかる。

しかし、この十数年のうちに会社のマネージメントそのものが旧式になってしまって、無駄な人員があまりにも多いと綾乃でさえも首をかしげてしまう状況なのだ。

綾乃は、大学に入るとすぐに「経理財務研究会」というサークルに入った。文学部に入学したのに、すぐに悲惨な就職難の実態を知って、これはなにか資格を取得しないと自分のようなのろまな女は就職できないと思ったのだ。

たまたま、サークルや同好会などの勧誘ポスターが貼ってある立て看板の前で知り合ったばかりの女子学生を待っていると、経理財務研究会の会長に声をかけられた。

「四年なんて、あっというまだよ。三年後には履歴書を山ほど書いて会社回りをして、運が良ければ面接まで行かせてもらって、そこでカット。書類選考のときからもう決まってるんだ。こいつは落とす。こいつは通すって。面接は形だけ。三十社の面接を受けて落ちつづけたら、人間どうなると思う？　首を吊る。ビルから飛び降りる。電車に飛び込む。拒食症になって入院する。きみはどれがいい？　拒食症？　レールの上で挽き肉？」

綾乃はその長身の先輩学生を、幼稚園児が園長先生に叱られているような顔で見ていたはずだった。

「でも、経理財務研究会に入ったら、就職率は百パーセントなんだ。どんな会社もきみを雇うよ」

「どうしてですか？」

と綾乃は用心しながら訊いた。怪しい宗教に導くサークルではないかと思ったのだ。

「うちの研究会でみっちり勉強したら、在学中にきみは日商簿記検定の一級か二級の資格を取得できるんだ。これは公的資格だ。一級に通るかどうかは、きみの努力しだいだけどね。二級でも、就職率は百パーセントだぜ。飲み会ばっかりの、ナンパのためのサークルじゃないから、それを期待してるんならやめたほうがいいよ」

棚田《たなだ》光博《みつひろ》という四年生は、小冊子を綾乃に渡し、この公的資格の取得を目的としたサークルは他の私立大学にはないとつけ加えた。

「この大学だけなんですか？」

「うん、たぶんね。やる気があって、数字に強いやつしか入会させないんだ。きみ、名前は？」

「金井綾乃です」

「入学したばっかりだろ？　学部は？」

「文学部国文学科です」

「はあん、首吊り組だな。数字にも弱そうだな」

「数字には強いです。得意です」

綾乃は上目遣いになっている目を、さらに上に移動させて、棚田の鳥の巣のような髪を見ながら言った。パーマを当てているのか天然の癖毛なのかわからなかった。

「C棟の第12教室。来週の月曜、午後五時。やる気があったらおいでよ。入会金は三千円。体育会並みに厳しいぜ」

棚田はそう笑顔で言って、D棟への上り道のほうへと急ぎ足で去っていった。新学期の最初の日だったので、広い構内の幾筋かの道には学生たちがひしめいていた。

税理士や会計士の資格を取るのが目的のひとつなら、はじめから経済学部を受験している。わたしはただ大学というところに行きたかったのだ。大学生になって、気ままな四年間をすごしてみたかった。そのついでに、日本の古典文学を勉強する……。

それに、この大学でわたしが合格する可能性があったのは国文学科だけだったのだ。

そう思いながら、綾乃は棚田から貰った勧誘用の小冊子をめくってみたが、すぐにショルダーバッグのなかに入れた。

ただ、棚田光博という先輩学生の、ああ、ここにわたしの思い描いていた大学生がいるという印象だけは強く残った。ジーンズを穿き、グレーのTシャツの上に薄茶色のカーディガンを着ていたが、首回りや袖口の緩みは、鳥の巣のような髪型に合わせて計算しただらしなさで、綾乃には逆に清潔に見えた。

就職率百パーセントという惹句と、棚田光博に好感を抱いて、綾乃は「経理財務研究会」というサークルに入り、いつのまにかマネージャー役を押しつけられ、文学部の講義が終わると、C棟の三階に行き、喫煙室と化している狭い穴倉のような第12教室で簿記と経理の基礎から、過去の検定試験に出題された問題を解くことに多くの時間を使いつづけた。そして、四年生になるころに日商簿記検定の一級に合格したのだ。

綾乃は浴室から出て、タオルで体を拭きながら、好感を持ったといっても、棚田光博に恋愛感情があったのではないと思った。

「高校生のときに漠然と抱いた男子大学生の、わたしにとっての『あらまほしい姿』だったのよね。初めて会ったあの瞬間だけ」

と綾乃はひとりごとを言った。

古くなって外出用には着られなくなったブルーのギャザースカートを穿き、白いトレーナーを着たが、少し肌寒かったので薄手の綿のカーディガンを羽織りながら、綾乃は冷凍してあったマカロニグラタンを電子レンジに入れた。

それを解凍してからトースターで焼き目をつけていると、中庭のほうから塩見卯菜の声が聞こえた。

「ゴン、金井さんに来てもらうだけでいいのよ。来てくださいって伝えるだけでいいの」

二階のベランダの大窓は閉まっている。一階のどの窓も開けていない。それなのになぜ中庭の塩見さんの声が聞こえるのだろう。

綾乃は不審に思いながら、玄関へ行きドアをあけた。正しくは権太夫だが、いつもゴンと呼ばれているオスのフレンチブルドッグが藤棚の下に坐って、上目遣いで綾乃を見ていた。

気づかないでいると、ゴンはやがて近づいてきて、ドアの前で寝そべり、吠えるでもなく、ドアを前脚でひっかくでもなく、そのうち出てくるだろうといった顔つきで根気よく待ちつづけるのだ。

東廂房の二階のベランダで洗濯物を干していた塩見卯菜が笑いながら、小諸の父が桃を二十個も送ってきたので、三つほど貰ってくれないかと言った。

「桃？　まだ桃があるんですか？」

「うちのお父さんの桃は晩生《おくて》なのよ。十月の初めに熟してくるの」

綾乃は台所に戻り、トースターからグラタンの皿を出しておいて、東廂房の玄関へ行った。

「三日ぐらい置いといたらいちばんおいしい瞬間が来るわよ」

そう言いながら、塩見卯菜は竹籠ごと三つの桃を綾乃に渡し、もうひとつの竹籠に四つの桃を入れて正房の三沢家へと歩いて行った。

花壇の縁に腰掛けて、綾乃は曇り空を見やり、洗濯はあしたにしようと思った。ネットの天気予報では、あしたは洗濯日和という表示が出ていたからだ。

三沢家の玄関から家のなかへ入ると、ドアがあいていても塩見卯菜の姿は見えなくなる。玄関先の廂《ひさし》が長いので、夏でも光が届かないのだ。

卯菜さんの実家の庭には桃の木が植えてあるのかな。わたしの近江八幡市の実家の庭にはいちじくの木があったが、家を改築するとき菜園用に借りていた畑に植え替えた。わたしが大学を卒業した年だ。木は枯れずに根付いたが、それ以来、実をつけなくなった。

実家のいちじくは秋に実をつける品種だったようで、夏のいちじくよりも小ぶりだが甘味は強くて、毎年、徳子おばあちゃんがそれをジャムにすることになっていた。

いまごろだ。ちょうど金木犀が咲くころに、瓶詰にしたいちじくのジャムを徳子おばあちゃんが孫たちに一壜ずつ手渡してくれたのだ。

「木を植え替えるのは賭けやからなあ」

と父は残念がったが、家を改築するにはいちじくの木を抜くしかなかったのだ。

「また実がつくようになるよ。そのとき、わたしが生きてるかどうかわからんけど」

と徳子おばあちゃんは菜園に行くたびに言うらしい。

ことしこそ、滋賀県近江八幡市武佐町《むさちょう》の、かつての中山道の宿場町から西へ少しいったところにある実家に帰省しなければならない。去年は暮れから友人たちとのスキー旅行に行くはめになって帰れなかった。徳子おばあちゃんに会っておかないと後悔する。

そう考えながら、綾乃はゴンを探した。どこへ行ったのだろう。ゴンは塩見夫妻のどちらかにリードを引かれなければ煉瓦塀の外には出ないのだ。そのようにしつけたのではなく、いつのまにかそうなったのだと卯菜さんが言っていた。

綾乃は花壇の裏や井戸の西側を探したが、ゴンの姿はなかった。三沢夫人の長話から解放されて塩見卯菜が石畳の道を戻ってきた。

「卯菜さんのご実家の桃の木は何個くらい実をつけるんですか？」

と綾乃は訊いた。

「何個？」

「あ、何十個かって訊くべきですよね」

「さあ、わからないわねえ。五十五本あるから」

綾乃は、えっ？　と訊き返した。

「うちは桃農家なのよ」

「ああ、そうなんですか」

綾乃は、間抜けな質問をしたと思い、礼を言って倒坐房の台所兼食堂へ戻った。

紅茶を淹れて、グラタンを食べ始めたとき、足の指先に柔らかくて生暖かいものが触れた。

悲鳴をあげて脚を縮め、テーブルの下を覗くとゴンが舌を半分ほど出して綾乃を見ていた。

「あんた、どっから入ったの？」

玄関のドアを閉めたつもりだったが、わずかにあいていたのだろうと思い、綾乃はグラタンを急いで食べた。

先週の日曜日に、ベシャメルソースを作り、マカロニを茹でてタマネギとベーコンを炒め、ソースとそれをグラタン皿に入れてラップで包んで冷凍庫に保存しておいたのだ。六食分を作ったので、冷凍庫はもう満杯だった。週に二回食べても三週間はもつという計算だった。

マカロニとタマネギをフォークに突き刺し、グラタン皿に残ったベシャメルソースにからめていると、テーブルの下から出て綾乃の横に場所を移したゴンと目が合った。

「お腹すいてんの？　でも、ゴンにはなにも食べさせないでくれって、きみのママに言われてるのよ」

そう言って、綾乃はゴンの頭を撫でて、最後のマカロニを口に入れた。

がっかりした表情も浮かべず、ゴンは綾乃をただ見つめつづけるばかりで、なにを訴えたいのかわからなかった。

「わたし、ゴンちゃんの声を聞いたことがないわ。鳴きもしない、くんくん甘える声も出さない。怒りもしない。きみ、なにか悩みでもあるの？　一日中、しょんぼりしてるじゃん。ま、そういう顔なのかな」

ゴンにそう語りかけながら、綾乃はフォークや皿を洗った。

流しの周りを布巾で拭き、うしろを振り返ると、相変わらずゴンは綾乃を上目遣いで見ていた。

「その目、やめてくれない？　なんだか哀れを誘うのよ。きみは権太夫っていう海賊の親分みたいな名を持つ血統書付きの名犬なんだぞ。こら、権太夫、しっかりしろ」

そう言った途端、ゴンは目の光を強め、短い尾を烈しく振り、舌を長く伸ばして、後脚で立ち上がって綾乃にむしゃぶりついてきた。

荒い息遣いと鼻から洩れる甘え声は、綾乃をたじろがせたが、ゴンは尻を向け、綾乃の抱擁を求めて身も世もあらぬという喜びを示した。

「どうしたの？」

そう言いながら、綾乃はフローリングの床に膝をつき、ゴンの全身を撫でた。

ゴンを呼ぶ卯菜さんの声がまた聞こえた。綾乃は、どこかの窓があいてるんだと思いながらゴンを抱き上げた。

「重い。きみとおんなじ大きさの石よりもきみの肉体は重いよ」

そう言って、綾乃は玄関を出ると、ゴンをそっと石畳の上に降ろして、

「ここにいますよ」

と卯菜さんに言った。ゴンは飼い主のもとへと走って行った。

「あいつ、走れるんだ」

綾乃はゴンの滑稽なうしろ姿を見ながら小声で言い、家のなかに戻ると、一階の各部屋の窓を調べた。

板の間の右側の、叔母さん夫婦の寝室だった部屋の大窓が三十センチほどあいていた。

この部屋に入ったのは今週の日曜日だ。そのとき空気を入れ替えて、大窓を少しあけたまま

にしたのだが、閉め忘れたらしい。カーテンは閉めた記憶がある。ということは一週間も大窓があいたままだったのだ。

綾乃はそう思い、家中の窓をいったんあけてしまって、新鮮な空気を入れて、やっぱりその間に洗濯をしようと決めた。

なんでも、やろうと思ったときにやっておかないと生活に芯がなくなる。わたしの取り柄は芯の強さなのだ。やるべきことを後回しにしないというのは、東京暮らしを始めたときに自分で自分に課した三つの約束事のひとつだ。

徳子おばあちゃんがわたしの書を褒めたことは一度きりだ。七歳のときの、縦の線の美しさだ。それきり褒め言葉は使わなかったが、中学生のときに、綾乃の書体は芯が強い、と評した。わたしはいまでもそれを褒め言葉だったと思っている。徳子おばあちゃんはそのあとで、わたしの筆に墨を含ませ、微笑みながら、

——をとこぎみはとく起きたまひて　をんなぎみはさらに起きたまはぬ朝《あした》あり——

と半紙に書いた。男君、女君を、徳子おばあちゃんは平仮名で書き、朝には『あした』とふりがなも加えてくれたのだ。

わたしは、なんのことだろうと徳子おばあちゃんの微笑を見つめた。

源氏物語の一節だと徳子おばあちゃんは言った。紫の上が源氏の君と結ばれたことをそれとなく表現したのだ、と。

まだ中学一年生だったが、結ばれるという言葉の意味が、わたしははっきりとわかった。

徳子おばあちゃんは、この一節が源氏物語のどこにあるのかを見つけたら端渓の硯をあげると言った。

ただの端渓の硯ではない。縦が三十センチ、横が二十二、三センチ、厚さ三センチほどの、赤銅色の滑らかな石で作られた硯で、「海」も「縁《ふち》」もない。平板な板状の硯なのだが、水滴から垂らした水も、擦った墨も硯からこぼれない。表面張力によるものではなく、石そのものに吸着力があるとしか思えない。

徳子おばあちゃんは、この端渓を持っているのは、わたしが知るかぎりでは日本では三人だけだと言った。

この石はもう中国にもないのだ。北京の文房四宝の名店「栄宝斎」にも上海の「朶雲軒」にもないだろう。さあ、源氏物語のなかから、この一節を探しなさい。

あの端渓がわたしのものになる？　本当だろうか。国宝級の硯だと父も言っていた。あれが貰えるの？

わたしは体中が熱くなって、図書館で源氏物語を借りてきたが、七、八ページ読んだところで降参した。

「あんなの読まれへんわ。意味がわかれへん」

徳子おばあちゃんに言うと、いま読まなくてもいい、読めるようになってからでいいのだという言葉が返ってきた。

だが、そのときの約束を徳子おばあちゃんは忘れてしまったのかもしれない。

わたしは、あのとき徳子おばあちゃんが半紙に書いた一節を二階の文机《ふづくえ》の抽斗《ひきだし》に大事にしまってある。神経がささくれだって眠れない夜は、徳子おばあちゃんが書いたあの一節を心のなかで現代文に置き換えながら臨書する。

――源氏の君はとても早く起きていらっしゃったのに、紫の上はなかなか起きていらっしゃらない朝がございました。――

徳子おばあちゃんの字を忠実に真似て書いているうちに体中の刺が落ちていくのを感じて、指先も暖かくなってくる。すると、ベッドに入ってもすぐに眠れるのだ。

わたしが十三歳のときは二〇〇二年、平成十四年。十六年前だから、徳子おばあちゃんは七十四歳。

十六歳のときに京都大学の学生だった青年と結婚した。その青年の出征が決まったからだ。昭和二十年の三月だった。結婚生活はたったの二週間だった。若い夫は海軍技官として出征し、七月末に沖縄に近い海域のどこかで乗っていた巡洋艦とともに撃沈されて帰ってこなかった。端渓の硯は、徳子おばあちゃんの最初の夫の父から譲られたものだったという。

徳子おばあちゃんは、その後、婚家の援助を受けて京都青年師範学校で学び、小学校の教師となった。師範学校は戦後の学校制度改革で昭和二十四年に京都学芸大学のなかに組み入れられたのだ。

教師の資格を得ると婚家を出て大津の実家に戻り金井健次郎《けんじろう》と再婚した。それ以後、一男二女を産んで育てながら小学校の教師として定年まで働いたのだ。

なぜ、出征が決まった青年と結婚したのであろう。夫の戦死後、なぜ数年間も婚家にとどまったのであろう。徳子おばあちゃんに訊いてみたいのだが、訊いてはいけないような気がして触れないでいる。

綾乃は、家中の窓をあけ、洗濯機を廻し、すべての部屋に掃除機をかけ、板の間をモップで拭いた。

それから窓を閉め、洗濯物を干し終えて、台所兼食堂のソファでひと息ついたときには三時半になっていた。

紅茶を飲みたかったが、予約してある東小金井駅の南側の美容院に行くために外塀と内塀のあいだに置いてある自転車に乗った。

シャンプーとカットをして、四合院造りの家に帰って来たら六時前だった。

まったく空腹を感じなかったので、綾乃はミルクティーを作って飲み、二階の寝室の文机から木箱を持って来て、蓋をあけた。そこには綾乃の文房四宝が入っている。

硯、墨、筆、紙。どれも綾乃が大学を卒業してタカラ海運株式会社に就職してから買ったものだ。高価なものはひとつもない。

暗藍色の黒色硬質粘板岩で、縦が十センチ、横が八・七センチ、厚さ一・七センチのこぢんまりとした硯。いたち毛のかな筆三本。三分の一ほどに減った油煙墨。機械漉きの甲州半紙。

これが四宝。

付属の道具として、高岡鉄器の亀甲紋が浮き出た文鎮。八角形の陶器の水滴。裏と表に幅の異なる黒い罫線がある緑色のフェルトの下敷き。

このなかでいちばん高かったのは硯だが、五千二百円だった。その次が墨で、四千円。筆は一本二千円ほど。文鎮は三千六百円。水滴は六百円。半紙は二百枚が千二百円。

綾乃は、冷めたミルクティーのカップを両手で包むようにして持ち、最も高価なものは文机の抽斗にあると思った。北京の栄宝斎製の便箋だ。栄宝斎のことを調べていたら、日本の文具店が便箋をネット販売していたので買ったのだ。

朱色の罫線が美しい。左隅に「栄宝斎」と印字されている。一枚三百円だった。三十枚買ったから九千円だ。まだ一枚も使っていない。

綾乃は水滴に水を入れ、先にそれだけを二階の寝室に持って行くと、文机の上のノートパソコンと三冊の本を床に移し、それからまた階下に降りて、硯や筆などを木箱にしまい、文机の上に戻した。

綾乃にとっては、この一連の動作が精神統一のための大事な流れなのだ。

「あ、座布団を忘れた」

と言って、綾乃は台所兼食堂に戻った。

「わたしのルーティンが乱れたよね」

そうつぶやきながら、綾乃は階段を上がり、座布団を文机の前に置いて正座すると、薄緑色のタイル壁を見つめた。

「一筆したためまいらせそろ、なんて書いたら、徳子おばあちゃん、笑ってむせちゃうよね」

綾乃はそうひとりごとを言いながら、水滴の水を硯に垂らし、背を伸ばして墨をすった。一文字一文字が、その瞬間のわたしなのだ。隠しても隠しようがない。つくろってもつくろいようがない。

自分にそう言い聞かせて、便箋を文鎮で押さえると、綾乃は筆の穂先に墨を含ませた。

——徳子おばあちゃん、九十歳のお誕生日、おめでとうございます。お元気ですか。わたしの周りで、きょう、金木犀の香がただよいました。武佐の秋を思い出しています。

わたしは相変わらず数字に取り囲まれた日々ですが、会社のなかで動いているその数字がとても雄弁なことに気づくようになりました。世の中の動きについて雄弁に語りかけてくるという意味です。——

そこまで書いて、綾乃はまた筆に墨を含ませながら大きく息を吸った。それから自分の書いた筆文字を見つめた。

「やっぱり凄い紙よねえ。障子紙とは違うよね。栄宝斎の便箋なんだもんね。かすれの部分に味があるけど、字が窮屈だわ。試し書きなしに書いたからね。書き直そうかな」

綾乃は、いま書いたのを床に置いた。

「でも、一枚三百円の便箋だよ。駅前の喫茶店でコーヒーが飲めるもんね」

一枚目のはそのまま使うことにして、綾乃は二枚目の便箋をフェルトの下敷きに置き、文鎮で押さえた。

——素敵な男性にときおり出会いますが、みな結婚が決まっているか、家庭があるかで、いまのところ、わたしには浮いた話はぜんぜんありません。仕事、仕事の毎日です。

ことしの年末は必ず武佐に帰省して、徳子おばあちゃんにわたしの相変わらずのぽっちゃり体型をお見せします。

徳子おばあちゃんが一日でも長生きできますようにと、そればかりを祈っています。博志《ひろし》叔父さんに頼まれて住むようになった四合院造りの家にも慣れました。回廊なんかないのに、まぼろしの回廊に取り囲まれているような、静まり返った心持ちにひきずり込んでくれる家が、とても気にいりました。広い中庭にはいつも花がたくさん咲いています。

徳子おばあちゃんが風邪をひきませんように。転んで怪我をしませんように。かしこ。——

書き終えてから、綾乃は文机の抽斗にしまってある小野道風《おののみちかぜ》が書いたとされる古今和歌集を出した。臨書のための手本書だった。

楷書の基礎をひととおり習ったら、次は行書へ進むのだが、まだ中学二年生の綾乃に、徳子おばあちゃんは王羲之《おうぎし》の「蘭亭序《らんていじょ》」と顔真卿《がんしんけい》の「祭姪文稿《さいてつぶんこう》」を与えたのだ。

臨書とは自分が模範とする書を正確に模写することだが、ただ写すのではない。その人がその字を書いたときの心の状態までを模写するのだ。

そんなことはできないと綾乃は思ったが、臨書をつづけているうちに、「色」という一字のなかの点画が、やはり心というものによってつながっていくことがわかってきた。

「筆の穂先がつねに線の中心になるようにって心がけるのよ」

徳子おばあちゃんは、それ以外の注意は与えなかった。

たくさんある臨書用の手本のなかに、小野道風の古今和歌集があり、綾乃はその字が好きになった。角のない丸みを帯びた字は、小筆の穂先だけで書かれているのに、さまざまなふくらみのある雲がゆっくりと動いているかのようで、綾乃は自分もこんな字が書けるようになりたいと思った。

それを徳子おばあちゃんに言うと、王羲之の「蘭亭序」も顔真卿の「祭姪文稿」も片づけてしまって、

「じゃあ、これからは小野道風の書を徹底的に臨書しなさい」

と微笑みながら言ったのだ。

和歌だから仮名文字も混じっているので、綾乃の仮名文字の師匠も小野道風だ。

仮名文字は藤原行成の書が多いが、繊細過ぎて、綾乃はあまり好きではなかった。

徳子おばあちゃんから貰った仮名文字臨書の手本書のなかに、ひとりだけ好きな書家の字があって「いろはにほへとちりぬるを」の四十七文字が書かれてある。だが、その書家の名はわからない。その手本書のどこにも書かれていないのだ。徳子おばあちゃんも知らないという。

男とも女とも判別のつかない書体だが、中性的かというとそうでもない。見えない筆脈さえもふくよかで、綾乃にとってはただただ美しいのだ。

綾乃は書き終えた手紙の墨が乾くのを待ちながら、徳子おばあちゃんが十六歳のときに手にしたという仮名文字臨書の手本書をめくった。もう四隅が擦り減ってしまって、表紙の字はかすれて読めなくなっている。奥付には京都の美術出版社の名と発行年月日が印刷されていた。

京都精美社　発行　昭和十三年五月一日

もう何千回も見たであろう四十七文字のひらがなは、小野道風の漢字と合う。真似たのではないことは書体で明らかなのに、どこか共通したものがある。

一文字は縦が十二ミリくらい、横が十ミリくらい。字によって縦横の配分は異なるが、綾乃は忠実に臨書をつづけたので、いまでは綾乃自身の字も自然にその大きさになってしまった。

綾乃は、甲州半紙を出し、いろは四十七文字を書いた。それから新しい紙に、ひらがなだけで「としたけて　またこゆべしとおもひきや　いのちなりけり　さやのなかやま」と西行の歌を書き、漆喰壁にテープで貼った。

「あ、いい書が書けちゃった。最近のわたしの書のなかではいちばんいいな」

そう言って、綾乃は、これも徳子おばあちゃんへの手紙のなかに入れようと思った。

中庭の井戸から、モーターで水をくみ上げるにわか雨のような音が聞こえた。三沢さんが水撒きを始めたのだなと思いながら、綾乃は抽斗から四つに折り畳んだ美濃手漉き紙を出した。徳子おばあちゃんが小筆で書いた『をとこぎみはとく起きたまひて』の一節が文机を覆った。

「いつ見ても、いいなあ。どうしたら、こんな字が書けるのかしら。奇をてらってもいない。上手に書こうともしてない。といって、いい加減に書いてもいない。でも、筆の穂先はつねに線の真ん中にある。ゆるぎなく、そこにある。その穂先の先端から、情緒の精髄が夥しい枝葉を広げてる。魔法のような字だよねえ」

綾乃はひとりごとを言いながら、墨を擦り、新しい紙に、『情緒の精髄が　魔法のように枝

葉をひろげて　わたしをつつむ』と書いた。

情緒の精髄という言葉の硬さが気にいらなくて、綾乃は、もっと簡単でわかりやすい言葉はないかと長いこと考えた。先端に如雨露状の注ぎ口の付いたホースから出る水の音が、この四合院造りの家のなかだけに降る雨に聞こえた。

『雨音と　いちじくの実が　わたしをほどく』

いくつかの言葉を足したり引いたりして、綾乃はそう書いたが、

「つまらない俳句に堕ちた」

と言って、苦笑しながらそれを破り捨てた。

徳子おばあちゃんの書いたものがたくさん武佐の家の長持に眠っている。しかし、徳子おばあちゃんは書家ではない。書道家たちの展覧会に出品したこともないし、書の好事家たちと交わったこともない。書が好きだから書きつづけてきただけなのだ。いつも、書家の字がいちばん嫌いだと言っている。

わたしには才がないと言って、短歌も俳句も作らない。気にいった文章を目にすると、それを書き写すだけだが、その数は数百枚に及ぶ。主に小説の一節が多かった。

徳子おばあちゃんが大事に取っておいたのではない。

「徳子さんの書は、捨てたらあかんで。いずれ宝物になるで」

と誰かが言ったそうだ。

それを別の人から聞いた母が、そんなたいそうなものかと思いながら、なにも入っていなか

った長持に無造作にしまってきたのだが、そのことを徳子おばあちゃんは知らないのだ。もし知ったら、機嫌を悪くして、すべてを処分してしまうだろう。

綾乃は高校三年生のとき、そう考えて、長持を自分の部屋の押し入れに隠したのだ。綾乃にとっては、臨書の最も大切な手本だったからだ。

綾乃は手紙を封筒にしまい、銀座のデパートで買っておいたゲランの香水とバースデーカードとを一緒に美しい紙袋に入れると、歩いて駅近くにある宅配便屋に行った。

誕生日のお祝いになにがいいかと電話で訊くと、徳子おばあちゃんの口から思いがけない言葉が返ってきた。

「ゲランの香水で『ランスタン・ド・ゲラン』ちゅうのがええね。九十歳になったら、その香水をつけようと思うてたんや。アクア　アレゴリアのローザロッサは八十代で卒業です」

「ほんまに使う？　飾っとくだけやったら勿体ないわ」

綾乃の言葉に、

「使う、使う、ほんまに使う。ランスタン・ド・ゲランを使い切るまでは死ねへん」

徳子おばあちゃんは笑いながら言ったのだ。そのあと、香水が届いたら、いいものを送ってあげると、幾分改まった口調でつけ加えた。

端渓の硯だ。あの赤銅色の端渓をわたしにくれるのだ。綾乃はなんの根拠もなく確信したが、ゲランの香水と手紙を宅配便屋に渡してしまうと、いったいわたしはどうしてそんな思い込みをしてしまったのかと一種の失望に似た感情に襲われた。

あの端渓の硯は、たぶん十二年前に徳子おばあちゃんは手放してしまったはずだ。どこの誰に売ったのかわからないし、そのお金がなにに使われたのかも知らない。いくらで売れたのかもわからない。

わたしにくれるはずだった端渓だが、あのころは父の商売が傾いて、せっかく改築した家を売らなければならない事態になっていたから、徳子おばあちゃんはきっと武佐の家を守るために、あの国宝級の端渓を売ったにちがいないのだ。

わたしには分不相応な硯だから、残念にはちがいないがさほどの落胆はない。徳子おばあちゃんだって売りたくはなかったはずだ。

綾乃はそう思い、駅の南側のスーパーで作り置きのシチュー用の牛肉と野菜を買って帰路についた。途中、なんどか振り返って高架上の東小金井駅を見た。電車がホームに近づくと視界に武蔵野台地の風景が大きく広がるのは、駅周辺に高いビルがないからだと、初めて気づいた。

どうしてこんなことにいままで気づかなかったのだろうと思いながら、綾乃は首を伸ばして駅の周りの建物を眺めつづけたが、じっくり煮込んだビーフシチューを作らなければと我に返り、口のなかにたくさん餌を貯め込んで居心地のいい巣に帰るリスのような気分で四合院造りの倒坐房へと歩きだした。小粒な雨が降ってきた。

三

ちょうど一週間後の土曜日、十月二十日の午後、綾乃が洗濯物を干していると、高山さんのお母さんが西廂房の物干し台に出て来た。顔を合わせるのは二十日ぶりくらいだったので、

「おひさしぶりです」

と綾乃は声をかけた。

「ほんとにおひさしぶりね。息子につきそって二十日間の旅をして、きのうの夜遅くに帰ってきたんですよ」

と高山佐久江《さくえ》は言った。

「二十日間もですか？」

五十前後の息子と二十日間もの旅なんて、いったいどこへ行っていたのか知りたかったが、あまり立ち入ってはいけないと思い、

「この家の芙蓉もそろそろ終わりですね」

と言って、倒坐房のなかに入りかけたとき、丸門から宅配便の配達員が入ってきた。判子をお願いしますと言って、また丸門から表へ出て行った。

綾乃が判子を持って玄関で待っていると、配達員は大きな段ボール箱を大事そうに持ってやって来て、重いから気をつけてくださいと笑顔で言い、板の間に置いてくれた。

差出人は金井徳子だった。

ゲランの香水のお返しに、いい物をあげると言ったが、それが届いたのだと思い、綾乃は段ボール箱をリビングに運ぼうとした。

「うわっ」

と声をあげて持ち上げるのをやめ、綾乃はよほど気をつけなければぎっくり腰になりかねない重さに驚きつつも、首筋に鳥肌が立ってきた。

箱の大きさに比して中身が重すぎる。この重さには記憶がある。でも、そんなはずはない。あの端渓の硯は売ってしまって、もはや他人のものになったのだから。

そう考えながら、綾乃はその場で梱包を解いていった。

黄色い布に包まれた物体は、さらに古い毛布に包まれていて、その毛布を取るとプチ、プチと潰したくなる緩衝材が幾重にも巻きついていた。

綾乃は、毛布を取ると大きさが半減した中身を膝の上に置き、緩衝材を外していった。

焦げ茶色の木の箱があらわれたとき、綾乃は冷や汗で濡れた掌をジーンズの膝のところで拭き、しばらく古く朽ちたような硯箱を見つめた。

「絶対売ったはずなのに、どうしてこれがここにあるの？　徳子おばあちゃんは、わたしのために買い戻したんだ。きっとそうよ。徳子おばあちゃんならやりかねないよ」

綾乃は胸の内でつぶやき、両手で硯箱を持つとリビングのダイニングテーブルに運んだ。

上蓋と下箱がぴったり吸い付くように合わさっている。名人の木地師の細工でなければ、この緩みのない密着を何百年も維持できない。

綾乃は、もしかしたら中身はあの端渓に似た別の物かもしれないと思いながら蓋をあけた。

浦島太郎のお伽話が一瞬思い浮かんだ。

綾乃は端渓の赤銅色の大きな硯を見つめ、左端の、上から二センチのところにある三ミリほどの欠けを指先で撫でながら、止めていた息を大きく長く吐き出した。

「あの端渓や。徳子おばあちゃんの端渓や」

綾乃は声に出して言い、上蓋をかぶせると硯を二階の寝室の文机に運んだ。黄色い布の上に封書があったことを思いだし、綾乃は階段を駆け降りて板の間に行くと、裏に「徳子」とだけ書いてある筆文字を見て、封書を手にまた二階の文机の前に駆け戻った。

――ランスタン・ド・ゲラン、拝受いたしました。ありがとうございます。七つのとき、大病をしました。こどもごころにも、いまこれから死ぬのだと思いました。生きたいと思いました。十六のときにも死のうと決めて短刀を手に坐りましたが、生きることを選びました。

九十歳になって孫の綾乃が贈ってくれたゲランの香水を胸にぽつんとつける日がくるとは思いませんでした。

つけて寝て、朝、目がさめたとき、起きるのが恥ずかしくて、さらに起きたまはぬ朝となりました。よき時を思いました。幾重にもお礼申し上げます。かしこ――

四

　ほとんど定時に仕事を終えて、綾乃はＪＲ飯田橋駅から電車に乗って吉祥寺駅で降りると井の頭公園の手前にある「ブガッティー」でチョコトルテを三個買った。代金を払ったとき、母の玉枝《たまえ》から電話がかかってきた。

「まだ会社？」

　と母は訊いた。

「きょうは仕事は終わったよ。いま帰り道。なにかあったん？」

　いやな予感がして、綾乃はチョコトルテの入った紙箱を持つと、急いで小さな洋菓子店から出た。母はよほどの急用でなければ、まだ仕事中かもしれない娘に電話をかけてくる人ではないからだ。

「急だけど、あした帰ってこれん？」

「なんで？」

「おばあちゃんがねえ」

「なんかあったん？」

「九十歳の記念に晩餐会をやるって言うんや。そのことで綾乃に相談したいことがあるって」

「誕生日の夜に、お祝いをしたんやろ？」

「ささやかに家族だけでな。お赤飯を炊いて、おばあちゃんの好物のタンシチューを三日がかりで作って。タンのええのがなかったから、わたし、京都の錦市場まで買いに行ったんやで。そやけど、どうも気にいらんらしいねん」

悪いしらせではなかったので、綾乃は肩の力を抜き、吉祥寺駅へと歩きだした。

「なんぼ健啖でも、九十歳になったらタンシチューは重いわ。芋棒にしたらよかったのに。海老芋、もう出てるやろ？　棒鱈も松本さんとこやったら売ってるで」

徳子おばあちゃんは芋棒も好きで、元日の夜には必ず食べるのだ。海老芋も棒鱈も炊き方が難しくて、金井家で上手に炊けるのは徳子おばあちゃんだけだった。

「きゅうにそんな駄々をこねて、あんたらに会いたいんやと思うねん。さっき、喜明《よしあき》に電話したら、しょうがないなあって舌打ちしたけど、夫婦で来てくれることになったんや。春明《はるあき》も来るし、鈴香《すずか》も来るって。あんたが来たら、全員揃うねんけど」

「あの自分さえよかったらええ春明も来るのん？」

「意外にあっさりと、うん、行くって」

父陽次郎《ようじろう》六十歳、母玉枝五十七歳、長男喜明三十二歳、長女綾乃二十九歳、次女鈴香二十六歳、次男春明二十四歳。

綾乃のなかに金井家の系図が浮かんだ。系図には父の兄弟姉妹、母の兄弟姉妹も入れるべきだが、綾乃の頭のなかにある系図には徳子おばあちゃんの父母と兄弟姉妹までが書かれてある。

正月に帰省するつもりだったが、それとは別に、武佐の家に帰ってもいいと思ったし、徳子おばあちゃんがなにを考えているのかを知りたかったので、綾乃は了解して電話を切った。

喜明にいちゃんは九州の福岡に住んでいる。鈴香は甲子園球場の近くの大きな病院で看護師をしていて寮生活だ。春明は大阪で、なにやら怪しい商売をしている。名刺にはＫ２商会取締役社長と刷ってあるが、どんなことをする会社なのかわからない。

みんな、時間をやりくりして武佐の家に集まるのは、徳子おばあちゃんの求めに、いつもと違うなにかを感じたのであろう。

綾乃は東小金井駅で降りて、スーパーでバゲットと幾種類かの野菜を買い、東大通りを北へと歩きながらそう思ったとき、武佐の家から歩いて三分の近江鉄道八日市線武佐駅から聞こえる踏切の音を聞きたくてたまらなくなってきた。

三沢家の倒坐房に帰り、普段着に着替えて、冷凍してあったビーフシチューとバゲットと野菜サラダで夕食を済ませたころ、また母から電話がかかってきた。

「晩餐会は、京都の白川の畔の日本料理店を貸し切りで、フレンチのフルコースやそうやねん。支払いはもう済んでるそうや。シャンペンはドン・ペリニヨンのなんとかという銘柄で、白ワインは二種。赤ワインは一九〇〇何年物やったかなあ……。シャトー・マルゴー」

メモを見ながら話しているらしい母は、

「わたしらだけやのうて、お客さんが二人いてるねん。男性はタキシード。女性はイブニングドレス着用のこと」

とつづけた。

「えっ！　嘘やろ？　冗談言うてんねんやろ？」

綾乃の問いに、

「わたしもおばあちゃんにおんなじ言葉を返したわ」

と母は言った。

「そんなことせなあかんのやったら、俺は行けへんて春明が言うてますって伝えたら、ほなこんでもよろしいって。つめたーく突き離すような言い方やったでって春明に伝えたら、よーし、俺はレンタルショップでタキシードを借りて行くって。それを喜明に伝えたら、絶句してたわ」

綾乃は電話を切ると慌てて二階にあがった。去年の秋からことしの春にかけて、社の先輩や後輩の結婚式がつづいたので、そのための服を買ったのだ。隣室の作りつけの洋簞笥のなかからその服を出し、

「これじゃだめってこと？」

と綾乃は声に出して言った。

帰宅してすぐに寝室の暖房を入れたので、もう消してもいいくらいに暖まっているはずだった。

綾乃はクリーニング店のビニール袋に包まれたままのドレスを持って寝室へ移り、文机の上に置いた端渓の硯と、徳子おばあちゃんからの手紙を見つめた。

筆でしたためられたその手紙を封筒から出さなくても、全文を諳んじられるほど何回も読ん

だのだ。そのなかの、

——十六のときにも死のうと決めて短刀を手に坐りましたが、生きることを選びました。——

という一節は、ああ、最初の夫が戦死したとき、十六歳の徳子おばあちゃんは自分も死のうとしたのだなと思っただけだったが、日がたつにつれて、そのときの徳子おばあちゃんの姿が浮かんでくるようになったのだ。

まもなく敗戦を迎えることになる日本がどのような状況にあったのか、綾乃は知らないのだが、当時でも包丁ではなく短刀というものが各家庭にあったとは思えなかった。

短刀にも男用と女用があったとネットで調べて知った。十六歳の徳子おばあちゃんの嫁ぎ先は懐剣というものがある家だったのだ。

女が自害するときには先に身を清めるらしいから、徳子おばあちゃんもきっとそうしたのだろう。そして清潔な衣類に着替えて、誰もいない静かな部屋に入り、畳に正座したのだ。

綾乃は、十六の徳子おばあちゃんが障子を透かせて夕日が射し込んでいる和室に正座する姿を思い描いた。

板の間だったのかもしれないのだが、古式に則って自害する女には張り替えた畳の藺草《いぐさ》の匂いが漂う部屋がふさわしかったのだ。

覚悟はできている。あとは急所を外さないようにして喉をためらわずに突くだけだ。

徳子おばあちゃんは懐剣の鞘から短刀を抜き、鞘を膝の前に置き、短刀の柄を両手で握り、喉に深く突き刺したあと、掌で短刀の峰を横に押してとどめをさす。

だが、できなかった。生きることを選んだから？　いや、十六だからこそ、あの徳子おばあちゃんなら短刀を喉に突き刺せたはずだ。死ぬか生きるかは、何日も考えに考えて、もう心はひるがえらないと決まったから、身を清めてその場に臨んだのだ。

それなのに死ねなかった。

淡い夕日と新しい藺草の匂いがたちこめる部屋に坐り、懐剣を握ってから生きることを選ぶまでに、なにかが起こったのだ。

――つけて寝て、朝、目がさめたとき、起きるのが恥ずかしくて、さらに起きたまはぬ朝となりました。――

徳子おばあちゃんに起こったことが、文章にはせずにここにそっと沈ませてあるのではないだろうか。あえてそうしたのではない。徳子おばあちゃんの深い思いが、自然にそのような文章へと変じたのだ。

そんな気がして、この二週間ほどしょっちゅう手紙を読み直し、三日ほど前にさすがに疲れてしまって端渓の硯の横に置いたのだが、綾乃はまた手紙を出して文机の上にひろげて読んだ。

徳子おばあちゃんの文章は「よき時を思いました」という次の一節へとつづく。

わたしは、このよき時とは過去のことだと解釈してきたが、未来のこととも受け取れる。もしそうだとしたら、九十歳の徳子おばあちゃんにとって、未来に待つよき時とはなんだろう。それが死後の西方浄土や補陀落《ふだらく》ではないことは、わたしはよく知っている。

中学生のとき、わたしは徳子おばあちゃんと京都国立博物館に行った。徳子おばあちゃんが仏教芸術と呼ばれる絵画や彫刻や仏像の国宝級のものを展示してある展覧会に行きたがったので、心配した母が、わたしにも一緒に行くようにと頼んだのだ。

わたしはたしか十三歳だったから、徳子おばあちゃんは七十四歳ということになる。

そのころ、徳子おばあちゃんは股関節の痛みを訴えるようになっていて、病院で検査してもらうと関節にずれが生じているとわかった。手術をするほどではないが整形外科での治療が必要だと診断され、毎日理学療法士のところに通っていた。関節の周辺になにかを注射したあとで、博物館に行く日は、まだ杖が必要だった。

だが、徳子おばあちゃんは杖を使うのをいやがった。軽い金属製の杖は、支えるほうの腕の肘から先を載せるという使い方をするのだが、使い慣れないものはかえって危ないと言って、徳子おばあちゃんは薄紫色のツーピースにショルダーバッグだけというしいでたちで出かけようとした。

母が散歩用のスニーカーを履かせようとすると、珍しく怒って、もう行かないと言いだした。この春物のスーツにスニーカー？　自分でいなか者ですと言っているのと同じではないか、と。

それで、わたしが杖代わりに付き添うことになったのだ。

近江八幡駅までは父が車で送ってくれた。

そこから東海道本線で京都駅まで出て、タクシーで博物館へ行った。

わたしの介添えなど必要ではなかった。医師や理学療法士の施術と注射が効いたらしく、徳子おばあちゃんは、わずかにかばうように歩きはしたが、痛くはないと言いわたしに笑みを向けた。薄紫色の春物のツーピースがとてもよく似合っていた。

博物館に着いてタクシーから降りた瞬間、わたしもおばあちゃんも大きな溜息をついた。あまりに多い観覧者たちで、入場制限をしていて、入口までの長い道には入場待ちの人々が入り組んだ生垣のような列を作っていた。

列のうしろに並んでから展示室に入るまでに四十分ほどかかったが、そのあいだだけわたしは徳子おばあちゃんの杖代わりになっていた。いや、壁代わりだろうか。徳子おばあちゃんはずっとわたしに凭れていたのだ。

その間、いろんな話をしたが、ほとんどは忘れた。だが、おばあちゃんが観たいのは法華衆の芸術家集団によって描かれたり、彫られたり、作られたりした絵画や仏像だったが、そのなかでも最も間近で観たいものは本阿弥光悦の「乙御前《おとごぜ》」と銘された茶碗だった。

それと俵屋宗達の描いた「風神雷神図」を観たら、さっさとこの人混みから出ようと徳子おばあちゃんは言った。

「京都ホテルのカフェで紅茶を飲みながらケーキを食べようね」

と徳子おばあちゃんは言った。

その途端に、わたしの頭からはケーキのこと以外は消えてしまったのだ。京都で最も格式の高いホテルのカフェでケーキを食べながら午後をすごす。

わたしは、近江八幡の武佐宿の西端から歩いて三分のところの田圃と畑と古い民家しかないところで生まれ育ち、東京や大阪どころか、京都市内にもそれまで二回しか行ったことがなかった。そのうちの一回は小学校の遠足で、幾つかのお寺を見学しただけだったのだ。

気がつくと、わたしは一双六曲の大きな屏風絵の前に立っていた。正確な題は忘れたが、地獄で苦しむ亡者たちの阿鼻叫喚を描いた地獄絵図が目の前にあった。

徳子おばあちゃんは、その屏風絵が観たかったのではないが、人の流れに合わせて館内を巡っているとそこから進めなくなったのだ。

わたしの頭のなかはケーキのことばかりだったので、この絵は教科書に載っていたなあと思いながら、

「地獄だけやなあ。極楽はあらへんなあ」

と小声で徳子おばあちゃんに言った。

「西方浄土なんて、あれへん。この絵は譬喩《ひゆ》や」

と徳子おばあちゃんも小声で答えた。

わたしは譬喩という言葉の意味がよくわからなかったが、

「ほんなら天国も譬喩なん？」

と訊いた。

「そうや。そのことについて、いつか綾乃にちゃんと教えとかなあかんなあ」

そう言ってわたしを見た徳子おばあちゃんの目は鋭かった。いままで柔和に微笑んでいた観世音菩薩が不意に怒ったような目で睨みつけてきたようで、わたしは徳子おばあちゃんが我が

家の総大将である理由がわかった気がしたのだ。

なにかにつけて親に生意気ばかり言っている弟の春明も、徳子おばあちゃんには絶対服従する。

といって、徳子おばあちゃんは孫を叱ったことはない。

少々強引に人波をかきわけて、わたしたちは法華衆と称される狩野派の作品を展示する広い部屋に入った。徳子おばあちゃんは、他には目もくれず、一直線に本阿弥光悦の「乙御前」の前に行った。そして、やっと本物を観ることができたと言った。

わたしは、変哲もない海老茶色の薄茶茶碗に顔を近づけて眺めた。

本物を間近で見る機会はもうないだろうから、この場所を奪おうとする人を突き飛ばしなさいと徳子おばあちゃんは言って、いまにもつかみかかるのではないかと心配になるほどに「乙御前」を展示してある正方形のガラスケースに全身を近づけた。

「いったいどこが凄いんやろ。この凄さを、わたしは説明でけへん。凄いとうなりながら、ただただ見入るしかないねえ」

と徳子おばあちゃんは言った。

きっとそんな徳子おばあちゃんの姿には鬼気迫るものがあったのだろう。「乙御前」を目当てにきた人たちは、鑑賞するのに最も適した場所を占有している老婦人の周りで根気よく待っていた。

博物館を出ると、タクシーで京都ホテルに行き、カフェで紅茶とチョコトルテを食べたあと、わたしは木屋町通にある小さなブティックで夏物のワンピースを買ってもらった。

わたしはヴィンテージ物でなくてもいい具合に古くなったジーンズを買ってもらいたかった。こんなレトロな服は死んでも着ないと思ったが、試着してみると、自分でも驚くほど似合った。少しもレトロ感はなく、なにかにつけて友だちの着ているものを陰でくさす木下家の祐実ちゃんもうらやましがった。

そんなことをとりとめもなく思いだしているうちに、綾乃は二十分ほどまどろんでしまい、あ、風邪をひくと思い、慌てて掛布団で体をくるんだ。

九十歳の老人が何年か先に起こるであろうよき時を待つだろうか。徳子おばあちゃんの「よき時」とは、なんなのだろう。

綾乃は考えながらベッドに移って仰向けに寝そべり、スマホであしたの午前中の新幹線を予約した。

五

列車が名古屋駅を出たとき父が電話をかけてきて、近江八幡駅まで車で迎えに行ってやると言ったが、綾乃は京都で買い物をしたかったし、近江鉄道の電車で一駅の武佐駅まで行って、駅と隣接している踏切を渡り、道の両側の古い家々を眺めながら生まれ育った家の玄関まで歩きたいと言った。

「そうか、武佐に帰ってくるのは久しぶりやからなあ。ほな気をつけてこいや」

父の声を聞いたのも久しぶりだった。その穏やかで柔らかい喋り方はいささかも変わっていなくて、綾乃は顔立ちも声も母親と瓜二つだと言われる父はその気質も徳子おばあちゃんにそっくりであることに最近気づいたのだ。

十数年前、経営する建築会社が倒産しかけたとき、父の陽次郎はいつもと同じようにほのかな笑みを絶やさなかったし、会社の危機的状況を口にも顔にも出さなかった。

お前は通夜と葬式には行くなと友人たちにひやかされるほどに、いつも顔のどこかに笑みがある。それは母親である徳子おばあちゃんと同じだったが、ふたりの『ほのかな笑み』には決定的な違いがあると綾乃は思っていた。

徳子おばあちゃんがそれを自己訓練によって得たとしたら、父のは天性のものだ。

新幹線が彦根のどこかを通過しているとき、『佐和山城跡』と書かれた表示板が目に入った。佐和山城はのちの彦根藩井伊家が一時期封ぜられた城だ。高校生のときの日本史の教師は宿場オタクで、五街道のすべてを徒歩で踏破すること五回を誇っていた。そのお陰で、江戸時代の全国の藩についても詳しくなって、授業で明治の時代の出来事を話していても、江戸時代へと横道に逸れてしまう。

――安政の大獄は井伊直弼の本意ではなかった。――などと話しだすと、クラスの者たちは顔を見合わせて、あーあという表情で頬杖をつくことになる。

琵琶湖の北東部が見えてきたとき、綾乃は、きっと父は徳子おばあちゃんのお腹のなかにいるときからずっと微笑みつづけていたのであろうと思った。

父は次男で、上に兄がいたが、七歳のときに死んだ。ガンの一種で長くて覚えにくい病名だった。二年の闘病ののち京都の病院でたった七年の一生を終えたのだ。

だから徳子おばあちゃんはふたりの男の子とふたりの娘を産んだことになる。長女は満里子《まりこ》叔母さんで、綾乃に三沢家の倒坐房を貸してくれている博志叔父さんの妻だ。末っ子の日秋《ひあき》叔母さんはパリに住んでもう二十年以上になる。二年に一度、武佐宿のかつての中山道から西へ少しいったところからほど近い家に帰ってくる。

亡くなった長男のことはわからないが、他の三人の兄妹に共通しているのは学校の成績がよかったということだ。

満里子叔母さんは、偏差値の高い女子大卒だし、日秋叔母さんも京都大学を卒業した。父も東京の工業系の大学を出て大手ゼネコンに就職し、大阪支社勤務となり一級建築士の資格を取ると、四十歳のときに退職して、家業の建築会社カナイ工務店を継いだあと、京都の古い町屋を改修する部門も立ちあげた。

もう誰も住まなくなった町屋の雰囲気を残して、バーやレストランやブティックやアンティークショップ用に改修するのを専門とする部門だ。

だが、この二十年のうちに、父の会社は寺の屋根とか本堂とかの改修工事も請け負うようになった。

どういういきさつかは知らないが、父は京都と奈良の植木職人や宮大工とのつきあいが増えて、人間国宝などという称号を持つ名人に贔屓にされるようになり、有名な古刹《こさつ》の改修工事にチームの一員として呼ばれることが増えた。

カナイ工務店は大津の市庁舎の近くのテナントビルの二階にある。いまは京都市東山区の邸宅内に茶室を造る仕事をまかされて、早朝から京都まで通っている。

父の前頭部には髪の毛がない。四十代で抜け始めて、五十代の半ばには頭頂部も薄くなり、他の部分の毛髪が長いから、よけいに禿げが目立つのだと徳子おばあちゃんに言われて、側頭部と後頭部の毛を長さ五ミリに刈った。それが面長で柔和な丸い目の父に意外によく似合った。髪を短くしてから、京都の花見小路の女性たちに『モナリザさん』と呼ばれるようになり、いまは『モナちゃん』で通っているという。たしかに謎の微笑ではある。

綾乃は、俺はモナちゃんやと自慢するでもなく、嬉しがっているのでもなく、淡々と花見小路界隈のホステスや芸妓の名を指を折って家族に聞かせている父を思い出して小さく笑った。わたしは父が好きだと思った。

父が得意先を接待して京都の花街のお茶屋かクラブに行くのは、年に二、三回なのだ。植木職人や宮大工のお弟子さんたちと行くのは居酒屋で、女っ気なしという店らしい。

「そんな客がもてるはずないわ」

と母に言われ、

「そうそう、金の切れ目が縁の切れ目やというのは、お金を使《つこ》うて縁を結んでからの話や。年に二、三回では、そのチャンスも訪れませんやろ。お気の毒に」

と徳子おばあちゃんに言われても、父は端然と微笑んでいる。

もうそろそろあの瞬間がくる。

綾乃は胸のなかで言って、通路の左側の席に移った。東京からの新幹線からは、右側に近江八幡市の街並みとその北側の八幡山が見えると同時に、左側に武佐宿の家並みと近江鉄道の武佐駅が見えるのだ。だが、見えるといってもほんの一秒ほどで、これまで一度も実家の瓦屋根を見つけたことはない。

「見えたような気がしたけど……」

綾乃は首だけねじって遠ざかっていく武佐周辺の家々を見送りながら、やはりきょうも、あれが間違いなくわたしの実家の屋根だとは断定できなかったなと思った。

正確には、綾乃の実家は武佐町ではなく長光寺町《ちようこうじちよう》なのだが武佐町と路地ひとつで区切られていて、どこからが武佐町でどこからが長光寺町なのか、地図ではわかりにくい。けれども、宿場町であった旧中山道沿いは、大雑把に「武佐」と呼ばれている。

綾乃は、大津の町が見えたので元の席に戻り、降りる用意を始めた。といってもコートを着て小さなキャリーバッグを棚から降ろすだけだった。

列車が東山トンネルに入ると、京都で降りる乗客がデッキのところに集まってきた。自動ドアはあいたままで、綾乃が乗客の列に並んだとき、名前を呼ばれて顔をあげると背の高い男が手を振っていた。

あっと小さく声をあげて、綾乃も手を振った。棚田光博がデッキに立っていた。

棚田が大学を卒業してから何年たつだろう。それ以来、一度も会うことがなかった。十年ぶりだ。変わってないなあ。

綾乃はそう思いながら、厚手の防寒コートを着た棚田を見やった。

もじゃもじゃの頭髪は短く刈ってしまっていた。コートの襟からはネクタイの歪んだ結び目がのぞいている。わたしよりも四つ年長だから三十三歳だが、三十代半ば以下には見えない。表情に老成したところがあるのだ。それは学生のころから変わっていない。

大手の化粧品会社に就職して経理部に配属されたが、二年ほどでシンガポールに赴任したと聞いた。それで年にいちどのOB会にも参加できないのだ。

あの地味なネクタイ。華やかな化粧品会社の若手社員が、たとえ経理部だとしても周りからクレームがでたりはしないのだろうか。

最近、なぜかよく棚田のことを思いだすのは、わたしにとって棚田光博は大恩人なのだといまごろになって気づいたからだ。棚田に誘われなかったら、あのサークルに入ることはなかったのだ。

それなのに、わたしはいちども棚田にお礼を言ったことがない。いつか会うことがあれば、きちんとお礼の言葉を述べたいと思っていたが、まさかきょう新幹線のなかで会うとは。でも、このチャンスを逃したら、またいつ会えるかわからない。

綾乃はそう思いながら、京都駅のホームに降りて、棚田と並んで歩きだした。

「きょうから十二月だなあ」

と棚田は言った。

「棚田さんはシンガポールに赴任してるって聞いてたんです」

綾乃の言葉に、

「そうだよ。現地法人だから、日本の本社の社員じゃなくなってたんだ。最初の予定よりも延びて、六年間、シンガポールにいたよ。お前は使い勝手がいい、なんて現地法人の社長に言われて、こき使われて。日本に帰ってきてもう二年たつよ」

棚田はそう答えながら、綾乃のキャリーバッグを持つと先にエスカレーターに乗った。

「少しお時間をいただけませんか？」

と綾乃は言った。

「うん、いいよ。どっかでコーヒーでも飲もうか」

「京都駅とつながってる横のビルに行きましょう。わたしがご馳走します。なにか食べますか？　お昼は？」

「昼飯は名古屋で済ませてきたんだ」

エスカレーターから降りても、棚田は綾乃のキャリーバッグを持ってくれた。

きのうは名古屋に泊まり、きょうの午後に京都での仕事が終わったら東京に帰ると棚田は言った。

「いまどこに住んでるんですか？」

という綾乃の言葉は聞こえなかったらしく、改札口から出るなり、

「なんかヘンテコリンな家に引っ越したんだって？」

棚田はそう訊きながら、駅構内のあちこちにある案内表示板のひとつに見入った。

こっちから行ったら近いと地下への階段を指差して、綾乃は先に立って歩いた。

「どうして知ってるんですか？」

「谷山から聞いたんだ」

「谷山さん、引っ越しを手伝いにきてくれたんです。すっげえ家だなあって言って、大家さんの敷地内を探検してました」

「探検できるほどのでかい家に引っ越したのか？」

「敷地は広いですねえ。三百八十坪の敷地のなかの四合院造り」

たいていの人は、綾乃から四合院という言葉を聞くとシゴウインとはなにかと問うのだが、棚田光博は行き交う人々のなかで歩を止めて、

「四合院て中国の？　北京の胡同《フートン》の？」

と訊いた。

「そうです、そうです、それです」

綾乃は言って、叔母さん夫婦が借りている四合院造りの家の一棟に住むことになったのだと説明した。

「日本に四合院造りの家なんてあるのか？　北京や上海からも消えていってるんだぜ。俺の中国人の友だちが胡同地区でバーをやってて、去年、北京に遊びに行ったとき寄ったんだ。あの

あたりは四合院造りの家がずらぁっと並んでたとこなんだけど、北京オリンピックのために立ち退かせて壊したんだよ。でも文化財として数軒は残ってて、観光客がたくさん来てたよ。北京のお役人なんて、そんなに大事なものならまたもっといい家を建てりゃあいいって考えなんだな」

ほとんどのフロアに老舗料亭の支店があるビルの地下に喫茶店をみつけて、綾乃と棚田は四人掛けのテーブル席に坐った。

「なんか変に似合いますねえ、その葬儀屋さんみたいなスーツと皺だらけの地味なネクタイ。計算ずくの地味づくり」

コーヒーを注文してから綾乃は棚田の上半身を見ながら言った。

「葬儀屋さんてことはないだろう。これ、黒じゃないよ。濃い茶色だ。これだけ黒に近い茶色って、なかなかないんだぜ」

そう言って、棚田はスーツの内ポケットから出した眼鏡をかけて綾乃を見つめた。

「えっ？　眼鏡をかけてました？」

「去年からね。俺の左目、かなりきつい乱視なんだって。でも右目は正常なんだよ。そういうのって眼鏡が作りにくいんだ」

「経理部の社員って出張がほとんどないのに、きのうは名古屋できょうは京都ですか？」

運ばれてきたコーヒーに生クリームだけを入れてスプーンでかきまぜながら、綾乃は訊いた。

「俺、いま営業部なんだ。経理部員として就職したのにシンガポールから帰ったら営業部配属になってたんだ。経理としては使い道がないってことかな」

「たぶんシンガポールで営業の能力を見出されたんですよ」

綾乃はそう言ってから、少し居住まいを正し、

「わたし、棚田さんが大恩人だってことを忘れてて、いちどもちゃんとお礼を言ったことがなかったんです。わたしがいまの会社にすんなりと就職できたのは棚田さんのお陰なんです。わたしをサークルに誘って下さってありがとうございました。ほんとに感謝しています」

と言って、坐ったまま頭を深く下げた。

「うん、まあな。うん、そうなんだよ、俺は恩人なんだよ。でもサークルで勉強して、就職できた連中で、俺に礼を言ったやつは綾乃だけだよ」

「みんな棚田さんに感謝してても照れくさくて言葉にできないんだと思います」

「ま、俺は導いただけでね。頑張ったのは綾乃だ。おまえ、よく頑張ったよ。いつあの教室に行っても、おまえがいて、例題集を解いてたもんな」

「うん、わたし、頑張ったもんね」

「えらいやつだよ」

綾乃は棚田光博と顔を見合わせて笑った。

「棚田さん、独身？」

「うん、そうだよ」

「彼女は？」

「いたけど、終わった。長いことつきあってたんだぜ。シンガポールで知り合って三年くらいかな」

「日本人?」

「そうだよ。それよりも、綾乃はなんで京都に来たの?」

近江八幡市の実家に帰るところなのだと綾乃は答えた。

「あ、そうだ、綾乃は近江八幡だったなあ」

そう言いながら、棚田は腕時計を見た。

「あ、棚田さんはきょうは仕事でしたね。忙しいのに付き合わせちゃってすみません」

綾乃は先に二人分のコーヒーの代金を払い、席に戻ってキャリーバッグを持った。

「俺が払うのに。後輩に奢ってもらうってのは、なんか罪悪感があるからな。それにこれほどの大恩人にコーヒー一杯ってのは綾乃だって寝覚めが悪くないか?」

「悪いです」

「うん。近いうちにメールするよ。メアド、学生のときのまま?」

綾乃がそうだと答えると、棚田は大股の急ぎ足で京都駅のほうへと去っていった。

いま、喫茶店の店先で立ったまま向かい合って話していたときのわたしは、大学の構内で初めて棚田と会ったときと同じように、顎を引き、唇を少し突き出して、上目遣いで相手を見ていたなと綾乃は思った。棚田の背が高いから、どうしてもそういう形になってしまうにしても、幼稚園児が園長先生に叱られているような表情にならないように気をつけなければいけない。

顎を引くからいけないのだ。堂々と見上げればいい。

綾乃はバスで蛸薬師通まで行き、東西へと延びる幾つかの道を間違えないようにして、金平糖だけを売っている店で徳子おばあちゃんへのお土産を買った。

そこから東へと歩き、また幾つかの道を間違いなく選んで、甘納豆だけを売っている店へと行った。母の好きないちばん小粒な甘納豆を買ってから、その近くにある文康堂《ぶんこうどう》という筆専門の店へと行った。

あの徳子おばあちゃんの端渓で字を書くからには、それにふさわしい墨と筆を使わなければならないと思い、ネットで調べているうちに、京都市中京区の文康堂という享保二年創業の店が、甘納豆屋から歩いてすぐだとわかったのだ。

筆専門だから墨は扱っていないかもしれないが、お勧めの墨屋があれば教えてもらおう。その墨屋が文康堂から遠く離れたところにあるのなら、京都観光がてら探しながらバスに乗っていけばいい。

隣りの滋賀県で生まれ育ったのに京都市内の地理はほとんど知らない綾乃はそう考えて午前十時過ぎ東京駅発の新幹線に乗ったのだ。

二筋南側の道を東に行ったところに大きな仏具店があり、その隣りに「筆ひとすじ　文康堂」という暖簾をかけている間口二間の店が見えた。

ガラス戸をあけて店のなかに入ると、右側には化粧用の筆が並べてあった。

「おこしやす」

と初老の店主が言った。

いらっしゃいませ、と同義語で、おこしやすとおいでやすのふたつがある。おこしやすは京都人以外の人に対してで、おいでやすは京都人に使うのだと母は教えてくれた。

そういう使い分けをする京都人にとっての京都は「洛中」のことだ。

綾乃は母の言葉を思い浮かべ、わたしが京都以外の人間だとなぜわかったのだろうと思いながら、

「書道用の小筆を買おうと思って」

と言った。

「こちらに小筆を並べてます。小筆というても太さ硬さはいろいろで。行書用だけの筆、草書用だけの筆もあります」

「草書は書けません」

綾乃の言葉にうなずき返し、店主は三種類の小筆を選んでガラスケースの上に緑色のフェルトをひろげた。

「どれもいたちの毛です。このいちばん細いのにはいたち以外の動物の毛が混じってます。腰に弾きを出すためです。安物の筆でもいたち毛を使いますけど、この根元の造りが違うんです。持った感じで選びはるのがええと思います」

どうもこれを勧めたいらしいなと見当をつけて、綾乃は筆を持ってみた。いつも使っている筆と同じ太さだった。しかし、綾乃の筆は一本二千円弱だが、その筆は六千円だった。

綾乃は二本買ってから墨も新しいのを買いたいのだが、このお店にあるだろうかと訊いた。

「筆屋が墨を置かんちゅうんもおかしいやろと思いまして、三つ売ってます。お見せしましょうか。どれも奈良の墨職人が作ったもんです。松の煤ですな」

うわ、高そうと思ったが、綾乃は見せてくれと言った。

店主は三種類の墨を盆のようなものに載せて奥から持ってきた。三種類といっても太さや長さが違うだけで、同じ職人が作ったことを示す印が彫ってあった。

「ええ墨です。ねっとりとしてます。松煙墨らしいええ匂いがします」

値段は三万円と二万円と一万円だった。綾乃は一万円のいちばん小さくて細いのを買った。

店主は墨と筆を紙袋に入れてから、かな筆と濡れた手拭いを持って来て、もうご存知だろうが、この筆と墨で字を書いたら、できるだけ水洗いをしないでくれと言った。

「根元の膠《にかわ》が崩れるから、先っぽだけこちょこちょって水洗いしてます」

「ああ、それやとやっぱりちょっとずつ膠が溶けていきます。こうしますねん」

店主は筆先を濡れ手拭いの上に斜めに置いて、まっすぐ五回引いた。

徳子おばあちゃんは、筆を使ったあとは先っぽだけを水道の蛇口に近づけて洗っていたなと綾乃は思ったが、

「ああ、これからそうやって洗います」

と言った。

いったん店から出かけたが、綾乃は、わたしがどんな硯を使っているか、ほんのちょっとほ

のめかしてやろうと思い、

「おばあちゃんから端渓の硯を貰ったんです」

と言った。店主の、どこか尊大な物言いに腹が立っていたのだ。

「はあはあ、まあ端渓いうてもぎょうさんおますなあ」

店主はガラスケースの上を片づけながら、綾乃の顔を見ずに応じた。

「平板なぶ厚い板のような硯です。このくらいの大きさの。池も縁もないんです」

手で大きさやぶ厚さを示していると、店主は顔をしかめるようにして綾乃を見ながら、

「色は？　黒い石ですか？」

と訊いた。

「赤銅色です。あんな色かな」

綾乃は店に飾ってある小さな木の置物を指差した。

「池も縁もないのに墨がこぼれないんです」

「一か所、角に小さな欠けがおませんか？」

と店主は訊いた。

綾乃はびっくりして、わたしは余計なことを言ってしまったと慌てた。

「お嬢さんは朝倉《あさくら》家にゆかりの方ですか？」

という店主の問いに、

「わたしはお嬢さんじゃないです」

そう返事をして文康堂を出ると、来た道を引き返した。店主が追ってこないかとうしろを振り返ったが、狭い道には宅配便屋のトラックが仏具店の前に停まっているだけだった。

朝倉家というのは、きっと徳子おばあちゃんが十六歳で嫁いだ家の名であろう。婚家の姓なんか知らなかった。知る必要もないからだが、あの端渓が書道にかかわる仕事をしている人たちには知られた存在だということも、綾乃はいま知ったのだ。

大通りに出ると地下鉄の駅への表示板があった。冷たい風が強くなり、三日前に買ったキルティングのコートの襟を大きくひろげ、遠くの東山連山を見ながらキャリーバッグからマフラーを出して首に巻いた。

「来年の春に三十になる女にお嬢さんだって。いやみか！」

と綾乃は胸のなかで言った。

地下鉄で京都駅まで行き、東海道本線に乗り換えて近江八幡駅で降り、別のホームから近江鉄道に乗り換えるまでのあいだ、綾乃は学生時代の棚田光博の容姿を思い出していた。髪型は変わったが、あのころの棚田と少しも変わっていなかったなと思った。

二両連結の近江鉄道八日市線が動きだすと、すぐに両側に田圃と畑がひろがり、左側に八幡山が見えてきた。八幡山の向こう側に琵琶湖があるのだが、それは見えない。

電車は五分ほどで武佐駅の西側の踏切のところをゆっくりと通り過ぎたのだが、踏切の前で母と徳子おばあちゃんが立って車両のなかを見ていたので、綾乃はドアが開くと無人駅の狭いホームを走った。

六

無人駅の改札を出て短いスロープを降りると綾乃は旧宿場町の道を踏切のほうへと駆けていった。徳子おばあちゃんを転ばせてはいけないから、こころもち太鼓状になっている踏切内の道を歩かせたくなかったのだ。

ふたりはいまの電車に綾乃が乗っているのに気づいていたが、踏切の向こうで綾乃がやってくるのを待っていた。

ただいまと手を振って言い、綾乃はキャリーバッグを持ち上げて踏切を渡りながら、五十七歳の嫁と九十歳の姑が寄り添うように立っているのを見つめ、ふたりとも元気だと思った。

旧中山道は踏切のところで南に折れていて、そのまままっすぐ歩けば八風《はっぷう》街道と呼ばれる国道につながる。道には母と徳子おばあちゃん以外に人の姿はなかった。道の両側には古い家々が並び、それぞれの生垣や焼き板塀が濡れたように黒ずんで見える。

「迎えにいく言うてきけへんのや」

と母は言った。

「遠いところをありがとう。せっかくの休みの日やのにね」

徳子おばあちゃんは涼しい目元をほころばせて言うと、ステッキを持っている右腕をかかげて綾乃を見つめた。新しく作った縁なし眼鏡も、淡いピンク色のキルティングのダウンジャケットもよく似合っていた。

ステッキを持っていなかったらわたしのほっぺたを撫でたいのだと思いながら、

「この道はなんで特別に寒いのかなあ。あのせいや」

と綾乃は言って家のうしろの竹藪と、その背後に鬱蒼と茂る雑木林を指差した。

「そやけど、あのお陰で夏は西日が柔らこうなってくれるんや」

そう言いながら、母の玉枝は徳子おばあちゃんの足許に注意をはらいながら家への道を歩きだした。

きょうは家から旧本陣だった屋敷への道を二回往復して、外の空気をたくさん吸ったと徳子おばあちゃんは言った。金井家から旧本陣跡までは三百メートルほどなのだ。

「このお尻までの丈のジャケットは、春明が買《こ》うてくれたんや。わたしの九十歳のお誕生日のお祝いに。ちょっと派手かもしれんけど、おばあちゃんやったらよう似合うはずやって。誕生日の夜にわざわざ大阪から車を運転して届けに来てくれてなあ。大口の取引きが決まって儲けたそうやで」

金井家の前で立ち止まり、徳子おばあちゃんはおかしそうに笑いながら言った。綾乃はピンク色のダウンジャケットを手で撫でて、

「これは凄い上等や。春明はK２商会なんて怪しい会社を作って、どんな商売をしてるの？あいつまだ二十四歳やで。一年留年したから、二十三歳で大学を卒業して就職もせえへんままに会社を引き継いだんやで。それで大口の取引きが決まって儲けたなんて、怪しいわ」

綾乃はそう言って金井家の小さな門扉をあけた。屋根だけを取り付けたガレージには母の軽自動車が停めてある。その隣りに父のワゴン車用のスペースがあり、その後ろ側は庭になっている。

道から見ると、さほど間口の広くない「鰻の寝床」状の家に見えるが、それは焼き板壁の二階屋が金井家とは別の家のもののように思えるからだ。

景観を損なわないように焼き板壁の建物を建て増しして、前庭のうしろ側の母屋とつなげたのだ。

建て増ししてすぐにおじいちゃんが急死したので、徳子おばあちゃんは一階に自分の部屋を移し、孫たちには二階の部屋を使わせた。母屋の一階は家族全員で使うリビングで、二階が父と母の寝室になっている。

建て増しした棟を奥に広い造りにしたので金井家は鰻の寝床どころではない、やたらに縦に長い構造になってしまった。奥行き二十メートルほどの細長い庭、二階建ての母屋、その西側につづく焼き板壁の二階屋。それらが裏の竹林と雑木林のほうに伸びている。

敷地と竹林のあいだには近所の人もあまり使わない狭い道がある。その道を使ったからといってなにがどう便利になるのかわからない日の当たらない道だ。

綾乃は、徳子おばあちゃんのあとから玄関先に立つと振り返って庭を見ながら、背の高い喜明にいちゃんが体育の時間に「気をつけ」をしていると、自分の家みたいな恰好だなと教師に笑われたという話を思いだした。

金井家の敷地は幅十間だという。約十八メートル二十センチ。それなのに奥行きは四十五メートルくらいはある。

ちょうど三十年前の冬、近江八幡市の小幡《おばた》町に住んでいた健次郎おじいちゃんと徳子おばあちゃんは、この家に引っ越してきた。持ち主は代々つづく味噌屋で、健次郎おじいちゃんの幼馴染だった。

味噌屋を閉めて京都に引っ越したいので、この武佐の家を買ってくれそうな人を探してくれないかと頼まれたが、このくらいの庭がわたしにはちょうどいいと徳子おばあちゃんが気に入ったのだという。

兵庫県西宮市の社宅で暮らしていた母は妊娠五か月の体で引っ越しの手伝いに来て、この家に住みたいと思い、父に相談すると賛成してくれた。そのとき母のお腹に入っていたのはわたしだと綾乃は思った。

父は阪神間の海を埋め立てて巨大なニュータウンを造成するプロジェクトチームに加わっていたので、現場のプレハブの建物で寝起きすることが多かったのだ。

工事が始まったら、休日返上で現場に入り浸りになる。両親と妻とが一緒に暮らすには、武佐に引っ越したいまがいい機会だと思ったという。

その仕事の目途がたったら、父は会社を辞めて、家業の建築会社を継ぐつもりだったが、プロジェクトに携わったニュータウンが阪神・淡路大震災で大規模な液状化現象を起こした。

その解決のために父の退職は三年先延ばしされたという。

「長細い家だよねえ」

実家に帰省するたびに口にする言葉をつぶやき、綾乃は、まっさきに右側の橘の木に目をやった。綾乃と同じくらいの背丈の橘はよく手入れされて、隣りのなでしこの群生に覆いかぶさるように濃い葉を冬日に伸ばしている。

初夏に咲く白い花を、徳子おばあちゃんは毎年一輪挿しにして子ども部屋に活けてくれたのだ。

なにもかもを踏み散らすようにして歩く春明も、橘の花が壁に掛けられた花差しのなかに活けられているときは足音を忍ばすようにして、

「ええ匂いやなあ」

と腕組みをして言う。

七月初旬になでしこが咲き始めると、それも子ども部屋に活けられる。

「花の命は短いなあ」

と春明は指先でかぼそい花びらに触れながら言う。

その春明が、自分で商売をして儲けて、徳子おばあちゃんに高価なダウンジャケットをプレゼントしただって？　まともな会社だとは思えない。

綾乃はそう思い、家のなかに入ってリビングで長いマフラーを取りながら、Ｋ２商会とはどんな会社なのかと母に訊いた。

「レトルト食品を売る会社や。スーパーの棚に並べてもらうために関西や四国や九州を営業し

て廻ってるんやで」

「レトルト食品？」

綾乃は驚いて、家中に響くほどの声をあげた。

「カレーとシチューのレトルトパックや。試供品を食べたけど、おいしかったで。最近のレトルトパックは昔とぜんぜん違うわ。ほんまに老舗洋食店の味や」

母はそう言いながら、徳子おばあちゃんのダウンジャケットを脱がし、ソファに坐らせて手にハンドクリームを塗った。徳子おばあちゃんはされるままになっている。

「あいつがカレーやシチューを作ってるの？」

「作るのは、それを専門としてる工場や。スーパーがどんなカレーを作ってもらいたがってるかを調べて、有名な店に話を持ち込んで、そのレシピに忠実に工場で大量生産するんやて。こんど四国の大手スーパーから大口の注文があったカレーは銀座が本店の洋食屋さんのレシピらしいで。二パック残ってるから、持って帰り。ほんまにおいしいで。近江八幡のスーパーに売ってたら、わたしも五パックくらい買うとくわ。いまはレトルトのカレーがよう売れるんやて。共稼ぎの夫婦が多いからやろうね」

母はそう言って台所からお茶を淹れるための道具を運び、八人掛けのテーブルに置いた。この家ではなにもかもが長細いと綾乃は思った。

「会社をやるにはお金が要るやろ？　そんなお金、あいつ、どうやって捻出したん？　お父ちゃんに頼み込んだん？」

「そらまあ、この家のいちばんのお金持ちにすがるしかないわなあ」

その母の言葉で、綾乃は茶葉を急須に入れている徳子おばあちゃんの微笑を見た。

「ちょっとだけ助けてやったんや。学生時代のアルバイト先でお世話になっている人が病気になりはって、商売がでけへんようになって、春明にそれを引き継いでくれって持ちかけはったんや。ある程度の道筋がついてる会社やったから、断るのも惜しいと思うけど、おばあちゃん、どう思うって。わたしは、なんでもやってみたらええと思うて、三百万円貸してやったんや。そこから先は、あの子の知恵やからねえ」

「それがあいつの手口やねん。もうその三百万円、返ってけえへんわ」

と綾乃は言った。わたしが去年貸した千二百円も返さないのだと思いながら。

「三百五十万円になって返ってきたんや。あのピンク色のダウンジャケットと一緒に」

綾乃は言葉に詰まり、スーパーで買ってきた毛染めで金髪に染め損ねて、茶色と灰色のメッシュ状になった髪を自分で切っていた高校生の春明を思い浮かべた。

その夜、春明は徳子おばあちゃんに「我が家の三毛猫ちゃん」と呼ばれたのだ。

「わたしは返さんでもええって言うたんやけど、玉枝ちゃんにあとを追いかけてもろたときにはもうどこにもいてへんかったんや。武佐の北風と一緒にこの家に飛び込んできて、北風とともに去っていったわ。そやけど孫から五十万円も利子を貰うわけにはいかんわねえ」

徳子おばあちゃんは丁寧に緑茶を淹れ、三つの茶碗に静かに注いだ。

「それでな、よーし、若いときの夢のひとつを実現しようと決心したんや。わたしが九十歳まで生きられたお礼に、みんなをお招きして、最高のフランス料理を味わう晩餐会を催そうって。三百五十万円、景気よく使うてしまいましょう」

それは聞いていなかったらしく、

「えっ!」

と声をあげて母は口の近くまで運んでいた茶碗の中身をこぼした。

あつっ、あつっと言って布巾を取りに行きながら、

「お義母さん、若いときに九十歳まで長生きすると考えてはったんですか」

と母は訊いた。

綾乃は、母が晩餐会に三百五十万円もかけるつもりなのかと驚いて訊くものと思っていたので、この家の人間はなんだかみんな変だなと溜息をついて天井を見あげた。そう思って天井に目をやったのは一度や二度ではない。

「場所は予約済みや。京都の白川の畔に『仁』ていう日本料理店があるねん。一階は朝食だけの店。二階は和食のコース料理。二階には大きな暖炉があって、十人はゆったりとテーブルにつけるし、奥にはアペリティフを楽しめるバーもあるそうや。フランス料理を調理するための厨房器具も全部揃ってるそうや。晩餐会は来年の一月十三日の日曜日、三連休の真ん中の日や。鈴香もその日は休みやって言うてたわ。鈴香はなんていう看護師やった? オペ看やったかな?」

「うん、オペナース。大手術やったらオペナースは前日から準備で大変やし、当日は朝の六時

ごろには手術室には入っとかなあかんと思うわ」

と綾乃は言った。

「執刀開始は朝の九時で、順調に手術が進んでも終わるのは夜の九時やけど、二、三時間延びるやろうって鈴香からメールがきてたわ」

と徳子おばあちゃんは言って、綾乃を自分の部屋に誘った。

綾乃は徳子おばあちゃんと母に買ってきたお土産を渡し、鈴香とふたりで使っていた二階の部屋にあがってキャリーバッグを置いた。その部屋からは旧宿場の家々の古い瓦屋根が見える。

徳子おばあちゃんの部屋に行こうと階段を降りかけて、綾乃は高校を卒業するまで使った自分の机の上に濃いオレンジ色のカランコエが咲いているのに気づいた。

カランコエは徳子おばあちゃんが鉢植えにして庭のなでしこの横に並べてあるのだが、蕾がつくと家のなかに移すのだ。

綾乃が歩を止めたのは、その鉢植えが竹で編んだ花入れに入れられていたからだ。その花入れは不思議な形をしている。

江戸時代、いまの東京の谷中《やなか》には竹細工の職人が多く住んでいたという。徳子おばあちゃんが大事にしている花入れは、確かに江戸時代の谷中の職人が作ったものということはわかっているが、作り手の名は不明だ。

細くて薄い竹は鳩の胸のような曲線を複雑に編みながら別の曲線へとつながり、その曲線がまた別の曲線へとつながる。直径十二、三センチの左右非対称な曲線で包まれて、銅製の筒が小さな鉢植えを受け留めてくれる。

最も美しいと言われる黄金分割による曲線に近い。

膨らみの重なりは、有り得ない形でありながら簡素で、抽象でありながら伝統からの逸脱をかろうじて免れている。

江戸時代の谷中の無名の竹細工職人が、どうしてこれほどに不思議なフォルムを生み出せたのかと見入ってしまう竹籠に、カランコエの小さな蕾と花を入れて机の上に置いたのは、徳子おばあちゃんからのなにかのメッセージなのだと綾乃は感じた。

風呂場や洗面所を挟んで母屋とつながる階下の十畳ほどの徳子おばあちゃんの部屋は、父が暇をみつけては古い民家の木材で改築した。

余った木材の気に入ったものを運んで、天井板にしたり、床に敷いたり、壁板に貼ったり、ああでもないこうでもないと組み合わせを変えながら、二、四年かかって自分が納得する部屋に作り上げたが、完成したとき、

「お母さんが、どんな部屋やったら気に入るかを考えましして」

と幾分得意そうに言った。

「わたしの部屋は、長いことおまえの仕事の実験場になってましたなあ」

徳子おばあちゃんはそう言って、斑模様の天井と床を眺めたのだ。

柿、杉、栗、桑、檜……。異なる材質の年代物の木材は奇妙な模様を天井と床に創りだしていた。

その天井の模様をベッドに仰向けになって見ていると、だんだん大きなウミガメになっていくと言いだしたのは妹の鈴香だった。それで、鈴香がときどき徳子おばあちゃんに内緒でベッドの上で遊んでいることがばれたのだ。

あそこの色がむらになっているところが亀の後脚。こっちの模様が前脚。その先のほうに頭がある。しっぽはこっち。甲羅はここからあそこまでの色むら。

鈴香の説明で、徳子おばあちゃんも父も母も綾乃も、交代でベッドに寝転んでみた。

「ほんまや、大きな亀や。お母さん、竜宮城にいてるようなもんですよ」

と父は言った。

「わたしには牛車に見えるわ。お義母さんがこないだ話してくれた三車火宅《さんしゃかたく》の譬えに出てくる大白牛車《だいびゃくごしゃ》。あれです、あれ」

と母も言った。

綾乃もベッドに仰向けになり、わたしには池に飛び込もうとしている蛙に見えると思ったのだ。

あれは二階を子どもたちが使うと決めたあとだったから、わたしが小学三年生のときだなと綾乃は思い、ベッド脇の、なにも敷いていない木の床に置いた炬燵に入って座椅子に凭れ、天井を見あげた。炬燵の下には敷物があるが、それは歩くときに邪魔になるものではない。

秋口から春先にかけて膝が冷えるので、徳子おばあちゃんは炬燵を好んでいる。電気カーペットを使ったらどうかと父は勧めたが、足になにか少しでも引っかかると転ぶと母が反対したので新しい炬燵を買ったのだ。

その炬燵にはラジオとノートパソコンと読みかけの本が載っている。部屋の北側の壁際にはガスストーブがあり、南側の壁には空調機が取り付けてある。その下に文机があり、徳子おばあちゃんの文房四宝が並べられている。

炬燵を挟んで向かい合って坐っている徳子おばあちゃんは、綾乃のお土産の金平糖を口のなかで転がしながら、

「綾乃のお母さんはなあ、いつも周りに随いつつ、いつのまにか周りを随わせてる人や。得難い人間力や」

と言って、大きな封筒から便箋を出した。

「あの竹籠、わたしの部屋に置いてくれるのは初めてやね」

綾乃はそう言いながら、京都の墨専門店での出来事を話そうかどうか考えたが、徳子おばあちゃんの最初の嫁ぎ先のことなど、もはやどうでもいいのだと思い、差し出された封筒の中身に目をやった。

「あの竹籠、欲しかったら持って帰ったらええよ。銅筒に水を入れたら一輪挿しにも使える。あの銅筒に合わせて作った剣山は紙に包んで、物置きの上から二番目の棚にしまってあるよ。一緒に持って帰りなさい」

「端渓の硯を貰って、そのうえあの竹細工の花入れまで貰ったら、鈴香に恨まれるわ」

「鈴香は書道には興味がないけど、あの花入れは欲しがってたからなあ。そやけど、鈴香がも

っと欲しがってたもんがあるねん。それを鈴香にあげるつもりや」

「へえ、なにを欲しがってたん？」

「わたしが最初の結婚をしたときに親が持たせてくれた来国俊《らいくにとし》の懐剣や。来国俊は作刀数が多いんやけど、わたしの母方の実家に代々伝わってたのは傑作の一振りで、昭和の初期に出された図鑑に名刀として載ってるほどや。ただ大刀やないから、もし売るとしてもそれほどの値はつかへんらしいわ。というても、三百万円以下では売らんようにって刀に詳しい人に言われたけど。ずいぶん昔のことやけどね」

それだ。その懐剣だ。十六歳の徳子おばあちゃんは自害の場に臨んでそれを抜いたのだ。でも、来国俊って誰だ？　いつの時代の刀鍛冶だろう。あとでネットで調べよう。

綾乃はそう思って、手渡された書類のようなものを読みかけたが、

「その短刀を抜いて刀身を見てたら、誰かを斬りとうなるねん。誰かの胸を刺したくなるねん。豆腐に縫い針を刺すみたいに、すっと心臓まで抵抗なく入っていく切れ味を試してみたくなるねん。危ないから、刃物に慣れてる鈴香に譲ることにしたんや」

という言葉で笑った。

「オペナースでメスの取り扱いに慣れてるから？」

「そうそう」

「そんなあほな」

徳子おばあちゃんは両手で自分の口元を覆って笑い、来国俊の懐剣は陽次郎に頼んで京都の

研ぎ師のところに預けたのだと言った。

「鈴香は引っ込み思案で気が弱くて、中学生のときは学校へ行くのがいやで登校拒否になって引きこもりかけたのに、いまは毎日手術室で流れ出る血を見ながらオペナースの仕事をしてるなんて信じられへんわ」

そう言って、綾乃は鉛筆書きの書類を読んだ。

来年の一月十三日の晩餐会に出される料理について、玉木《たまき》というパリ在住のシェフから届いたメールを徳子おばあちゃんが書き写したものだった。

――金井先生のお考えに私は全面的に賛同いたします。ご意向に沿えるよう万全の準備をいたします。

私が勤めていたころに好評だった料理のメニューを幾つか列記しておきますが、各国の国家元首を招いての晩餐会においては奇をてらわないオーソドックスなフレンチを供することになっています。

あくまでもご参考までに列記しただけで、このメニューをそのまま採用するわけではありません。

国の賓客といってもフレンチを一度も口にしたことがない方々もいらっしゃいます。個々人の好み、食品アレルギー、宗教上の理由等々で、お出しする料理が別々になることは晩餐会においては避けなければなりません。そのようなことを踏まえて、晩餐会の料理はいわゆるオーソドックスにならざるを得ないのです。

「金井徳子九十歳誕生日を祝う晩餐会」においては、料理と進行はすべて私におまかせ下さるということですので、サーヴィス二名、ソムリエ一名、調理三名を明年一月十三日に合わせて待機させせました。みなその分野に精通したベテランです。下準備は前日から『仁』において開始します。『仁』のオーナーは私とは気心の知れた仲間ですので、「きがね」は不要です。

どんな料理が出てくるのかがわからないままにテーブルにおつきになるのも晩餐会の楽しみかと思います。

私は五十二年間暮らしたパリに別れを告げて、十二月十日に日本に帰ります。大津には十四、五日に立ち寄るつもりです。その折、近江八幡の武佐に金井先生をお訪ねしたいのですが、ご都合をお知らせくだされば幸甚です。

玉木伸郎《のぶお》——

「この玉木さんというシェフはおばあちゃんの教え子？」

と綾乃は訊いた。

「うん、わたしは二十五歳のときに健次郎さんと結婚して京都から大津へと帰ってきたんやけど、そのとき勤務先も大津の小学校へと替えてもろうたんや。大津の小学校で、わたしは初めて担任として自分のクラスを持つことになって……。二年二組。生徒は三十三人。玉木伸郎くんはそのなかのひとり。えーっと、わたしが二十五歳っていうと何年前やろ。うわあ、六十五年も前や。玉木くんはそのとき七歳やったから、いまは七十二歳になるんやねえ。パリに骨を埋めるつもりやって言うてたけど、やっぱり日本に帰ることにしたんやねえ」

徳子おばあちゃんはしばらく物思いにふけって、日が射してきた南側の窓のレースのカーテンを閉めた。そして、わたしが担任教師として六十歳で定年退職するまでに教えた子どもたちは千二百五十五人で、そのうちの二百二十四人は故人となっていると言った。

「玉木くんは、わたしが仕事をお世話した数少ない生徒や。京都の四条河原町にあったレストランに頼み込んで雇うてもろたんや。住みこみで三度の食事付き。わたしは、玉木くんに料理の世界に進むよう勧めたのとは違う。彼が生きていくには、その河原町のレストランで働かせてもらうしかなかったからや。お父さんは戦後すぐに死んで、お母さんは下の子だけを連れて再婚しはった。新しいお父さんが玉木くんを引き取ることを拒否したからや。七歳の玉木くんの前で、こいつと一緒ならおまえとは結婚せんと言うたんや。いろんないきさつから、わたしはたまたまその場に居合わせることになってねえ。お母さんは、つまり玉木くんを捨てて、その男と一緒になって、大津から姿を消しはった。そやから玉木くんは七歳のときから、父方のおじいさんとおばあさんに育てられはったんや。そのおじいさんも、玉木くんが中学生のときに亡くなってしもうて。お給料を貰えて、住むところがあって、三度の食事付き。もうここしかない。わたしは、玉木くんの先のことなんか考えずに、中学を卒業したら四条河原町のレストランで働くようにと勧めたんや。その玉木くんがパリでも知られた日本人シェフになり、国賓に料理を供するエリゼ宮の厨房の一員に選ばれるなんて、想像もせえへんかった」

徳子おばあちゃんが、ゆっくりとではあっても明瞭な滑舌で話し終えたとき、ドアの向こうから父の声がした。

「もうお話は終わりましたか」

「話が横道に逸れて、まだ綾乃への頼み事は話してないねん」

「はいはい、わかりました」

「そんなに遠慮せんと入ってきたらどうです？」

「いえいえ、女の園に近づくのは畏れ多い。向こうで待ってます」

「そんなにいじけんでも。きょうはお仕事は終わりですか？」

「東山の茶室、施主さんに無事納めてきました」

「それはおめでとう。いじけてんと入ってきなさい。祇園のきれいどころではないのが申し訳ないけど」


綾乃は炬燵から出るとドアをあけたが、作業服を着たままの父は台所へと歩いていき、冷蔵庫をあけながら綾乃に軽く手を振った。母は夕食の買い物に出たようだった。難しい仕事を終えて、とりあえずビールでも飲みたいのであろうと思い、綾乃は徳子おばあちゃんの部屋の炬燵に戻った。

日本語とフランス語で晩餐会の招待状を作ってほしいというのが綾乃への頼み事だった。たったの十枚ほどを印刷屋に頼めない、ということもあるが、おととし、喜明の結婚式の披露宴のために綾乃と鈴香で作った招待状はとても心がこもっていて、記念に取っておきたい出来だった。鈴香に訊いたら、ほとんどは綾乃ちゃんがひとりで作ったのだということだったので、忙しいであろうと思うが引き受けてくれないか。

「フランス語でも書かれたインビテーション・カードやね。会社には翻訳室っていう部署があるから、誰かに頼んでみるわ」

と綾乃は言った。

オセアニアやアフリカ諸国にはフランス語を公用語にしている国もあるから、タンカーやコンテナ船が入港するときにフランス語による通関手続きが必要だ。翻訳室には、フランス語に堪能な社員もいる。甲斐京子さんが担当だったはずだ。お礼にランチをご馳走しよう。

綾乃はそう考えて、頼み事というのはそれだけかと徳子おばあちゃんに訊きながら立ちあがった。

「もうひとつ、綾乃のぽっちゃり体型を鑑賞させてもらおうかな」

「えっ！　いま、ここで？」

「綾乃はぜんぜんぽっちゃりと違うわ。女はそのくらいのふくよかさでちょうどよろしい」

徳子おばあちゃんも炬燵に手をついてゆっくりと立ち上がり、父が廊下に取り付けた手すりを伝ってリビングへ行くと、

「わたしのお酌ではお気に召さんでしょうね」

と言った。

七

父は缶ビールを立ったまま飲み干すと、リビングのテーブルに腰を降ろし、

「四畳半の畳を茶室に運び入れて、畳屋の親父さんがぱんぱんと畳を叩いて、寸分の狂いなしやなと呟いたとき、ああ、カナイ工務店が初めて造る茶室が完成やと溜息が出ました。お父さんが生きてはったら喜んでくれたやろなあ、ってね。そやけど、たった四畳半の茶室にあれほど手間と時間がかかるとは。いちばん難儀したのは漆喰の壁です。左官と何回けんかしたか」

と言いながら、冷蔵庫をあけた。新潟から取り寄せた清酒の四合瓶が二本入っている。

父はその一本の封を切ろうかどうしようか迷っているのだと綾乃にはすぐにわかった。まだ四時だから、いまから飲んだら夕食の時間には寝てしまうと案じているのだ。お酒は好きだが、飲むと眠くなるので、つい控えてしまうというわたしの体質は父に似たのだと綾乃は思った。

「そういうときは白ワインがええと思うけどねえ。こないだインターネットの通販で買うたギリシャの白ワインが届いて、わたしが一本を飲んでしもたけど、残りの二本を玉枝さんはどこにしもうたんやろ」

徳子おばあちゃんはそう言って、流しの下の収納庫をあけた。

父は冷蔵庫を指差して微笑んだ。徳子おばあちゃんも微笑んで息子を見やり、抽斗からソムリエナイフを出してきてテーブルに置いた。父はワインの壜とナイフを綾乃の前に置き直して、

「ソムリエにお願いしようかな」

と言い、大きなワイングラスを持ってきた。綾乃は高校生のころからソムリエナイフでワインのコルクを抜くのが上手だったのだ。

「なんでギリシャのワインを買うたん？」

と綾乃はコルクの栓を抜きながら訊いた。

「テレビで若いソムリエがこれを勧めてたからって、ネットで探して買いはったんや」

父がそう言って母親を見た。

「アシルティコっていうワインや。いまヨーロッパで見直されて、人気になってる白ワインやそうや。パリの三ツ星レストランでも出されるようになったらしいよ。こないだから寝る前に飲んでるけど、おいしい白ワインや。口に含んだとたんにふあーっと香りが鼻に抜けるねん。その香りを適切に表現でけへんのが残念やねえ。ソムリエにはソムリエだけの表現言語というもんがあるのは、そのせいやということがわかったわ。口に含むと最初にあわれな味が拡がり、そのあとにいとおかしな香りが抜けていって、うん、おいしいですではソムリエの論理的な言語能力が疑われます。言語能力が疑われるということは、全能力そのものが疑われるのとおんなじや。どっちにしても、寝酒は赤やなあ。白は神経がちょっと尖るような気がする」

徳子おばあちゃんは六十歳の息子がギリシャのアシルティコという白ワインを口に含むのを見ていた。

「ぼくは藁のような香りを感じますね。日向の藁というよりも雨に濡れた藁」

と父は言って、もう一口飲み、綾乃にも勧めた。徳子おばあちゃんがワイングラスを持ってきてくれた。

「わたしもすぐに眠くなるからなあ。上の瞼と下の瞼がくっついて離れへんようになるねん」

そう言いながら、綾乃は白ワインを飲んだ。酢橘《すだち》を搾った瞬間の霧状の果汁が遠くから飛んできたような香りを感じた。

それを言うと、

「ギリシャのエーゲ海文明の残滓ですかね」

父はグラスに残っていた白ワインを飲み干して言った。

「三人がみんな違う香りを感じるなんて、これは名酒かも」

笑いながら、徳子おばあちゃんも飲み、カナイ工務店の次の仕事はどんなものが決まっているのかと父に訊いた。

父は東山区にある老舗の料亭の名をあげて、長く使っていなかった特別な別邸を再開することに決まり、その修理を請け負ったと言った。古い数寄屋造りで、六十年近く閉めていたのであちこちに損傷があり、ほとんど新築するのと変わらないのだという。父は、綾乃が聞いたこともない建築家の名を徳子おばあちゃんに教えて、

「この人が建てたんですけど、設計図が行方不明で、どこを探してもみつかりません。東大の佐伯研究室にコピーがあるということがやっとわかったんですけど、佐伯先生が亡くなってもう十五年ほどがたちます。お弟子さんたちに問い合わせてるんですけど、データファイルがど

うのこうのと、あんまり気を入れて探してくれへんのです」

と言い、自分で二杯目の白ワインをグラスに注いだ。

「その設計図がないと修理がでけへんのか?」

「大工さんがちょっと凝り過ぎはったんです。数寄屋造りの名人ですけど、ぼくが見た感じでは無意味な凝り方ですね。それで建物全体の使い勝手が微妙に悪い。あの料亭の先代はそこが気にいらんかったから閉めはったんやないのかという気がします。なんて言うたらええのか、建物のなかに入ると窮屈な気分になるんです。二十畳の部屋が十七、八畳くらいに縮んでるっていうのかなあ」

「ああ、わかるような気がするなあ。あの料亭にそんな別邸があったんか?」

「庭の東側の雑木に隠れるように造ってあるんです。ぼくも庭に入らせてもろうて、その広さにびっくりしました。池もあるし、あずま屋もあります」

べつに設計図が見つからないのならそれでもいいのだといった表情だったが、表情だけでは推し量れないのがわたしの父なのだと綾乃は思った。いついかなるときでも、なんの悩みもないように見えるのだから。

綾乃は白ワインを飲んでいるうちに、徳子おばあちゃんが誕生日の晩餐会のために集めた資料は、さっき受け取ったものだけではなかったなと思った。ほかにプリントした用紙がたくさんあった。あれは必要ないのだろうか。

綾乃は、ふたりの話の腰を折りたくなかったので、その場を離れて勝手に徳子おばあちゃんの部屋に入り、炬燵の上に置いたままの資料を持つと二階に上がった。

資料の半分はフランス料理のメニューだった。アペリティフ数種、オードブル数種、魚料理数種、肉料理数種、デザート数種。

父の仕事で使うプリンターで印刷したのであろうが、使い方を教えてもらってすぐに使いこなせるのが徳子おばあちゃんの凄さだと綾乃は思いながら、デザート数種の資料をめくった。さまざまな菓子のなかに、赤いボールペンの線で囲まれたケーキがあった。その下に、徳子おばあちゃんの字で「食べたい」と書いてある。

綾乃は小さく声をあげて笑い、その菓子についての説明文を読もうとしたがフランス語だった。徳子おばあちゃんは、きっとこのケーキを玉木伸郎シェフに頼んだはずだと思った。

生クリームが全体を覆っているのであろうケーキは大きなドーナッツのような形をしている。それぞれの皿に供されるときは切り分けるのであろう。

綾乃はスマホの翻訳機能を使ってフランス語での説明文を読んだ。洋梨をたっぷりと使ったケーキだった。洋梨の果汁を食べているようなケーキらしい。スポンジにも洋梨の果汁が沁み込んでいる。

「食べたい」

と綾乃は思わず声に出して言った。

部屋には作りつけの二段ベッドがある。高校を卒業するまでは、綾乃はその下段に、妹の鈴香は上段に寝ていたのだ。

綾乃は竹細工の花入れを持って、かつては自分の寝場所だったベッドに横になった。暗くなり始めた部屋には、ゆるく暖房が効いていた。枕元の読書灯をつけて綾乃は竹で精密に編んだ花入れとカランコエの蕾や花に見入った。

近江八幡の骨董品店の親父さんが、これは世に出てから二百年はたっていると言ったのだ。江戸谷中の竹細工職人の名人が作ったものに間違いない。売る気になったらすぐに電話をくれとつけ加えるのを忘れなかった。

噂を聞いて、どうしても見せてくれと頼まれて、徳子おばあちゃんはその骨董品店まで持っていったのだが、高校生だった綾乃もつれていったのだ。

家に帰ると、徳子おばあちゃんは花入れを綾乃の両手に載せて、こう言った。

――見ていると幸福な気持ちになる。それはやがて「もの」ではなく幸福そのものになる。わたしはそういうものを探して集めてきた。綾乃もそうしなさい。探せば見つかる。探さない人には見つからない。

綾乃はその言葉を忘れることができなかった。もうじき二十代が終わるというのに、好きな男性があらわれないのは、わたしが探さないからだろうかとときおり考えるときがあるのだ。

広口のワイングラスに半分のワインが胃に心地よく沁みてくると同時に綾乃の瞼を閉じさせてきた。

「あかん、寝てしまう。毛布でも掛けないと風邪をひく」

そう思っているうちに、踏切の音が聞こえてきた。この時間は一時間に四本の電車が武佐駅に停まるのだ。わたしは、この踏切の音を聞きたくて武佐の実家に帰ってきたのだろうか、徳子おばあちゃんに会いたくて帰ってきたのだろうか。

綾乃は胸の上の小さな竹籠ごとカランコエの鉢植えを床に置き、毛布毛布とつぶやきながら眠りに落ちた。

机に置いたスマートフォンの振動で驚いて目を醒まし、薄墨色から黒みがかった紫色に変わっているすりガラスの向こうを見ながらベッドから出たが、電話は切れてしまった。

十五分くらいうたた寝をしてしまったかなと思って時計を見ると一時間も寝ていたので、最高の眠りを邪魔したのは誰だと思いながらスマホを見た。弟の春明からだった。

春明から電話がかかってきたのは半年ぶりだなと思い、綾乃はベッドに戻ってかけ直した。春明は綾乃を「アヤネエ」と呼び、綾乃は春明を「ハルッチ」と呼ぶのだ。

「アヤネエ、おばあちゃんの誕生日の晩餐会、俺らが手伝《てつど》うてやらんと失敗するで。スズネエにそう言うたら、スズネエも心配してたけど、あいつ、毎日手術で寝る間もないねん。ヨシニイは福岡や。準備に動きまわれるのはお母ちゃんだけや。こころもとないやろ？」

と春明は言った。

「うん、晩餐会やからなあ。新年会のようにはいかんやろけど、わたしも東京やで」

「あしたの予定は？」

「ないよ」

「あした、京都に出てこれるか？」

「京都でなにをするのん？」

「白川沿いの『仁』ていう料理店の下見もしとかんとあかんし、着替えをする場所も予約しとかなあかんがな。イブニングドレスを着て武佐から電車に乗るつもりか？」

「イブニングドレス？　徳子おばあちゃんは本気なの？」

「正式な晩餐会や。男は燕尾服やけど、セミフォーマルとしても男はタキシード。女はセミイブニングドレス。ネットで調べたらわかるで」

わたしが持っているドレスは晩餐会には不適切ということになるではないか。

綾乃はそう思い、

「おばあちゃんに、ちょっとお洒落な服くらいにしようって頼んでみるわ」

と言った。

「あかんあかん、おばあちゃんはやる気や。服装がちゃんとしてなかったら晩餐会ではないって、俺にきっぱりと言うた。お母ちゃんなんか、どんなドレスを着ようかって考えるだけでわくわくするって能天気に言うてた。お父ちゃんは、タキシードに黒のタイが似合うのは、このぼくですって胸を張ってた。やっぱり靴はエナメルでしょう、って」

「そんなドレス、買うのん？」

「おばあちゃんの教え子が京都でドレスレンタルの店を持ってるそうや。そこにもう頼んであるねん」

「おばあちゃんの教え子って、あっちこっちにいてるんやなあ。やってる仕事も多岐にわたるし」

「大津に本物のやくざの組長もいてるんやで」

「千二百数十人も教え子がいてるもんねえ」

「問題は、ドレスをどこで着るかや。そのレンタル屋は北山通や。そこで着替えてたら白川の畔まで遠すぎるやろ？」

「タクシーで移動したらええやん」

「雨が降ったらどうすんねん。ドレスの裾、びちゃびちゃやぞ」

「ハルッチ、そんなことまで心配する人間やったの？　ちょっと会わんうちに成長したねえ」

「俺は来年の一月十三日のおばあちゃんの晩餐会を絶対に成功させるぞ。すばらしい晩餐会にするぞ。万全の準備。これが成功の鍵や」

「さすがはK２商会の社長」

あしたの待ち合わせ場所と時間を決めて電話を切ると、綾乃はいま武佐の実家にいるということを春明に言うのを忘れたなと思った。忘れたのではなく、春明が言う暇を与えなかったのだが、少し恩を着せるためにも黙っておこうと決めた。

階段を降りてリビングへ行くと、母と徳子おばあちゃんはソファに並んで坐ってテレビを観ていた。録画しておいたドキュメンタリー番組だという。オトシブミという昆虫の生態をつぶさに観察した番組だった。

「お父ちゃんは寝てしまいはった。白ワインを三杯飲んで、ごきげんです」

と母は言い、鍋のなかの根菜類の煮加減を見て、ごろんと切った鶏もも肉を入れた。

「綾乃の好きな我が家のけんちん汁や。大根とにんじんはわたしが畑で作ったオーガニックやで。畑に行って掘ってたから遅うなったねえ」

そう言って、母は大根の葉を炒め始めた。

「畑に植え替えたいちじくの木はどうなってる？　ことしは実をつけた？」

「去年のいまごろと変わらずただの裸木やねえ」

「チーズを載せたパンにあのいちじくのジャムを塗って食べたいわ。わたしもおばあちゃんのブレックファーストを真似してるうちにチーズとジャムの相性がようわかってん」

亡くなった祖父の健次郎は祖母とともにヨーロッパ旅行をしたが、そのときオランダのアムステルダムのホテルのレストランで、トーストにチーズを載せて、そこにマーマレードを塗って食べている地元の人を見た。

チーズにジャム？　そう思って健次郎おじいちゃんと徳子おばあちゃんは試してみることにした。チーズはスライスしたゴーダチーズだった。

これはおいしいとふたりは感心して、帰国してからも朝食はそれを作るようになったのだ。

徳子おばあちゃんに言わせると、

「わたしの夫はおいしいものを食べるために生まれてきたのだ」

という人だった。

どこそこのこういうものがおいしいと聞くと千里の道もいとわず食べに行ったという。

たいていは「たいしたことなかった」と言って帰ってくるのだが、岐阜の山奥の猟師が獲って解体したいのししの腿肉と、ヤマドリの首肉は、「徳子にも食べさせてやりたい」と言ったそうだ。

「ぼくのお父さんはバブル期に大儲けして見事に勝ち逃げした人や」

と父は綾乃に語ったことがある。その勝ち逃げの要因は夫婦でのヨーロッパ旅行で知り合ったある経済人のひとことだった。

「金井さん、株には買いの天才と売りの天才がある。買いの天才は運だが、売りの天才は頭脳だ。この馬鹿げた世の中がいつまでもつづくはずがない。売り時を間違えないようになさいよ」

この人は株のことだけを言いたいのではないと徳子おばあちゃんは思った。

そのころ、琵琶湖の西側の「湖西」と呼ばれる地域の土地開発に銀行はいくらでも融資する構えを見せていた。

カナイ工務店も湖西における別荘地誘致に乗り出していて、地上げ屋と競争せざるを得なくなっていた。

買った土地を地上げ屋に売って、いったん様子を見ようと徳子おばあちゃんは夫に言った。どうせ相手は地上げ屋ではないか、と。事業に口出ししたのはそれが最初で最後だったという。ヨーロッパ旅行でたまたま同じホテルに泊まり合わせた経済人のひとことが心に居座っていたのだ。

徳子の夫には「いけいけどんどん」というところがあったが沈着な分析力も持ち合わせていた。人に勧められるままに買った株も高止まりしつつあったので、勢いに乗っていささか所帯を広げ過ぎたという反省もあり、妻の進言を素直に受け入れたのだ。

このへんでいったん退きたい、なんだか荒っぽい商売に疲れた、土地も株も売り、カナイ工務店の本業に精出すつもりだ、うちは丁寧に家を建てるのが仕事だ、その本分に戻りたいと銀行の担当者や支店長に告げると、金井さんは馬鹿ではないのかと嘲笑されたが決心を翻さなかった。

銀行が金の動きの元栓を閉め、土地価格が一気に下がり、株価が暴落したのは、それから一年後だった。

「健次郎さんも、あの言葉が心に刺さってたんやね。あのひとことで、ほんまに売りの天才になりはった」

と徳子おばあちゃんはいまでも晴れ晴れとした表情で言うのだ。お陰で、わたしや子どもたちにたくさんのお金を残してくれた、と。

綾乃は、その話を聞くたびに、わたしたち孫たちも恩恵に与《あず》かってきたのだと思う。

オトシブミという小さな昆虫の巣作りを食い入るように見つめている徳子おばあちゃんのうしろ姿は背筋がまっすぐに伸びている。歩くときだけ少し丸くなる。九十歳の老人だとは思えないので、さすがは士族の娘という母の口癖を真似たくなる。

徳子おばあちゃんは江戸時代の近江国膳所《ぜぜ》藩本多家七万石の代々御小姓を務めた高野《たかの》家に生

まれた。

　明治の世になって武士というものが日本から消えたとき、高野家はその深い教養を買われて長子が新制度のもとに開設される学校の校長に就任した。そこから教育者一家としての高野家が出発するのだ。

　膳所藩は譜代大名だったが幕末期は藩内で勤皇派と佐幕派に分かれての闘争が起こった。高野家は佐幕派だった。しかし、藩主は勤皇の旗印を掲げて新政府軍に加わった。

　御小姓はつねに藩主に近侍するので該博な教養が求められる。藩主を身近で守るために武芸にも秀でていなければならない。そのために、高野家では男子だけでなく女子にも武芸を修行させた。

　明治の世になったとき、高野家当主の政十郎は徳川に殉じて屋敷を出たが、肝腎の徳川慶喜が新政府軍に恭順の意を示しつづけたので、家督を嗣子高野孫右衛門十八歳に譲って隠居した。

　この孫右衛門が教育者としての第一号なのだ。孫右衛門は明治二十年まで生きていた。そのあとを継いだのが行正で大正十二年に死んだ。次に高野家の当主となったのが徳太郎で徳子おばあちゃんの父だ。

　この徳太郎は、自分たち一家だけでなく、幕府軍として戦った幕臣たち、大名の家臣たちが生き延びて今日を得たのは慶喜公のお陰だと子どもたちに教え、徳川慶喜の命日には終日仏間の線香を絶やさなかった。幼い徳子おばあちゃんも、その日は身を清めて仏壇の前に坐ったという。

徳子おばあちゃんは長女で、弟がふたり、妹が三人いた。そのうちのふたりは成人するまえに死んだ。弟や妹はすでに故人だが、それぞれの子孫は大津に二家、京都に三家、岡山に一家がある。

徳子おばあちゃんが折に触れて語ったのを、父がノートに書き留めていて、綾乃は大学生のときに聞いたのだ。

けれども、徳子おばあちゃんは、最初の結婚については多くを語らない。二十五歳のときに金井健次郎と結婚したのだから、最初の夫が終戦の直前に戦死したということは口にしても、それ以上話すことを避けるのは当然なのだ。

綾乃は、充分にわかってはいたが、端渓の硯と一緒に送られてきた手紙に、徳子おばあちゃんが十六歳のときのことを書いたのは、もし聞きたいのならいつでも話すよという意思表示でもあると解釈していたのだ。誰かに話しておきたい。こういう話は綾乃がいい。なぜ話しておかなければならないのかが綾乃には説明しなくてもわかるからだ。徳子おばあちゃんの思考回路は明快だ。

綾乃は、それを聞きたいという本心に動かされて武佐に帰ってきたとわかってはいたが、いまは聞かないほうがいいという気がした。

録画を観終わって、徳子おばあちゃんは、いま何時かと訊いた。

「六時半です。そろそろお父さんを起こさんと」

「あの子は、ほっといたらなんぼでも寝ます。子どものときから三時間でも四時間でも昼寝する。そんなん昼寝やあらへん。うらやましい性分や」

徳子おばあちゃんが自分の部屋に行くと、木蓮の匂いが綾乃の近くでかすかにそよいだ。あっ、ランスタン・ド・ゲランの匂いだ。マグノリアの香りだ。おばあちゃんはあの香水を自分の手の内にいれたのだ。自分の香りにしてしまったのだ。

綾乃は嬉しくなり、二階に上がると晩餐会の資料を持って徳子おばあちゃんの部屋に行った。

「これを見てしもた」

食べたいと書いてある字とケーキの写真を指差して綾乃は言った。

「あ、せっかく隠してたのに」

「おばあちゃん、これを玉木シェフに注文したやろ」

「当然ですやろ。これを食べずして、晩餐会もへったくれもあれへん。わたしはこのスウィーツに辿り着くために魚料理もスープも肉料理も全部食べます。胃腸の調子を万全に整えとくよ」

「わたしも食べたい。写真を見ただけで、口のなかにラ・フランスの果汁がじゅわーっと溢れたわ」

「これはな、わたしの推測では、シフォンケーキみたいなふわふわのスポンジにラ・フランスの果汁だけを吸わせてるんやと思う。それを生クリームで包んであるんや。そやから、ナイフで切ったら、果汁がじゅわーっとお皿に溢れて」

「うわー」

綾乃は徳子おばあちゃんに抱きついて、背中を撫でると、廊下を走ってリビングに戻った。

八

祇園の八坂神社の前で十人乗りのワゴン車から降りると、綾乃は、ことしは二十八日の夜に帰省すると父に言った。

運転席の父は、きょうは茶室の火入れ式を兼ねた茶会に呼ばれているので、紋付羽織袴姿で武佐から車を運転してきたのだ。着物も羽織も袴も健次郎おじいちゃんが残したものだ。

ワゴン車に乗るときに、やっぱり草履では危ないと言って、家の前で白足袋を脱いでスニーカーに履き替えたので珍妙な姿だった。

「春明によろしくな」

と父は言った。

「おばあちゃんには内緒ね」

「うん、わかってる、わかってる。そやけど心配することはないと思うで。金井徳子さんの用意は水も漏らさんほどや。ただただ驚嘆するしかないということを、ぼくら夫婦はなんべんも経験してきてるからなあ」

父は仄かな笑みを浮かべて言うと、東大路通を北へと去って行った。どこかで右折して東山の麓へ向かうつもりなのであろう。

綾乃は四条河原町への人通りの多い道を歩いて、鴨川の畔を右に曲がり、川端通を北へ行ったところにあるカフェに入った。川の向こうには先斗町《ぽんとちょう》の歌舞練場の建物がある。この歩けないほどの人混みは何事だろうと綾乃は思い、キルティングのコートを脱いだ。

どうせ待たされるだろうと思っていたのに、春明は先に来て玉子サンドを食べていた。ダークスーツを着て、青とグレーのストライプのネクタイを締めている。髪を全体に短く刈り、襟足も清潔だった。

「昼飯は？」

と春明は訊いた。

「朝が遅かったから、まだええわ」

そう言って、綾乃はカフェラテを注文した。

「せっかくの休みやのに、わざわざ東京から来てくれてありがとう。十二月に入ったら経理部も忙しいやろ」

「ハルッチ、どうしたん？　なんか別の人みたいや」

そう言って、綾乃は春明の切れ長の目を見つめた。四人の孫のなかで最も徳子おばあちゃんの容貌を受け継いだのは春明だという母の言葉は本当だと思った。目が横に長いのだ。

「ビジネスの世界で東奔西走してるうちにノブレス・オブリージュに目覚めたんや」

飲みかけた水を吹き出しそうになりながら、

「高貴なる者の責任に目覚めたん？」

と綾乃が訊くと、

「大昔、紀元前二千六百年頃にヨーロッパのどこかの国の王子やったときのことを思いだしたんや」

春明はそう答えて、スーツの内ポケットから封筒を出した。きのう電話を切ってから作った式次第だという。

運ばれてきたカフェラテを飲み、

「さっき別れ際に、お父ちゃんが、春明によろしく伝えてくれって言うてたよ。金井徳子さんの用意は水も漏らさんほどやから心配することはないって」

と綾乃は言った。

さっきとはいつなのか。どこでなのか。不審に思ってもよさそうなのに、春明はボールペンを出すと、式次第に目をやったまま、

「用意？」

と訊いた。

「どこで着替えるかとか、晩餐会の進行を誰がするかとか。そういうことは徳子おばあちゃんがちゃんと手配してるって言いたかったんやと思うけど」

「そうかなあ。なんぼ元気でも、九十歳やで。そこまで頭が廻らんようになってるのが普通やろ。そやから俺がフォローせんとあかんねん。ノブレス・オブリージュや」

「K2商会って、どんな会社？　レトルトのカレーとかシチューとかを造って、スーパーに卸

すんやってお母ちゃんが言うてたけど、大学卒業したばっかりでそんな商売ができるの？　ほんまにハルッチがひとりでやってるの？　お母ちゃんが温めてくれて、朝はハルッチの会社のレトルトカレーを食べたけど、ほんまにおいしかった。感心した。東京にも売ってたら三パックほど買うてあげる」

「買わんでも、俺が送ったる」

「そういうことをしてたら、会社はすぐに傾くねん。姉弟でも商売は商売。ただはあかんねん」

「あのなあ、姉ならせめて三十パックくらい買え。三パック買ってやる、なんて恩着せがましく言うな」

綾乃は春明と顔を見つめ合って声を殺して笑った。春明も肩を揺らせて笑いつづけた。

よし、可愛い弟のためにカレーのレトルトパックを三十個買おう。小売店での実績が大事なはずだから、スーパーで買うほうが春明にはありがたいに違いない。

そう思って、どの系列のスーパーに行けばK２商会のレトルト食品が置いてあるのかと訊いた。

「関東のスーパーはまだゼロや。俺の会社のテリトリーは関西、四国、山陽、山陰、九州の北側だけやねん。大中小のスーパーに営業して廻るのは俺だけやから、中部から東は手が廻れへん。そこがK２商会の弱みやなあ。そやから関西でも名が知られてるホテルとかレストランのカレーやシチューをレトルト化して販売しようという気にさせる話を持って行かなあかん。格式とか暖簾が自慢の店は、大量生産、大量販売をいやがるんや。その店に足を運ばんと食べられへんというのも付加価値やという考え方やからなあ」

春明はそう言って、五つのホテルや洋食店の名をあげた。K2商会の経営を引き継いでみないかと話をもちかけた須川《すがわ》さんが苦労して取引きに持ち込んだ五店だった。

——その店のレシピどおりにカレーやシチューを造るのは並大抵な作業ではない。店と工場とでは作る量が圧倒的に違うからだ。

ターメリックを二百グラム、シナモンスティックを八本、カルダモン、コリアンダーをそれぞれ百グラム、タマネギを二十個、にんじんとセロリを十本ずつ刻んだり炒めたりして寸胴鍋《ずんどうなべ》でことこと煮ていたものが、巨大な蒸気鍋での調理に変わるのだ。

香辛料は何十キロという単位になり、香味野菜も百キロ単位に変わる。つまりレシピ全体が別のものになる。

タマネギの炒め方に心血を注ぐ調理人にしてみれば、自分の技術が冒瀆された代物が出来あがることになる。つまりそれはS屋のカレーやシチューではないのだ。

当然、オーナーは、こんなものをうちのカレーとして売るわけにはいかないと怒って、取引きを白紙に戻せと迫ってくる。

そこからが勝負なのだ。食品工場の責任者とS屋の調理人とが力を合わせて、大量生産でも店と同じ味のカレーやシチューを造るために、ああでもない、こうでもないと話し合い、これでもかというほどの試行錯誤を繰り返し、S屋の味に近づけていく。

Ｓ屋のカレーがオーナーからも調理人からも「よし、これでいい」とお墨付きが出るまで八か月かかった。

しかし、そのカレーのレトルトパックは、関西、山陽、山陰、四国、北九州合わせて三百十五店のスーパーで七十八パックしか売れなかった。三か月も店の棚に並べてもらってたったの七十八パックだ。

そうなると撤退するしかない。売れなかった理由をさまざまに分析すると、他の競合商品よりも二十円高かったのだ。たったの二十円だ。その二十円の差は、食べてもらえばわかるのだが、消費者は食べてくれない。二十円高いだけで、そのレトルトパックに手を伸ばしてくれないのだ。

Ｓ屋さんには大きな損をさせた。レトルト化のための費用だけでなく、商品を造るために費やした時間と人とを浪費させたことになる。

須川さんは、難病にかかってＫ２商会を閉めようかと考えたが、Ｓ屋さんに損をさせたままでは引き下がれないと考えて、在庫品をすべて売ってくれと俺に頼んだのだ。定価を二十円下げれば、Ｋ２商会がその分をかぶらなければならないが、一万袋のレトルトカレーを廃棄させるのはＳ屋さんの調理人にも工場の責任者にも申し訳がたたない。損をした分は、他の商品で儲けてくれ。あの特別格上のカレーを消費者に食べさせてくれ。

大学を卒業したばかりの俺に、そんなことができるわけがないでしょう、と俺は須川さんに言った。なぜこんな俺に白羽の矢を立てるんです？

そうしたら、須川さんはこう答えたのだ。

「お前は人に好かれるし、なんともいえない品がある。それなのにおもろい。なんともいえなくおもろいやつだ。こんな人材が大学卒業を目前にしてるのに、就職が決まらない。ということは、まだ世の中の塵芥《ちりあくた》にまみれていない。この急場をしのげるのは世間知じゃないんだ。人に好かれて品がいい人間の、おもろい誠意だ」

なんだか釈然としなかったが、俺は須川さんの余命があと数年と聞いていたので、在庫処理だけはやってあげられるかもしれないと思い、勢いで引き受けてしまった。

まず最初に考えたのは、損をするくらいなら一万パックをどこかに寄付してしまえばいいということだった。

つまり、損をするのなら俺が右往左往することはないのだ。S屋さんも、高い授業料だったとあきらめていて、在庫の処理に困っている。在庫品の倉庫代も月々払わなければならない。

よし、レトルトパックのデザインを変えて、二十円高いまま、もういちどスーパーに並べさせてもらおう。

しかし、パックの外装を変えるだけでは能がない。消費者が思わず買ってみようと思うような惹句はないものか。俺は品がないなあと思いながらも、

「プラス二十円でこれほどうまくなるものか！　これぞ神髄のカレー」

と新しいパックに印刷した。新しいパックに詰め替える費用は徳子おばあちゃんに貸してもらった。中古のライトバンを買う分も含めて三百万円だ。

商品は俺がライトバンに積んで運んだ。一軒一軒、スーパーを廻ったのだ。

スーパーの店長は、うんざりした顔をしながらも、そこに並べときなよ、なんて言ってくれた。塩を撒いて追い返したいとこだけど、五パックくらいなら置いてやるよ、って憎々しげな目で言う店長もいた。だが、置いてくれるのだから、とてもありがたいことなのだ。

三千パックくらいを配達したころ、岡山の地方のスーパーから追加の注文が入った。そこには三十パック置いたのだが、二日で売り切れたからもう三十パック入れてくれ、と。

それからたてつづけに注文が入るようになった。なぜ突然売れ始めたのかわからない。あのダサいキャッチコピーが効いたとは思えないのだ。だけど、あっというまに、追加注文で在庫品はすべて売れてしまい、新たに一万パックを製造しなければならなくなった。K2商会は五百万円儲けた。先月から月に一万パックの製造をつづけている。

S屋さんは、カレーだけでなくシチューも造りたがったので、いま工場でまた調理人と工場の担当者が半分ののしりあいながらシチューを造っている。

なにもかも手探りでここまで来たのだが、ここから先はそれでは失敗する。俺は会社の経理なんて入出金の伝票程度しかわからないし、しょっちゅう営業に出ているから帳簿もろくにつけていない。須川さんの体の麻痺は確実に進んでいるが、まだデスクワークはできるので、いまでも経理や税務のことは手伝ってくれている。俺も事務所にいるときは帳簿のつけ方を教えてもらっているが、外勤と内勤の両方は無理だとわかった。

一回営業に出ると、五日は戻らないからだ。それで、アヤネエに経理が得意な人を紹介してもらえないものかと考えたが、まだ人を雇うことに自信がない。

いまはS屋さんのカレーが売れているし、須川さんの得意先だった神戸のホテルのスープセットも利益をあげているが、いつなんどき突然売れなくなるかわからない。消費者の購買動機というものはマーケティング理論では説明がつかないのだ。

東京の広尾にパスタのソースがうまい店がある。カウンターだけの店で、まだ若い店主夫婦が経営している。いちどテーブル席の店を持って失敗したので、カウンター方式の店舗をつづけるというポリシーを崩さずに、どこに出しても恥ずかしくないパスタソース造りで押し通すと決めたのだ。この店のソースはじつにうまい。

福岡のスーパーの店長が、この店主と高校の同級生で、東京に遊びに行ったとき、俺の話をしたという。このソースをカウンターだけの店で出すというのはあまりに勿体ないではないか。レトルトパックにして全国展開してみないか。

酒を飲みながらの雑談だったが、パスタ店の店主夫人がその気になった。

連絡を貰って、俺は先週の月曜日に東京の広尾までパスタを食べに行った。スーパーの店長に紹介された者だとは言わずに、トマトソースとマッシュルームソースのスパゲッティーを食べてみた。

俺がこれまで食べたどのソースよりもうまかった。飛びぬけてうまいのだ。これをレトルトパックにして、全国の人に食べさせたいと思った。

俺はその日は、ただの客みたいに振る舞って店を出てから、福岡のスーパーの店長に電話をかけて、なんとしてもうちでレトルト化させてくれるよう仲介の労をとってくれと頼んだ。

会って話を聞くだけならと承諾してくれたので、俺はきょうの夕方の新幹線で東京へ行く。台所事情はわからないが、いずれにしても小商いだ。開発費はＫ２商会との折半で商談を始めようと思っている。――

喉が渇いたらしく、春明は話を終えると冷たいカフェオーレを注文した。店内は満席で、入口には空席待ちの客たちが並んでいた。

「この店だけやないでえ。河原町通も歩かれへんくらいの人、人、人。十二月に入ったばっかりの京都ってこんなに人が多かったかなあ。初詣はまだ一か月も先やのに」

その綾乃の言葉に、

「アジアからの観光客や。ほとんどは中国人と韓国人やけど、最近はマレーシアとかタイとかシンガポールからもぎょうさん来るそうや。日本人の客なんて相手にせえへん態度の店も多いでえ」

と春明は答えた。

「なんで日本人客には冷たいの？」

「とくに中国人はケーキとかチョコパフェとかクリーム蜜豆とかをどかんと注文してくれるからや。コーヒー一杯で一時間も居座ってる日本人は商売の邪魔やねん。そのうち中国人も韓国人も来なくなるときが必ず来るぞ。そうなったら、てのひらを返して日本人客を揉み手で迎えるようになるぞ」

春明は大きな声で水を頼み、足許に置いた鞄から見積書を出したが、しばらくなにかを考え込み、

「アヤネエ、さっき、お母ちゃんが温めてくれたレトルトのカレーを食べてきたって言うたよなあ」

と訊いた。

やっと気づいたのかとあきれながら、

「うん、徳子おばあちゃんはチーズを載せたパンにマーマレードを塗って食べながら、オトシブミの巣作りをまた録画で観てはった。何回観ても感動するそうや」

と綾乃はくすくす笑いながら答えた。

怪訝そうに顔をしかめて、

「お母ちゃんもおばあちゃんも東京に行ってるのか？」

と春明は訊いた。

「ハルッチは経理はあかんな」

「なんでや」

「わたしがきのうから武佐に帰ってたというふうに考えられへんのは、収入の金額だけが頭にあって、支出金や借入金のことは忘却の彼方にあるということや。K2商会の未来は真っ暗や」

「ということは、きのう俺が電話したときは武佐の家におったんか？」

「うん、二階のベッドに横になって電話をしてたよ」

「なんでそれを俺に黙ってたんや」

「言う前に、ハルッチが電話を切ったの」

ウェイトレスが運んできたカフェオーレのカップに口をつけて飲み、春明は口の周りを泡だらけにして肩を震わせて笑った。

「口を拭きなさい。ノブレス・オブリージュやろ?」

「あ、そやそや、ノブレス・オブリージュや」

春明はハンカチで口の周りを拭き、一気飲みでカフェオーレを飲み干した。

「いまどこに住んでるの?」

と綾乃は訊いた。

「大阪市西区土佐堀。摩天楼みたいな豪華高層マンションから西へ五十メートルの六階建ての古マンションの2DK」

その言い方がなぜかおかしくて、綾乃は声をあげて笑った。

「その2DKの部屋のありさまが目に浮かぶようや。ちゃんと掃除や洗濯をしてるの?」

「俺は学生時代には片づけ魔というあだ名をつけられたんや。部屋がちらかってるのが大嫌いやねん。洗濯も日曜日にまとめてやってるで。雨の日は、必ず午前中に近所のコインランドリーで洗濯して乾燥させて、その間、電話での営業活動もおさおさ怠りなく」

店内は暖房が効きすぎていたし満席だったので、綾乃は自分の背や脇の下が汗で濡れてきたのを感じて、春明に北山通のレンタルショップに行こうと促した。

春明は代金を払ってくれて、川端通を北へと小走りに行き、有料駐車場に入った。徳子おばあちゃんに借りた金で買ったという中古の白いライトバンには「K2商会」と青い文字で書いてあった。

須川という人がいまどの程度手を貸してくれているのかわからないが、余命数年と宣告された体なのだから、経理事務も漏れが多いだろうと思い、綾乃は大学時代の友人や、タカラ海運の経理部OGに適当な人はいないものかと考えた。

関西在住となると、思い浮かぶのはふたりしかいなかった。ひとりは兵庫県姫路市在住の四十五歳の女性で、もうひとりは結婚して阪神間で暮らすようになった青柳由紀恵《あおやぎゆきえ》という三十六歳の新米ママだった。去年の夏に女の子を出産したという葉書を貰った。どちらもタカラ海運経理部員だったのだ。

月に五日間だけ経理を見てくれればいい。K2商会がまだ古いスタイルの経理事務をつづけているのならコンピューターによるフォーマットを作成してもらう。そうすれば在宅での仕事が可能だ。月に一度か二度出社するだけで事足りるのではないか。タカラ海運の経理部員は優秀なのだ。

「姫路は遠いなあ。あんまり遠いと、なにかと不便やし」

と胸のなかでつぶやき、綾乃はスマホで青柳由紀恵の電話番号を探した。住所は兵庫県尼崎市武庫之荘《むこのそう》だった。

綾乃は春明のライトバンの助手席に乗ると、青柳由紀恵のことを話してみた。

「儲かってるのなら、なおさら経理や税務はきっちりせなあかんよ。杜撰な帳簿は、杜撰な納税を疑われるねん。お金の出入りだけは厳格でないと会社は伸びへんよ」

――経理事務をまかせられる社員は絶対に必要だということはわかっている。しかし、人をひとり雇うことの大変さは、このわずかな期間でよく理解できた。雇ったかぎりは雇用主としての責任が生じる。

K2商会は、いまは予想外の収益を得ているが、それは出会いがしらのホームランのようなもので、ビギナーズラックとも言える。安定して収益をもたらす商品があと五つ増えたら、経理部員を雇おうと計画していたのだ。

だが、さっきアヤネエと話していて、俺は鉄砲の弾が的に当たったら補充の弾を買い足そうとしているのではないかと思った。会社の経理が正確に管理されていないと、営業活動にも支障が出るし、製品開発の予算も丼勘定になる。

利子のつく金は借りないと決めているが、それでも銀行とのつきあいは会社の信用において大事にしなければいけないということもわかる。――

春明はそう言って、ライトバンを堀川通のほうに走らせ、交差点を右折した。

「そやけど、毎月給料を払うとなると、俺の身ひとつではなくなるからなあ。若い貴公子にはまだ荷が重いなあ」

「パートで働いてもらうのがそんなに荷が重いの？　月末に五日来てもらうんやから、交通費込みで日当一万円としても五万円。大事な経理を預ける人に月五万円が払われへんのやったら、そんな会社、つぶれたほうがええわ。そんな風前の灯みたいな会社でちょっと儲けたからというて徳子おばあちゃんに五十万円も利子をつけるなんて、やっぱり心配したとおりや。ハルッチはあほや」

綾乃は本気で怒ってしまい、指先で春明の頭を突いた。

春明は堀川丸太町の交差点を渡ったところで車を停め、

「アヤネエに話したことには嘘が混じってるねん。ほんまのことを話したら、またなんやかやと小言を言われるやろと思うたから、ちょっと嘘を混ぜたんや。Ｋ２商会の儲けは千二百六十万円や。この儲けはＳ屋のカレーの分だけとはちがう。Ｓ屋のカレーが売れだしたら、それまでに須川さんのＫ２商会で売ってた他のレトルト食品十二品目も火がついたように売れだしたんや。みんな徳子おばあちゃんの三百万円のお陰や。あれがなかったら、あのレトルトパックはすべて廃棄処分にするしかなかったんやからな。徳子おばあちゃんに百万円を払っても罰《ばち》は当たらんと思うなあ」

「なんで初めからほんまのことを言えへんの。わたしの小言くらい、ハルッチはいつも右から左やろ？」

照れ隠しにさっき突いた春明の頭を撫でながら、綾乃は弟の横顔を見つめ、あ、また上目遣いになっていると思った。自分もだが、春明もだ。そうだ、春明は幼いころ、父や母から「綾乃の金魚の糞」とか「くっつき虫」などとからかわれたが、いつもわたしの服のどこかを摑んで、うしろからついて来た。母に叱られたとか、兄姉のだれかにいじわるをされたとか、たいしたことでもないのに嘘泣きをして、わたしにつきまとって、上目遣いで見つめつづけるのだ。

「そんなにぎょうさん儲けて、そのお金、どうしたん？」

と綾乃は訊いた。

「ちゃんと銀行に預けてある。当然のことやろ？　俺の金と違うんやで。会社の金や」

うんざりした顔つきで言ってから、春明はハンドルに体全体を凭せかけて笑った。

「どうする？」

と綾乃は携帯電話を顔の横で振りながら訊いた。

「月に五日でええと言うてくれるなら助かるなあ」

綾乃は青柳由紀恵に電話をかけた。突然の電話で驚いたようだったが、青柳由紀恵は、タカラ海運に勤めていたころとまったく変わらないゆっくりとした応対の仕方で綾乃の話を聞いてくれて、夫に相談してから返事をすると言った。

それから、ひとしきり在社時代の思い出やら子育てのことやらを話したあと、青柳由紀恵は弟さんと代わってくれと言った。

綾乃はスマホを春明に渡し、車から出て、堀川通沿いの小さな商店街に入った。三十メートルも歩けば終わってしまう商店街は、シャッターを降ろしている店舗は一軒もなかった。

赤飯だけを売る店。塩昆布専門の店。七味唐辛子を量り売りする店。

そのなかに鮎饅頭と書いた幟《のぼり》を立てている一間間口の古い和菓子屋があった。

ガラスケースにはどら焼きの皮を鮎の形に焼いた菓子が並べてあった。なかに粒餡が詰まっている。綾乃は、レンタルショップのオーナーへの手土産に十個入りを買い、三沢家の住人たちには袋入りの七味唐辛子を買って、ライトバンに戻った。

「ご主人と相談して、あした電話をくれることになったよ」

と春明は言った。

「一日に一万円も頂いていいのでしょうかって言うから、月に五日だけやから、そのくらいはお支払いすべきだと思うって答えといた。子どもさんをつれてきてくださって結構ですってね。決まった時間に出社する必要もないし、その日の仕事が終わったらいつ帰ってくださっても結構です、って言うたら、それでいっぺんにその気になってくれたみたいや」

「青柳さんはいろんな意味で優秀や。引き受けてくれはったらええのにね」

春明が車を走らせて北山通の手前まで来たとき、青柳由紀恵から電話がかかってきた。いま夫に相談してみたら、手伝ってあげたらどうかと言ってくれたので、とりあえずこれまでの経理の記録を見てみたいが、火曜日に会社のほうにお邪魔していいか。娘はバギーに乗せてつれていく。

青柳由紀恵はそう言った。綾乃はまた春明にスマホを渡した。交差点を右折してすぐに車を歩道側に寄せて停めると、春明は、火曜日なら社に帰っていると答えて、阪急電鉄の大阪梅田駅からK2商会までの道順を青柳由紀恵に教えた。地下鉄で一駅らしかった。

「火曜日の午後二時」

電話を綾乃に返すと、春明は笑顔でそう言った。もう決まったも同然という表情だった。

「阪急の武庫之荘駅から梅田までは約十五分。そこから十五分歩いて地下鉄に乗り換えたら西梅田駅から一駅で肥後橋駅。あとは歩いて五分。青柳さんの家からK2商会まで約一時間やな」

「K2商会はどこにあるのん?」

「靭《うつぼ》公園の近くや。大きなきれいな公園や。お天気のええ日は子どもさんをバギーに乗せて散歩しはったらええな。いろんな花が咲いてる公園や」

靭公園がどこにあるのかも綾乃は知らなかった。

北山通にはカフェやレストランやブティックが東西に並んでいて、カップルや家族連れが多かった。

ピザ専門店とキッチン用品の店のあいだの細道を入ったところにレンタルショップはあった。店の半分はウェディング用のドレスが主だったが、試着室の奥にはフォーマルなイブニングドレスや舞台衣装のような派手なドレスが並べてあった。その奥はアクセサリー類と靴が展示してある。

春明が電話で連絡してあったらしく、二組のカップルのウェディングドレスの寸法合わせを済ませると、五十前後の婦人が笑顔で、

「金井様でしょうか」

と訊き、その声で助手らしき若い女性が奥へと案内してくれて、カーテンをあけた。

そこには二十数着のイブニングドレスがハンガーに吊るしてあり、その下には靴が、木箱に

はアクセサリー類がうずたかく入れてあった。

金井様用にご用意したものですと助手の女性は言った。

「うわ」

と綾乃は思わず声を出した。春明はまた肩を震わせて笑いながら、

「これ、アヤネエが着るの？　この胸のあき方。細い紐で肩から吊ってあるだけや。アヤネエ、腰から上は裸とおんなじやで。お母ちゃんも、これとおんなじようなもんを着るのか？　スズネエも？　春菜《はるな》さんも？」

と小声で言った。

「金井様の男性用はこちらでございます」

とオーナーはすばしっこく動きながら春明を別のカーテンの前につれていった。タキシードと衿高のシルクシャツが並べてあった。輝き方の異なるブラック蝶タイもほどいたまま吊ってあり、エナメルのフォーマルシューズも揃っている。タキシードにはそれぞれタグが付いていて、金井陽次郎様、喜明様、春明様と書いてある。きっとすでに各自の寸法もしらせてあったにちがいなかった。

父が言ったとおりだ。徳子おばあちゃんの用意は水も漏らさぬほどで、ただただ驚嘆するしかないのだ。

スーツの上着を脱いで、自分用のタキシードを試着し、その姿を大きな鏡に映しながら、春明も同じことを思ったのであろう。

「恐れ入りました」

と言った。

「当日、これをどこで着るのかという問題なんですが」

と春明が言いかけると、オーナーは寸法直し用の待ち針を幾つも刺してあるフェルトを手首から外しながら、ふたりを二階の事務所のような部屋に案内した。

「当日の午後三時に『仁』と隣り合わせになっておりますホテルにお持ちします。そこでみなさまに着ていただいて、細かい寸法合わせをします。助手も二名行きますので、カメラマンとその助手のかたも、時間に追われずに着替えていただけると思います」

「カメラマン?」

と綾乃は訊き返した。

「はい、九十歳のお誕生日の記念の晩餐会ですので、料理も、みなさまのフォーマルなお姿も、プロのカメラマンの撮影で永遠の記念として残しておこうということでございます。晩餐会はみなさま正装ですので、カメラマンだけがセーターにジーンズでは場の空気が変わります。ですから、おふたりにもタキシードに着替えていただくわけでございます」

綾乃は手土産を買ってきたことを思いだし、それをオーナーに渡してから、

「プロのカメラマンに写真を撮ってもらうってことも金井徳子の指示ですか?」

と訊いた。

「はい、主催者のお考えですが、カメラマンは『仁』のオーナーが推薦されたそうです」

綾乃は春明と顔を見合わせた。春明は試着したタキシードの上着を脱ぎ、そのホテルというのは『仁』の隣りにあるそうだが、白川沿いに、そんなホテルのような建物は見たことはないと言った。

「誰が見てもホテルには見えませんねえ」

とオーナーは言って、声をたてずに笑った。

「会員制のホテルで、三階建てです。一階はエントランスとロビー、二階は二部屋とベッドルームと内風呂、三階は二部屋とリビングとベッドルームと岩風呂だったと思います。お着替えになったら、隣りの『仁』の玄関までは三、四歩ですから、当日雨でも、なんということはありません。冬ですが、女性は毛皮のショールも必要ないと思います。いま店でお見せした衣装やアクセサリーはすべてお持ちいたします。当日、ゆっくりとお選びください」

そう言って、オーナーは肌の露出の多いイブニングドレスを身につける際の下着について話し始めたので、春明は駐車場で待っていると言って狭い急な階段を降りていった。

オーナーはあらためて手土産への礼を述べ、本格的な晩餐会のお手伝いができるなんて初めてのことで、光栄に思っていると言った。

「メイクさんにもお願いしてあります。腕によりをかけて、みなさんを最高に素敵なレディに仕上げてみせます。ああいう衣装で身を飾るときのこつは、照れないことです。堂々と、見て見て、きれいでしょう、とくるくる廻ってみせるくらいでちょうどいいんです」

綾乃は、徳子おばあちゃんを当日一番美しい女性にしてもらいたいと思ったが、自分に用意されたピンク色のドレスにちりばめられていた同色のラメの輝きが目にちらついて、一月十三日が早く来ればいいのにと待ち望む気持ちで、頬が紅潮するばかりだった。

「その『仁』の隣りのホテル、見に行く？」

ライトバンの運転席で待っていた春明は訊いた。

「もうそんな必要はないとおもうけど……」

「俺もそう思う。おばあちゃんの用意は完璧やなあ。カメラマンの用意までしてたんやからなあ」

春明は腕時計を見て、京都駅まで送ると言った。

「あれ？　ハルッチもこれから東京やろ？」

「俺は京都駅の近くと九条のスーパーの二軒に挨拶してから新幹線に乗る」

これからまだ東京駅まで一緒だとアヤネエが疲れるだろうと気を遣っているのだとわかったが、綾乃はそれには触れず、三沢家の倒坐房に帰ったら、きのう買った筆と墨で端渓の硯の書き初めをしようと思った。

九

堀川通を南に下り、ＪＲ京都駅の北側で綾乃が車から降りようとすると、春明は、俺が世界で一番おいしいと思うアイスクリームを食べていかないかと誘った。

「来年の一月十三日に向けてダイエットをせなあかんと、いまひそかに決意したばっかりやのに」

そう言いながらも、綾乃は世界で一番おいしいアイスクリームという言葉には抗えないなと思った。

「ハルッチはこれから仕事やろ？　その仕事を済ませて新幹線で東京やから、アイスクリームなんか食べてる余裕はないのとちゃう？」

「東京では晩飯を食ってシャワーを浴びて寝るだけや。泊まるとこは予約してあるねん。一泊六千八百円で朝食バイキング付きのビジネスホテル。広尾までは電車で二十分」

そう言ってから、春明は助手席の綾乃の膝から頭までを二回下から上へと眺めて、

「なんでダイエットをせなあかんねん？」

と訊いた。

そして、綾乃も見たことのあるグラビアアイドルの名をあげて、あの子の体型に似ていて、なかなか色っぽいではないかと真顔でつづけた。

「ほんま？　嬉しいことを言うておくれじゃのお。あちきは嬉しゅうありんす」

「俺、このくらいのぽっちゃり系、ちょうどええけどなあ」

「姉の体型が弟にちょうどよくてどうするのん。他人が聞いてたら気色悪がられるわ」

「行くのか行けへんのか、どっち？」

「行く」

どうせわたしもきょうは東小金井まで帰って、夕食をとったあと、端渓の硯の書き初めをするだけなのだと綾乃は思った。新しい墨をすり、新しい筆を使う。悦に入った表情で能書きを垂れていたあの筆屋のおっさんが推奨したものを試してやろうではないか。凡百の墨と筆だったら、なにかひとこと嫌みを言ってやりたい。

綾乃ははしゃいだ気分でそう思った。気にしているぽっちゃり体型を弟に褒められたことだけで、こんなにいい気分になるなんて、なんと単純なと笑いたくもなっていた。

京都駅から南へ下ると、東寺の五重塔が見えてきた。春明は九条通へと右に曲がり、すぐに車が一台通れる程度の一方通行の道へと入って、狭い有料駐車場にライトバンを停めた。

「あそこや」

春明が指差したのは「蕎麦、うどん、丼」と染められた破れ穴だらけの暖簾が掛かっている大衆食堂だった。二階の屋根も店の玄関の上に突き出た廂も斜めに傾いている。

「アイスクリームを食べるんやろ?」

「うん、あの店や。一日限定三十個。たいてい夕方までには売り切れてしまうねん。アイスクリームはあそこの親父さんの道楽みたいなもんや。きょうはあるかなあ」

「えっ? ないときもあるのん?」

「うん。親父さんの気分次第で、そのうえ材料が手に入ったときしか作れへんねん。力仕事やから、しんどいときは作れへん。もう七十七や。日によっては不整脈が起こるときもあるねん」

「力仕事……」

そうつぶやきながら綾乃は「小ぬか雨食堂」と染められた汚れた暖簾に顔が触れないようにして店に入った。

四人掛けのテーブルが五つ並んでいて、そのうちの三つには客が坐っていた。みんな同じものを食べているらしいと綾乃は気づいた。

アイスクリームはありますかと訊くと、白い調理服を着た小柄な親父さんは、あと五つ残っていると顔を皺だらけにして答えた。

「えっ！　五つも残ってるの？　そしたらふたつはここで食べて、三つはテイクアウトにします。ぼくのおばあちゃんがここのアイスクリームを口をあけて待ってるんです」

春明は嬉しそうに言って、入口に近いテーブル席に坐った。椅子は脚のどれかが短いのか長いのか、コンクリートの床の上でつねに左右に傾きつづけた。

「ドライアイス、あったかなあ」

そうつぶやき、親父さんは厨房に消えたが、すぐにソフトボールを半分に切ったくらいの大きさのステンレスの容器と白い陶器の皿を持ってきて、

「どこまで持って帰るんやったんかいな。大阪市内やったなあ」

と言った。容器にはアイスクリームが入っている。

「近江八幡です」

「ああ、あそこは奈良県やったかなあ」

「けんか売ってるなあ。きょうは心臓の調子がええんやね」

春明の言葉に、親父さんは笑い返し、厨房に戻るとスプーンを持ってきて、ドライアイスは足りそうだと言った。

——どこにおすまいどす？

——大津です。

——大津ってどこどすか？

——滋賀県です。京都の隣りですよ。

——へえ、大津って岐阜県やて思うてたわ。

京都人の底意地の悪さを端的に表す笑い話として滋賀県人がよく使う例だが、綾乃は高校生のときに本当に京都の洛中に生まれ育った人にそう言われたことがあった。

どうやら関西に詳しくない人のなかには、大津は京都府だと思い込んでいる人がいて、それがとりわけ「誇り高い」京都人には腹が立つらしいので、ときにそんな嫌みを言うのだと母が説明してくれたのだ。

それを横で聞いていた父が、べつの笑い話を教えてくれた。

——ついに怒った滋賀県人が京都人に言った。

「お前らの水はみーんな琵琶湖の水や。えらそうに言うなら琵琶湖の水を止めるぞ」

「止めれるもんなら止めてみい」

「よーし、止めたる」

琵琶湖の水をせき止めようとしたら、水門は京都側にあった。——

容器を白い皿にさかさまにして置き、縁が溶けるまでしばらく待つのだと言い、春明は綾乃に皿とアイスクリームを手渡した。綾乃が春明に琵琶湖の水の話をすると、

「大津の高校生のワルは、わざわざ電車に乗って京都まで行って、京都の高校生をカツアゲするねん。ボコボコにして時計とか金とかを巻き上げてくるねんけど、京都には大津のいなかのワルなんか太刀打ちでけへんワルがぎょうさんいてるねん。ボコボコにされて帰って来るほうが多いなあ」

と言って笑った。

「このアイスをほんまに武佐の家まで持って行くのん？」

と綾乃は訊いて、伏せた容器を持ち上げてみた。アイスクリームは少しずつ陶器の皿に落ちていった。

「うん、徳子おばあちゃんは、このアイスクリームが大好きやねん。これがほんまのアイスクリームや。それがわかった春明はえらい、って褒めてくれて、おばあちゃんが大事にしてきた銀製の皿とスプーンのセットをくれたんや」

「えっ！　あの小皿とスプーンのセットはハルッチが貰ったの？」

春明は得意そうにうなずき、

「きょう仕事が終わったら、武佐に寄って、それから近江八幡駅の近くの駐車場に車を預けて、米原まで在来線で行く。米原から新幹線に乗ったらええやろ」

と言った。

綾乃は黄色味がかったアイスクリームを口に入れて、舌の上で滑らすように味わった。そして、徳子おばあちゃんはいま自分の大切なものを孫に分け与えているのだと思った。四人の孫それぞれの特質に合わせて。

でもなぜ春明にはビロード張りの堅牢なケースに納められた純銀製のスプーン五本と小皿五枚のセットなのだろう。

「懐かしいレトロなアイスやなあ。そやけど上品なおいしさや。これはとびきりおいしいわ。こんなアイス、どこにも売ってないわ。お伽の世界につれていってくれそうな味やなあ」

「材料は生ミルクと卵の黄身と砂糖だけ。たったのそれだけ。バニラビーンズを少々。バニラは卵の生臭さを消すためにだけ加えてあるねん。新鮮な生ミルクが入ったときだけ作るそうや。東近江に乳牛の牧場があるねん。そこの搾りたての牛乳を売ってもらうそうやで」

「これ一個いくら?」

「二千円。この店で圧倒的人気の『小ぬか雨定食』が八百八十円。このアイスの二千円は力仕事代やて親父さんが言うてたわ」

「小ぬか雨定食ってどんな定食?」

「目玉焼きを載せたハンバーグ、白身魚のフライ、ポテサラ、レタス、トマト、千切りキャベツのサラダ、ご飯。それが一枚の大きな皿に載せてあるねん。ちゃんと味噌汁もついてるで。白身魚はリクエストで牡蠣フライ二個に替えてもくれるねん。アヤネエ、いっぺん食べに来たらええよ。日曜日は朝からぎゅうぎゅう詰めの満員や。京都はこういうつぶれかけてるような大衆食堂がうまいもんを食べさせるねん。そういう食文化が千年の都を下支えしてきたんやなあ」

我が可愛い弟はいま食文化評論家と化していると思いながら、綾乃は力仕事の手作業で作られたアイスクリームが減っていくのを惜しむように少しずつスプーンで口に運んだ。

二階にこのアイスクリームを作るための素朴な機械があるのだと春明は言った。それは明治四十年に当時の某侯爵がフランスから取り寄せたもので、それが巡り巡って京都の古道具屋の店先に置かれたのは平成十二年だった。

ここの親父さんは、いったいなんの道具なのかと訊いた。古道具屋は、アイスクリームを作る機械だと答えた。昔の西洋では、ここに氷と塩を入れて、そのなかに牛乳と卵の黄身と砂糖を混ぜた銅製の筒を突っ込み、凍ってくるとこの柄杓で混ぜてアイスクリームを作ったのだと説明した。

「いまでもこれでアイスクリームが作れまんのか？」

と訊くと、手間暇はかかるがちゃんと作れるという。

「ココアの粉を混ぜたり、ミントを入れたり、いろんな工夫でマイアイスが作れまっせ」

それまでなんの趣味も道楽もなかった親父さんの心に炎がぼっと燃えあがった。子どものころ、両親に百貨店につれていってもらったときに大食堂で食べたアイスクリームの味が甦ったのだ。親父さんは言い値で高さ六十数センチ、直径四十五センチの機械と付属部品を買って帰り、マイアイス作りを開始した。

牛乳と砂糖を入れる筒状の容器は高さ三十センチ、直径二十センチで、本体の真ん中に置いてネジを締めると三方から固定できるようになっていた。

そうか、昔の人はこうやってアイスクリームを作っていたのか。小学生のとき理科の実験でやったことがあったな。雪の降る日だったな。校庭に積もった雪をバケツに入れて、そこに塩を混ぜろと先生が言った。そのなかに砂糖水を入れた試験管を突っ込んだ。砂糖水に割り箸を差しておいたらアイスキャンディーができた。凍っていくときに攪拌《かくはん》すればクリーム状になるのだ。

親父さんは図書館に行き、氷と塩の割合を調べた。氷三、塩一の割合でうまく混ぜれば零下二十度まで下がることを知った。アイスクリームは練れば練るほど滑らかになることもわかった。

市販の牛乳では真のうまさは出ないとわかってきて、搾りたての混じりっけなしの牛乳を探して神戸の六甲山まで行った。そこの牧場の人が近江にも乳牛の牧場があると教えてくれた。

それからは憑かれたようにマイアイス作りに没頭した。製氷機まで買った。当時は二階が一家の住まいだったので、お父ちゃんの夜中の道楽でみんな眠れなくなった。筒のなかで凍り始めたアイスクリームを柄杓で練っているとだんだん固くなってきて、フム、ヨウ、フム、ヨウという掛け声なしでは腕が動かないのだ。

なぜフム、ヨウなのか。ウッ、ウッ、ウッでいいではないか。それだと耳障りではあるが目が醒めてしまうというほどではない。妻と三人の娘は抗議したが、ウッ、ウッ、ウッでは気合いと腕の動きが微妙に合わないのだ。

住居を近くの賃貸マンションに替えたが、それは引っ越しというよりも、妻と三人の娘たちの逃亡だったのであろう。

なめらかなアイスクリームが作れるようになってからも課題は消えなかった。マイアイスにするためにはどんなものを加えればいいのかが定まらなかったからだ。

ココア、チョコレート、蜂蜜、胡椒、生姜、柑橘類の搾り汁、それ以外の果物の果汁、抹茶、紅茶、コーヒー、白ワイン、赤ワイン、リキュール、日本酒、ウィスキー、紹興酒、養命酒、各種ハーブ、酒粕、それらのごちゃ混ぜ。最後は味噌。やけくそになって最後の最後だと決めて試したのはラー油。こればかりは吐きそうになったという。

なかには、これはうまいというものもあったが、食べていると飽きがくる。

五年ほどたって、生乳と卵の黄身と砂糖だけのアイスクリームこそ王道であり、最もうまいと悟った。アイスクリームなるものが発明されたのが何世紀だったのか、どこの国のなんという名の人なのか知らないが、生乳と卵の黄身と砂糖という簡潔な材料こそ究極であると決めた人に「小ぬか雨食堂」の親父さんは頭《こうべ》を垂れたのだ。

春明の話を聞いている途中から、綾乃は両手で口を押さえて笑いつづけた。

「えらい楽しそうやなあ」

と言って、親父さんは発泡スチロールの箱をテーブルに置き、「天城越え」を歌いながら暖簾を店のなかに取り入れて、それぞれのテーブルを拭き始めた。いつのまにか客のほとんどはいなくなっていた。

綾乃は腕時計を見た。四時前だった。ここから武佐までは車で一時間はかかるだろう。武佐から近江八幡駅に行って車を預け、東海道本線で米原までも約一時間。そこから新幹線に乗り換えて東京まで……。

ざっと計算して、もうそろそろ行ったほうがいいのではないかと綾乃は春明に言った。

「武佐に行く前に二軒の取引先に寄るんやろ？」

「一軒は店長の出勤がきょうは四時からで、もう一軒は個人経営のスーパーで、社長は須川さんの大学の山岳部の後輩や。五時の約束やけど顔出しするだけや。武佐を出て、もし最終の新幹線に間に合えへんかったら米原で泊る。広尾の店のオーナー夫妻と会うのは午後二時や。充分間に合う。着替えも持ってきてるし、とにかく身ひとつや。気楽なもんや」

「須川さんは山岳部やったの？」

「うん、須川さんは登山家で、世界でも名を知られたクライマーや。そやからレトルトパックの食品を扱う会社を設立したいきさつはだいたいわかるやろ？　登山でレトルトパックの食品は必携や。最近、キャンプがはやりだしたけど、これにもレトルト食品は必需品。須川さんは大手の食品会社に勤めてたんやけど、登山家仲間から勧められて登山用品の店を開いたんや。いまのＫ２商会のすぐ近くに登山用品とキャンプ用品の『Ｋ２』っていう店がある。須川さんにあこがれる若いアルピニストがひっきりなしに来るからなあ。北海道や九州からも来るんやで。来たら必ずなにかを買っていってくれるねん。いまは奥さんが店を切り盛りしてるよ。この店で売れるレトルト食品の数はかなりのもんやで」

「それでK2商会かあ」

「須川さんはいろんな山に登ってるけど、パキスタンのK2峰だけは頂上まであと二百メートルのところで悪天候でアタックを断念したんや。本格的な登山というと一般の人は世界最高峰八八四八メートルのエベレストを思い浮かべるけど、K2八六一一メートルのほうがはるかに登頂の難しい死の山や。俺は大学一年生の春休みからレトルト食品の『K2商会』でアルバイトをしてきたけど登山用品のことはまったくわかれへん。あまりにも道具の種類が多すぎて、実際に山に登った人間にしか区別がつけへんねん」

綾乃は、徳子おばあちゃんがヨーロッパ旅行中にウィーンの蚤の市で巡り合った十七世紀後半に作られたというスプーンと小皿のセットを使っているのかと春明に訊いた。装飾品以外は、使わなければ死んでしまうと徳子おばあちゃんはいつも真顔で言う。

「毎日使ってるよ」

と春明は笑みを浮かべて答えた。

「使わんときも、あの台のついた皿とスプーンを毎晩磨いてるよ。ギターをうんと小さくしたような純銀のスプーンを見てると、なんと言うたらええのか、疲れが取れていくねん。なんと不思議な形やろって溜息が出るねん。あのスプーンはなあ、ギターのボディ部分、掬ったものを載せる部分にわずかにうねりがあるのを知ってた？」

「うねり？」

「ギターのボディの真ん中が波打ってるねん。扱いが乱暴で曲がったのではないということは五つすべてにうねりがあることでわかる」

「へえ、気づけへんかったわ」

春明は発泡スチロールの箱を指差して、

「このアイスクリームをあのスプーンで食べたら、なんのためのうねりかがわかるよ。なんぼ上等でも市販のアイスではそれがわかれへんねん」

と言った。

「えっ、答えを教えて。もう時間がないで」

「スプーンの上でアイスクリームが溶け始めても、あのうねりのお陰でぽたぽたと下に落ちへん。そのためにわずかに波打たせてあるんやということが、この本物のアイスクリームを載せるとわかるねん」

「なーるほど。すごーい」

「しかもその波打ちが、あの古い小さな純銀のスプーンに摩訶不思議なフォルムをもたらしてるんやなあ」

「ハルッチ、骨董品の鑑定家みたいやなあ」

「柄の裏側に紋章が刻印してあるよ。十七世紀に生きたどこかの貴族が特別に誂えて作らせたんやろな。徳子おばあちゃんは、あれを当時の日本円に換算して八万六千円で買ったんや。蚤の市で八万円以上の値札がついてる品物なんて滅多にないそうやで。そやから蚤の市と言うのやろ？　これを八万六千円で買うたわたしは泥棒やって、おばあちゃんは笑ってた」

綾乃は、仕事を終えて古いマンションの部屋に帰り、シャワーを浴びてパジャマに着替えた春明が、小ぬか雨食堂の親父さんのフム、ヨウと掛け声をあげて作ったアイスクリームを食べながら、ときおりスプーンを眺めてニターと笑みを浮かべているさまを想像した。

十

——わたしは九十歳の誕生日を迎えるなどとは考えもしていなかった。加齢によって自然に生じる心身の不調はあるが、長生きをすることがいかに素晴らしいかをいま深く味わっている。わたしがこんなに幸福に生きてきたのは家族のお陰だ。わたしひとりの力で得たものなどひとつもない。

そのお礼に、九十歳の誕生日祝いを兼ねて、みなさんを晩餐会にご招待したい。素晴らしいワインと、長くパリのエリゼ宮の調理部で研鑽してきた玉木伸郎シェフによるフランス料理の王道の味を楽しんでいただきたい。

当日、おめかししたみなさんと京都でお会いできる夜を楽しみにしている。——

徳子おばあちゃんがノートに走り書きした文章はおおむねそのようなものだった。

綾乃は月曜日の昼、会社の近くの寿司屋で上握りの盛り合わせを甲斐京子にご馳走して、その下書きを渡した。

四十歳のときに夫と離婚して、タカラ海運の翻訳室に勤務しながら二人の息子を育ててきた甲斐京子は、来年大学を受験する長男のことで頭が一杯なのに、高校一年生の次男は大学には行きたくないと言って、頻繁に学校を休むようになったと悩みを口にしていたが、招待状の文案に目をとおすなり、

「エリゼ宮のスーシェフの玉木伸郎さん？ 玉木さんが料理を作るの？ 金井さんから電話で聞いたときは、晩餐会っていってもフレンチの食事会程度だろうって思ってたわ。下の息子とけんかしてる最中だったから」

と驚き顔で言った。

「わたしもびっくりしました。しかもドレスコードが厳格で、女性は正装のドレスです。男性はさすがに燕尾服じゃないけど、タキシードにブラック蝶タイが用意してありました」

綾乃はアラの味噌汁を味わってからそう答えた。

「玉木シェフはエリゼ宮ではスーシェフです。二十年間、ずーっとスーシェフ。第二シェフってやつですね」

「そりゃそうよ。エリゼ宮で日本人にシェフはさせないわよ。どんなにシェフより腕が良くてもね。でも腕はフランスで一、二だって褒める人が多いわ。パリのフランス人が褒めるんだからね。その人たちはムッシュ・タマキって敬意を込めて名前を口にするわ」

「おばあちゃんは小学校の先生だったんです。玉木さんはそのころの教え子なんです」

「それってずいぶん昔よね」

甲斐京子は、一時半から会議だが一時間ほどで終わるはずだから、そのあとフランス語に翻訳しておくと言った。

「うちの翻訳室でときどき仕事を頼む印刷会社があるのよ。少部数だけど雑な印刷物では困るっていうときに頼むのよ。紙とかも、とても凝ってくれるし、細かい注文にも対応してくれるよ。この招待状、何組作るの?」

「おばあちゃんは家族以外にふたり招待するつもりだったんですけど、ふたりとも高齢を理由に辞退されたんです。だから両親とわたしたちきょうだい四人。兄夫婦には一通でいいと思ってたら、お嫁さんが、わたしにも欲しいって。金井春菜様っていうのを。だから、封筒と中身で七組ですけど十組作って記念に残そうと思って。そんなちょっとを印刷してくれるところがあるかなあって心配してたんです」

「あるある。紹介するわ。ねえ、思いっきり豪華な招待状を作りなさいよ。一生残しておきたくなるようなのを。エンブレムなんか箔押ししたりして」

「エンブレム……。羽織の袖の家紋ならありますけど」

「本格フレンチによる正式な晩餐会に日本の家紋は合わないんじゃない?　この際、作ったら?　金井家のエンブレムを」

そう言いながら、甲斐京子はスマホで検索して、幾つかの日本の家紋を並べてあるサイトを綾乃に見せた。

鷹の羽紋、桐紋、蝶紋……。

へえ、日本の家紋とはこんなに美しいものだったのかと綾乃は見入った。この独創的なデフォルメを戦国時代、いやもっと昔に日本人は創造していたのか。いささかも古臭くなく斬新だ。西洋のエンブレムと比してまったく遜色はない。それどころか日本の家紋のほうが垢ぬけている。


「金井家の家紋を招待状に入れます」

と綾乃は言った。


夕方、仕事を終えてデスクを片づける社員たちの会話が賑やかになったころ、甲斐京子が招待状の挨拶文をフランス語に翻訳して持ってきてくれた。会社から歩いて十五分ほどのところにある印刷会社への地図も描いてくれていた。

綾乃は六時過ぎに社を出て、通りを西へ歩きながら徳子おばあちゃんに電話をかけた。


「金井家の家紋はなに？　招待状に入れようと思うねん」

「家紋を？」

「うん、厚めの紙にそれとなく」

「それやったら、わたしの紋を作ってほしいねえ」

「徳子おばあちゃん個人のってこと？　あらたに作るってことやなあ」

「うん、金井徳子の紋や。わたし、それで落款を作るわ」

「へえ、それはええなあ。どんな紋にしたい？」

「綾乃にまかせます。ちょっと忙しいから、電話を切るよ」

「忙しいって、なにをしてるの？」

「登山の記録映像を観てるんや。はらはらどきどきする映像や。ああ、『小ぬか雨食堂』のアイスクリームをありがとう。おいしかったわ」

おそらく前のめりになって食い入るように登山のドキュメンタリー映像を観ているのだろうと思い、あのアイスクリームは春明が買ったので、わたしは一円も出していないのだと言ってから、

「どこの山？　Ｋ２？」

と綾乃は訊いた。

「ミャンマーの奥地にある山や」

「カカボラジ」

という母の声が電話の近くで聞こえた。

いま徳子おばあちゃんは心ここにあらずの状態だと思い、綾乃は電話を切った。通りの斜め向こうに印刷会社の看板が見えてきたからだ。

ミャンマーのカカボラジ？　そんな山、きいたこともない、と思いながら、綾乃は信号を渡った。

その印刷会社は、あしたまでにチラシやパンフレットを二十枚作りたい、とか、急な会合の案内状をきょうの夕方までに作ってくれ、とかの依頼に応じることを売りにしていた。

綾乃は、垂れ目の中年の社員に招待状の要旨を説明して、たったの十組だが今日中に印刷し

てくれるだろうかと訊いた。

「甲斐さんから電話で承りました。うちはどんな印刷物でも迅速に対応しますよ。偽札以外はなんでも印刷します」

と笑顔で言って名刺を綾乃に渡した。黒木隆《くろきたかし》という名前だった。

この人は関西人ではないだろうか。偽札以外はなんてひとことをつけ加えるのは関西人の一種の性《さが》のようなものだ。言葉のイントネーションは標準語だが、わたしと同じで関西弁と標準語を器用に使い分けるのだ。東京で暮らす関西人にはそういう人が多い。

そう思って、勧められるまま黒木と向かい合わせに腰掛けて、

「黒木さんは関西ご出身ですか？」

と綾乃は訊いた。

「えっ？　わかりますか？　ばれたら、しゃあおまへん。いかにもぼくは関西人。大阪は道修《どしよう》町《まち》の生まれで、阪神タイガース命の男です」

「やっぱり」

黒木隆がなんだか長話を始めそうな顔つきになってきたので、綾乃はすぐに家紋について相談した。家紋は円のなかに描かれているが、それをUの楯形のなかに入れて、封筒と招待状に型押ししたい、と。

「はあ、西洋のエンブレムは中世の騎士の楯の形ですが、日本の家紋を楯形のなかに入れるわけですね」

飲み込みが早いなと感心して、

「そうです、そうです。そうしたいんです」

と綾乃は答えた。

もし型押しをするのなら型を作らなければならない。鉛を型に流し込むという作業が必要で、それには時間がかかる。

黒木はそう言いながら、『日本の家紋』というぶ厚い本を持ってきた。

「金井家の家紋を探してください」

「うちの祖母は、自分用に新しく作ってくれってわたしにまかせたんです」

「新しく作る？」

黒木は怪訝そうに綾乃と一緒に幾つかの家紋に目をやった。

「家紋てこんなに多いんですね」

「多いですよ。ひとつの定型からいろんなバリエーションがありますからねえ」

これは困ったことになったなと思ってページを繰っていると「橘紋」というのがあった。橘の花を幾分抽象化させて、花弁は実際よりもふくよかにしてあった。

「これにします。おばあちゃんは橘の花が好きなんです」

黒木は回転椅子に腰かけたまま、綾乃に背を向けて、それから慣れた手つきでＭａｃに表示されているデザインソフトを操作した。女性の社員が封筒と中身の招待状の紙見本を持ってきて、それぞれの説明を始めた。

羊皮紙のような手触りの紙が気に入ったが、女性社員は、これは紙の表面がざらつき過ぎてエンブレムを印刷すると紋様の美しさが損なわれると言い、自分の推薦する紙を三種類並べた。綾乃はそのうちの一枚を選んだ。

「こうなりますね」

黒木は背を向けたままPCの画面を指差した。

「うわあ、きれい」

と綾乃は言った。白で橘の花を、背景は黒。しかし、黒木はこれだとお祝いにふさわしくないので、花に色をつけたらどうかと提案した。

「ピンクにしてください」

迷うことなく綾乃は言った。

「楯の色は白抜きがいいと思うんですが。まあ、やってみましょう」

黒木は白抜きにしたり、楯の線をさまざまに変えて試し、そのたびに綾乃に見せた。明るい緑がピンクの橘にもっともよく合った。

招待状に使うフォントを決めると、黒木は一時間だけ待ってくれと言った。一時間で晩餐会の美しい招待状を印刷する。フランス語のフォントは少し趣を変えてみよう。試し刷りするので、やはり一時間は待っていただきたい。

「エンブレムを入れるのは、封筒はここ。招待状はここ。それでどうですか？　こういうものは目立つところにさりげなく、です」

綾乃はそれで結構だと答えて印刷会社から出ると、通りを飯田橋駅のほうへと少し戻ったところにあるカフェ＆レストランの看板をかけている店に入って夕食をとった。

「どう見ても、あのおっちゃんがあんなに鮮やかにパソコンを操るとは思えん。まさにプロの仕事。綾乃、人をあなどってはならぬぞ」

綾乃は胸の内でそう言い聞かせた。

まだ四十五分しかたっていないが、行って待っていようと思い、二人掛けのテーブルからレジへ行きかけるとメールの着信音が聞こえた。春明からだった。

——米原からの新幹線に間に合ったので、きのうのうちに東京に着きました。いま大阪の事務所に帰り着いたところです。スパゲッティーのソースの件、オーナーはなかなかふんぎりがつかないようで、いい返事を貰えませんでした。これから事務所の掃除をします。青柳さんの一歳半の赤ちゃんに埃を吸わせて病気にさせたら大変やからね。きのうはつきあってくれてありがとう。——

黒木隆は封筒と招待状を二種類刷って待っていた。綾乃が頼んだのは橘の花がピンク色だったが、黒木は楕の なかを濃いピンクにして花は白抜きで、楕の枠を金色に縁取ったものも作ってみたのだという。

「でしゃばってはいかんと思いつつも、ぼくが勝手にもう一種類作ってみました。橘という花は、やっぱり白でしょう。楚々と咲いて、かつ凛と香る。それでこそ橘でっせ。橘のにほへる香かもほととぎす鳴く夜の雨にうつろひぬらむ。大伴家持《おおとものやかもち》さんもそう詠んではります」

機嫌良さそうに言って、二種類の招待状を左右の手に持ち、さあ、どっちと綾乃の眼前に掲げた黒木の皺深い笑顔を見ながら、

「ほんまですねえ。橘の花は白です。周りのピンク色は撫子。その赤味を強くすることで橘が際立ちますねえ。黒木さんが作ってくれはったほうがはるかにいいです」

とごく自然に関西弁で答えた。

橘の花を詠んだ大伴家持の和歌をさりげなく諳んじる関西弁のおっさんがここにいる。綾乃は気おくれしそうになりながら、封筒をテーブルに置いて、小筆を持つ手つきで宛名を書く動きをしてみた。

「あれ？　筆で宛名を書くおつもりですか？」

「はい。そのつもりです」

「ご自分で？」

「筆で字を書くのが好きなんです」

「差し出がましいことを言うようですが、このエンブレム入りの封筒に筆文字は合えへんような気がしますねえ。ぼくはフランス語のフォントとエンブレムに気を取られて、宛名や差出人のフォントのことを忘れてましてね。どっちもあんまり凝らんほうがええやろなあと思いながら、金井さんをお待ちしてたんです。書き損じたら、これだけの名品の一枚が紙くずになってしまいます。印刷にするほうをお勧めしたいですねえ」

言われてみれば、確かに黒木の忠告が正しいような気がして、綾乃は招待者の名簿をショル

ダーバッグから出すと、それを渡した。

さっきの女性社員がコーヒーを運んできてくれた。

「二十組、いまから刷ります。十組はサーヴィスということで。残ったのは記念に残しとくというのはどないです？」

「はい、大切に残しときます」

印刷機が置いてあるらしい別室に歩いていく黒木の、

「あかん、関西弁に戻ってしもたがな」

というひとりごとが聞こえた。

出来上がりを待っているあいだに綾乃は春明に返信した。

――こちらこそご馳走になってありがとう。きのうはフム、ヨウ、フム、ヨウという親父さんの掛け声が頭のなかでリフレインしてなかなか眠れませんでした。あのアイスクリームは世界一です。また「小ぬか雨食堂」へ行こうね。こんどはわたしに奢らせてね。――

黒木が戻ってくるのに三十分ほどかかった。きっと一枚一枚丁寧に刷ってくれているのであろうと綾乃は思った。

封筒と招待状を別々の紙で包み、さらにそれを厚紙入りのポリ袋で保護して、黒木は表彰状を手渡すかのようにお辞儀をしながら綾乃に差し出した。

「おばあさまの九十歳を祝う晩餐会が盛況でありますように」

礼を言って、綾乃も表彰状を受けるかのようにお辞儀をした。なんだか誇らしかった。

「黒木さんは印刷業界では長いんですか？」

失礼にならないようにと自分に言い聞かせながらも、綾乃は黒木隆という人物に好感を抱いて、代金を支払うと訊いてみた。

「長いです。高校を卒業してから五十三の歳まで大手印刷会社の大阪工場に勤めてました。現場しか知らん職工です。情け無用にリストラされまして途方に暮れてたら、ここの社長がうちで働いてみたらどうかと拾ってくれましてね。ただの職工ですが、印刷のこと、紙のことならたいていはわかります。パソコンの操作も専門の学校に一年間通って修業したという努力、努力、努力の黒木隆。どうか今後もご贔屓に」

そう言って、黒木は通りまで出て見送ってくれた。

冷たいビル風で髪が乱れるのを避けて顔をうつむき加減にして駅までの道を急ぎながら、綾乃は小さく声をあげて笑いつづけた。なんだか選挙の街頭演説みたいだったが肝心の社名が入っていないではないか。

フム、ヨウ、フム、ヨウ、黒木、黒木、黒木。

「あかん、今晩また寝られへん。フム、ヨウに黒木までが重なってリフレインや。黒木さんがアイスクリームを作ってる夢を見そう」

綾乃は胸の内で言って信号を渡った。

東小金井駅の階段を降りると風はさらに冷たくなっていた。長いマフラーで口元を覆い、東大通りをまっすぐ北へと歩き、大地主の豪邸の前を左に曲がって、綾乃は三沢家の煉瓦塀に沿って表門を抜け、丸門の前に辿り着くと十一時前だった。

東廂房の二階の明かりは見えるが、西廂房の高山家は建物そのものが見えない。

「あ、わたしの倒坐房が立ちはだかってるんだ」

とつぶやくと同時に、綾乃は三沢家の敷地がいかに大きいかに驚いてしまった。これまで表門の前で敷地内の各房を眺めたことがなかったのだ。

表門脇のくぐり戸の鍵をあけ、四合院造りの三沢家に一歩足を踏み入れると、木々が風による葉擦れの音をいっせいに消した。風がふいにやんだからだが、綾乃は、おしゃべりをやめた植物たちにじっと様子を見られているような気がした。

東廂房の塩見家の二階だけに明かりが灯っている。塩見家の高校生の一人息子が勉強しているのだろう。滅多に顔を合わせることのない塩見拓弥《たくや》は渋谷にある有名進学校の三年生で、来年東大の医学部を受験するという。休日も国立市にある医学部系進学塾で勉強してから帰宅するので、十時よりも早い時間に家にいたことはないのだ。

西廂房の高山家はすべての明かりを消している。玄関灯もついていない。正房の三沢家は玄関灯と一階の一部屋が明るい。

寒くなかったら、中庭の真ん中の井戸の蓋に腰掛けて星を眺めたいのにと思いながら、綾乃は家に入ってすぐにリビングのガスストーブをつけ、バスタブに湯を入れ、二階の寝室に上がって厚手のポリ袋から封筒と招待状を出すと文机に置いた。そしてエアコンの暖房のスイッチを入れた。

きのうも家に帰り着いたのは十一時前だったので、端渓の硯の書き初めはできなかったが、今夜は少々夜更かししてでも封筒に招待状を入れて切手を貼らなければならない。書き初めは週末までおあずけだ。

あした少し早く家を出て、会社の近くの郵便局で招待状を郵便局員に直接手渡すのだ。消印のスタンプを捺すところまで見届けたいくらいだ。

綾乃は着替えとパジャマをベッドの上に置くと、宛名が印刷されていない封筒と招待状を文机に並べた。

「いいなあ、この橘紋のエンブレム。やっぱり橘の花は白くなきゃあね。ピンクをほとんど赤に近くしたことで橘が浮き上がって見えるようになったのよ。エンブレムをもうちょっと大きくと思ったけど、この大きさと配置が絶妙よね。努力、努力、努力の黒木さんが心を込めてくれたのよね。拝みたくなっちゃう」

綾乃はひとりごとを言いながら、封筒と招待状を携帯電話のカメラで撮り、それを徳子おばあちゃんに送ると、階段を駆け降りてバスルームに行った。

徳子おばあちゃんは十時にはベッドに入るから、写真を見るのはあしたの早朝だろう。きっと気にいってくれるはずだと綾乃は思った。

翌朝、目覚まし時計が鳴るよりも早く目を醒ますと、綾乃は携帯電話を見た。

——撫子に囲まれて咲く橘の花。これが未来永劫にわたって金井徳子の紋になるなんて夢のようです。わたしのしあわせの紋をつくってくださって、ありがとう。次にわたしが生まれてきたときに、赤ん坊のわたしの体のあちこちを探してください。きっとどこかにこのエンブレムがあるはずです。――

綾乃は徳子おばあちゃんのメールを読みながら我知らずベッドに正座していたのだが、二度三度と読み返すうちに涙があふれてきた。

綾乃は心のなかで、生まれたばかりの、元気に手足を動かす赤ちゃんの体に見つけたあるかなきかの小さな赤い点を指で触れた。虫眼鏡で拡大して子細に眺めれば、それは撫子に囲まれた橘の花になるのだ。

十一

十二月二十八日の仕事納めの日、綾乃は経理部員全員でビールで乾杯すると、すぐに隣りのビルの二階にある内科医院に行った。

おとといから始まった咳はひどくなっていて、顔を洗っているとき悪寒で震えたのだ。東小金井駅の近くの薬局でマスクと風邪薬を買ったが、社内、とりわけ経理部では六人のA型インフルエンザの患者が出ていたので、もし感染していたら武佐でのお正月はあきらめなければならない。

三時過ぎの新幹線を予約してあるが、インフルエンザなら乗車は控えねばならないだろう。熱は三十八度八分だった。検査して、医師はA型インフルエンザだと言った。

「これから実家に帰省するんですけど、やめたほうがいいんでしょうか」

「当然だね。あなたのためじゃなくて、他の人にうつさないためにね。熱が下がってしまうまでは外出禁止。電車に乗って乗客にうつしたら犯罪行為だよ」

もうちょっと優しい言い方はないのか、この日焼けサロン男。

綾乃は胸のなかで言って、四種類の薬を貰い、武佐に帰るためにきのう用意したものを入れてあるキャリーバッグをひきずりながら飯田橋駅まで歩き、スマホで新幹線のチケットのキャンセルをした。

東小金井駅に着いたころには、熱が高くなっているのを感じた。歯の根が合わないほどの悪寒が襲ってきたのだ。

キャリーバッグが重くて、歩いていても前に進んでいない気がしたが、三沢家の倒坐房の玄関をあけて台所へ行くと綾乃はすぐに薬を飲み、二階へ上がって寝室の暖房を入れるとベッドにうつ伏せに倒れ込んだ。

このまま寝てしまってはいけない。パジャマに着替えないと。そう思って起き上がり、

「どうしてこのキャリーバッグを寝室にまで持って来たのよ」

とつぶやいて台所に降り、体温計で熱を測りながら空のペットボトルに水を入れて寝室に戻った。熱は三十九度二分に上がっていた。

「もうあかん。この冷蔵庫みたいな部屋でわたしはひとりで死ぬ。二十九歳で孤独死」

そう言って、綾乃はパジャマの上からキルティングのコートを着てベッドに入り、震えなが

ら母にメールを送った。

——風邪ひいた。A型インフルやて。いま家に帰ってきました。三十九度二分。武佐には帰れません。寝る。——

体の節々の痛みで目を醒まし、腕にはめたままの腕時計を見たが文字盤が見えなかった。キルティングのコートを着て寝ていたのに、汗はまったくかいていなかった。

携帯電話を見ると七時前で、三通のメールが届いていた。

——なんで無理してでも帰ってけえへんかったの。誰もいてない家で高熱で寝てて万一のことがあったらどうするの。あったかくしていまから帰って来なさい。——

インフルエンザの高熱で臥している娘に、いまから帰って来い？　なんという残酷な。綾乃は母からのメールは無視することにした。万一のことって、どんな場合なのよと心のなかで言いながら二通目を読んだ。妹の鈴香からだった。

三十日もオペがあるので武佐に帰るのは三十一日の午後になると知らせてきていたはずだと思い、綾乃はメールを読んだ。

——大丈夫。死なへん。ひたすら寝ること。水をこまめに飲むように。シーツの上にバスタオルを敷くこと。——

たぶん母からの知らせで病院から送ってくれたのであろうと思い、綾乃はペットボトルを探したが、カーテンを閉めていて、明かりはひとつもつけていない倒坐房のなかは暗黒といってもよかった。

ベッドから出て、手探りでドアのところへ行き、部屋の明かりをつけると、綾乃はペットボトルの水を飲みながら三通目のメールをあけた。棚田光博からだった。

――恩返しの食事のお誘い、いまかいまかと口をあけて待ちつづけてほぼひと月。正月は近江八幡に帰るの？　俺は予定なし。ひたすら勉強。携帯の電話番号、下記に変わりました。――

棚田には連絡しなければと思いながらも、十二月半ばごろから仕事が忙しくなって予定がたたなくなったのだ。向こうから催促させてしまうなんて申し訳ないことをした。わたしからのメール一通で済んだことなのに。

綾乃は返信する気力がないまま、

――ありがとう。――

と書いて送り、熱を測った。三十八度五分まで下がっていた。

台所へ降りて戸棚の奥を探し、缶入りのコーンクリームスープを見つけだすと、ポリ袋に入れて流しの横に置いてあった食パンを出した。

有名ホテル製のスープは課長が取引先のゴルフコンペで三位になったときの賞品で、課の三人の女子社員に一缶ずつくれたのだ。ケースには十二缶入っていた。

「たったの一缶なんて、けちよねえ」

と三人でささやき合ったのだが、いまのわたしにこのスープはありがたいと綾乃は思い、マグカップに移して電子レンジで温めると、食パンをオーブントースターで焼いた。

食欲はまったくなかったが薬を飲むために食べなければならないと思ったのだ。

「室田課長、ありがとうございます」

と声に出して言い、パンをちぎってスープにひたしたとき、綾乃はひどく頓珍漢なメールを棚田に送ったことに気づいた。

携帯電話を見て確かめて、綾乃はあーあと掌で額を覆った。棚田のこのメールに、ありがとうと返すなんて、思考能力が停止していたとしか思えない。棚田はわたしからの返事を読んで、なんだこれはと首をかしげているにちがいない。

綾乃はコーンスープでパンを胃に流し込んで、棚田に再度メールを送った。

――へんてこりんな返事ですみません。インフルエンザでダウンして、ことしは実家には帰省しません。でも、年内中に熱が下がったら帰るかも。ご恩返しのこと忘れていません。またメールします。――

スープとパンだけの食事を済ませて、食器棚に置いてあったチョコレートを舐めていると、棚田からのメールが届いた。

――熱はいつから？――

――今朝からだと思う。病院では三十八度八分。家に帰ってきたら三十九度二分に上がってました。これから薬を飲んでまた寝ます。――

――ことしのインフルは熱がしつこいらしいぞ。四十度くらいまで上がるって。あさってくらいがヤマだよ。お大事に。――

あさってがヤマ？　そしたら完全に熱が下がって咳が止まるのは元日くらい？　やっぱりお正月も武佐に帰れないんだ。徳子おばあちゃんにうつしたら大変だ。いや大変どころではない。おばあちゃんの命にかかわる。

綾乃はそう思って、薬を飲むと、歯を磨いて寝室に戻り、鈴香の忠告どおりベッドのシーツの上にバスタオルを敷いて、文机の上に置いた小さなランプをつけた。

あ、なにを勉強するのか、棚田さんに訊くのを忘れたと思ったが、力尽きるようにベッドに倒れ込んで蒲団をかぶった。フム、ヨウ、フム、ヨウ、クロキ、クロキ、クロキ。

しばらくそのフレーズが繰り返されたが、綾乃はまた眠った。

次に目が醒めたのは十一時前だった。ひどく咳きこんだが熱は下がったらしく、体はらくになっていた。

綾乃は体温計を脇に挟み、首筋やら胸のあたりをさわった。汗で濡れていた。パジャマも汗を吸っていたが、ベッドに敷いたバスタオルの湿りもひどかった。

「さすがは看護師。鈴香のアドバイスはナイスよ。バスタオルを敷いてなかったらシーツを替えなきゃいけないもんね」

そう言いながら体温計を見ると三十八度八分だった。

「寝る前より上がってるじゃん。こんなに汗をかいたのに、なんで？」

あの日焼けサロン男の薬は効かないのではないか。あのイケメンぶった医師はヤブだ。いや、ヤブ以下だ。そういうのを雀医者というのだと誰かが言っていた。藪に向かって飛んでいこうとしているから雀なのだ。

綾乃は水をたくさん飲んでから階下に降り、下着やパジャマをしまう小型の洋箪笥は寝室に移そうと思いながら着替えた。

ダイニングテーブルの椅子に腰かけて、携帯電話のメールをひらいた。

――起きたら電話ちょうだい。――

母だった。電話がかかってこなかったら綾乃は永遠に寝てしまったとうろたえるかもしれない。

「しんどくて、誰とも喋りたくないんやけど」

と綾乃は母に言った。

「熱は下がった？」

「そんなにすぐに下がるわけがないやろ？　正真正銘のインフルエンザやねんで」

「ワインのコルクを抜く道具はどこに置いた？　十二月の初めに帰ってきたとき、綾乃が使うたやろ？」

「元の場所に戻しといたよ」

「それがないねん。酒屋さんがくれた安物でコルクを引っ張ってたら壊れてしもて、ワインが飲まれへんねん」

「水屋のいちばん右の抽斗。あのお、用事はなに？　わたし、しんどいねんけど」

綾乃の言葉を最後まで聞かないうちに、母は電話を切ってしまった。

「それだけ?　ソムリエナイフがどこにあるのかを訊くためだけに、重病人の娘に電話をかけてこいとメールを送ってくるわけ?」

目を閉じて、胸の内でそう言うと、綾乃はペットボトルに水を入れ、居間のストーブを消し、新しいバスタオルを持って寝室に戻りながら、

「金井徳子さん、あなたは嫁の教育には手を抜きましたね」

と言った。

会社から三沢家の倒坐房に戻ってから、いったい何時間寝たのだろう。最初は三時間半ほどで、二度目は三時間ほどだ。合わせて六時間半。いくらインフルエンザで熱があるからといっても、もう眠れない。これでまた三、四時間熟睡できたら、わたしはよほどの大物か、アメーバ程度の細胞機能しか持ち合わせていないことになる。

綾乃はそう思い、携帯電話のラジオのアプリをひらいて音量を小さくすると枕元に置いた。ゆるいギター演奏がつづいていた。女性のパーソナリティは、今夜はポルトガルのファドを特集してお送りしていると言った。

もういちど薬を飲むと、週に一度か二度送信されてくる青柳由紀恵からのメールを読み返した。

青柳由紀恵は、十二月の最初の火曜日にK2商会へ行き、春明と話し合って今後の経理事務のやり方を一新した。タカラ海運の経理部でも使っている経理専用ソフトを使い、乱雑としか言い様のないこれまでのやりかたを根本から変えることにしたのだ。

K2商会設立以来、よくもこんな杜撰な経理で税務署が認めてきたものだと思うが、税理士がいまや天然記念物と化したような古いタイプの人なので、いわゆる丼勘定の確定申告書を提出しつづけていた。

税務署が、ここは認めないと言えば、ああそうですかと言われるままに訂正する。税務署にとってはらくな相手なので、逆におおめにみてくれるケースもある。

しかしそれはK2商会がさほど利益をあげていないからで、今後の発展ということを考えるなら、税法に則った税務対策が必要だ。そのためには経理のやり方を抜本的に改めなければならない。それはわたしがやる。もし社長に異存がないなら、まず税理士を代えたい。

青柳由紀恵は春明にそう進言した。

おまかせします、よろしくお願いします、と春明は笑顔で頭を下げたという。

最初の一日で、青柳由紀恵は経理ソフトの導入とこれまでの税理士との関係を終わらせるというふたつのことをやってのけた。

電話で顧問契約の解消を告げられた七十歳になる税理士は三十分後に怒気をあらわにしてやってきたが、過去五年間の確定申告書を青柳由紀恵に突きつけられ、理路整然と不備を指摘されて、

「わたしは税理士ではありませんが、社員数五百六十人の会社の経理部で十二年間勤務してきて、その間、税務署による税務調査にも同席してきたので、税理についてもかなりの知識があります。あなたはK2商会というクライアントに毎年百万円前後の納めなくてもいい税金を納

めさせてきたのではないですか」

と言われると、意味不明な答弁をして脅しとも受け取れる捨て台詞を残して帰っていったという。

青柳由紀恵は、春明の承諾を得たうえで、自分の大学の先輩だという税理士にK2商会の税理会計を託した。新しい税理士が東京からやってきたのは翌日だった。

——頼りなさそうな外見の青柳さんに、柔らかい口調でぐさっときついことを言われて、これまでの税理士は顔が青黒くなって額の太い血管を膨らませて汗をかき始めたから、俺は、このおっさん、ここで泡吹いて倒れるんとちゃうやろかと本気で心配したでえ。とにかく青柳さんは仕事が早い。俺はただ子守りをしてただけ。事務所に保育園にあるようなサークルを置いて、そこで娘さんを遊ばせてました。K2商会の狭い事務所の半分は、いまや真澄《ますみ》ちゃん専用の保育園で、日々ちょっとずつおもちゃが増えていってます。あ、真澄ちゃんは娘さんの名前です。——

つづけて三週間前の春明のメールを読み返して、綾乃はまた笑った。

そうなのだ。青柳さんはお雛様のような和風の顔立ちで、声を荒立てるということはないが、穏やかな話し方で相手の肺腑をえぐるのだ。営業部員のなかには、青柳さんの退社を知って胸を撫でおろした者たちが何人もいる。わたしは気が弱いし、見た目も『ふにゃふにゃ』だから、青柳さんの跡を継ぐ人材にはなれそうにないのだ。

綾乃は、先週末に部長に叱られたときの言葉を思い出して、ラジオの音量をさらに小さくした。

「これだと数字を羅列しただけじゃないか。なんのための試案だよ。芯がなくて、ふにゃふにゃだ。やりなおし。あしたの昼までだぞ」

叱られながら、綾乃は自分という人間が『ふにゃふにゃ』と言われている気がしたのだ。体の中心に芯棒が入っていない。パリで暮らす日秋叔母さんのような凜としたたたずまいの女性になりたいと高校生のときは憧れたものだが、それを徳子おばあちゃんに言ったら、

「桜梅桃李《おうばいとうり》よ。綾乃には綾乃の良さがあって、それを磨きつづけるほうが大事よ」

と微笑みながら頬を撫でられたのだ。

綾乃は受信メールボックスをスクロールして、いちばん最近の日秋叔母さんからのメールを読んだ。

招待状を作ったあとに、なにも甲斐京子に頼まなくても日秋叔母さんにメールを送れば済んだことなのにと思ったのだが、あの徳子おばあちゃんの招待文を読んだら、日秋叔母さんは、どんなに忙しくても日本に帰ってきて晩餐会に出席するだろうし、そうさせたくない徳子おばあちゃんの気遣いを無にすることになる。

わたしはそう考えたからこそ、あえて招待状の文章をフランス語にするのを甲斐京子に頼んだのだと綾乃は思った。

いま日秋叔母さんはパリ大学の日本文学の教授の席を得られるかどうかの大事な選考を控えている。五十二歳だから、研究員や助手ではなく正式な教授に推薦される最後のチャンスだと

いう。

日秋叔母さんは大学を卒業してフランスの航空会社の日本支社に就職した。客室乗務員ではなく、支社における企画ブレーンとして採用されたのだ。日本支社で五年勤務したあとパリの本社勤務となった。日本人観光客は大きなマーケットだったし、フランス在住の日本人は増えつづけていたからだ。

三十歳のときに同じ会社のフランス人男性と結婚したが、二年後に流産し、その翌年に離婚した。夫に恋人ができたのだ。

その年、日秋叔母さんは仕事で懇意になった女性のワイン醸造家と組んで、ボルドー産ワインの輸出をする小さな会社を設立した。輸出先は日本だけではなかった。中国、韓国、シンガポール、マレーシア、台湾……。

ビジネスパートナーとなった女性は侯爵家の末娘で、かつての貴族とのつながりが深く、ワインの産地には同じような家系のオーナーが多かった。

そのなかの数人が、アジアという広大なマーケットには、日本以外にも極めて潤沢な可能性があることに気づいて、日秋叔母さんの会社への投資を決めた。

三十五歳のとき、日秋叔母さんは新しい恋人と一緒に暮らし始めてすぐに妊娠したが、その子も流産して、その際、医師から今後の妊娠はあきらめたほうがいいと言われた。ギリシャ系フランス人の恋人も、また新しい相手のもとに去っていった。

資金繰りで苦しい時代もあったが、日秋叔母さんはそれを乗り切って、会社は安定した利益

をあげるようになっていった。ヨーロッパ貴族の横のつながりは、日秋叔母さんに言わせれば、

「世界中の蜜蜂の巣」

だったのだ。

会社はこの数年のうちにワインだけでなく、チーズやシャルキュトリーの輸出、日本酒の輸入も行うようになり、日本のワイン販売会社数社とも良好な取引関係を結んでいる。

しかし、日秋叔母さんのなかには教育者一家の血がやはり流れつづけていたのだ。どのようないきさつからかはわからないが、日秋叔母さんは学術書を専門とするフランスの出版社から能楽集の翻訳と世阿弥に関する本を出し、それが高い評価を受けたあと、パリ大学の日本学の権威と懇意になった。

日本の古典について語り合うようになると、自分が若いころに学んだものをフランスの若者に伝えたいという思いが強まっていった。

——日本文学をもっと世界的なものに押しあげるには、フランスという国を通過させなければならない。歴史を見れば、すべての文化がフランスという国を通って世界性を得ていったことがわかる。——

それが日秋叔母さんが長いパリでの生活で悟った不動の法則だという。

パリ大学で教えてみないかという誘いは、熱心になったりふいに立ち消えてしまったりしたが、それは大学という「村社会」での事情で、金井日秋という女性への評価とは無関係だった。いま、日秋叔母さんはパリ大学で教鞭をとる女性へと近づいている。この半月内に決まるら

しい。だから、徳子おばあちゃんは晩餐会への招待状を送らなかったのだ。

徳子おばあちゃんの血を最も濃く受け継いだのは日秋叔母さんだろうと綾乃は思っている。容姿、話し方、嗜好、気性。

ひとつだけ異なるものがあるとすれば、柔らかさの質の違いという点かもしれない。徳子おばあちゃんは肌に馴染んだ縮緬《ちりめん》のようだ。日秋叔母さんは織り上がったばかりの絽の反物だ。でも、それは年齢のせいであろうと綾乃は思っている。日秋叔母さんが七十を過ぎたら、十センチ背の高い徳子おばあちゃんになりそうな気がするのだ。

綾乃は、携帯電話の音を消して、目を閉じた。まさか眠れるわけがないと思ったのに朝の八時半まで眠った。

夜中にかなりの汗をかいたらしくパジャマも下着も重くなるほど濡れていた。なんだか生まれ変わったような爽快感があった。

棚田の予言は外れて、わたしのインフルエンザのヤマはきのうだったのだ、いまは峠を下っているのだと思い、綾乃は熱を測った。まだ三十八度あった。

「え？　気分は平熱だよ。なんで？」

もういちど測り直して、体温計が壊れているのではないと知ると、空になっているペットボトルを持って台所に降り、水を飲んでカーテンをあけた。

目が眩むほどの好天で、中庭の中央の井戸の周りで虫でも追いまわしているらしいゴンの丸い体が光っていた。

綾乃は一階と二階の窓をすべてあけて空気を入れ替えると、冷蔵庫の中身を調べた。正月の三日に武佐から帰ってくる予定だったので、保存のきかない食品は思い切って捨ててしまったのだ。

残っているのは一膳分ずつラップに包んで冷凍してあるご飯と、卵が三個。自分で煮込んで作って密閉容器に入れて冷凍したビーフシチュー二食分だけだった。野菜類はひとかけらもない。

熱は三十八度だが、体もだるくないし頭痛もない。いまのうちにスーパーに行って買い物をしよう。正月用の食料を調達しておいてから、部屋をあたたかくして安静にしていればいい。

綾乃はそう考えて、窓を閉め、コーヒーを淹れた。

「ミルクもない」

とつぶやいたとき春明から電話がかかってきた。

「寝てるのを起こした？」

と春明は言った。

「もう起きてたよ」

「綾乃はインフルで瀕死の状態やからことしは武佐に帰られへんかもしれんて、お母ちゃんからメールがあったんや」

「……瀕死」

わたしの母は日本語に問題があると心のなかでつぶやいた途端、綾乃は全身にだるさを感じ、節々に重い痛みも甦ってきた気がした。

「いま山陽自動車道の広島県のどこかのサービスエリア。これからどこにも寄り道せずに武佐まで帰るつもりやったけど、アイスクリームなら食べられるかなあと思って。食べたかったら、小ぬか雨食堂に寄って、アヤネエに送るよ。発泡スチロールの箱にドライアイスと一緒に入れたら二、三日は溶けへんでえ。K２商会のレトルトカレーも三パックくらい入れとこか？」

「送って、送って。一生恩に着るから送って」

綾乃は電話を切ると、

「ハルッチ、お姉ちゃんはなにがあろうとお前の味方だからね」

と携帯電話に向かって言った。

綾乃が完全に平熱状態に戻って咳も出なくなったのは一月三日だった。

十二

会社の自分のデスクに散らばっているメモとか伝票とか事務用品とかを片づけて、綾乃は卓上カレンダーを見た。きょうは一月十一日の金曜日。さあ、どうしようか。いまからなら八時台の新幹線に乗れるが、近江八幡市武佐の実家に着くのは十一時をまわってしまう。

予定では、七時過ぎの新幹線に乗れるはずだったので、実家に帰る準備をして出てきたのだが、仕事がうまくはかどらなくて、一時間ほど残業するはめになってしまった。

綾乃は、お正月に家族の顔を見られなかったので、金曜日の夜に帰り、土曜日はゆっくりして、余裕を持って日曜日の晩餐会に備えたかった。喜明兄ちゃんも春菜さんも、福岡から武佐に来るのはあしたなのだし、おなじ土曜日に実家に集まるはずだった春明も鈴香も急に仕事が入って、土曜の夕方に帰ると予定が変更されたので、無理をして金曜日に帰る必要はないのだ。どうしようかと思いながら、綾乃がパソコンの電源を切ったとき携帯電話が鳴った。父からだった。

「綾乃はいまどこや？」

「会社。いま帰りかけたところ。今晩武佐に帰るって言うたけど、もう遅くなるから、あしたに変更するわ。お母ちゃんにそう言うといて」

「そうかあ、それはちょうどよかった」

「いま、どこ？」

父のことだから近江八幡駅まで迎えに行ってやろうと考えて電話をかけてきたのであろうと思いながら、綾乃はロッカールームへと歩いた。

「目の前三十メートルほどのところに『タカラ海運』という白い電飾板が見えてるなあ。飯田橋の駅のほうにちょっと寄ったところの、寒空の下の道や」

「えっ？」

綾乃は慌てて経理部に戻り、大きなガラス窓に額が付くほど近づくと社屋ビルの真下を見やった。目白通りの向こう側の歩道に父らしき人間が立ってビルを見あげていた。愛用の鳥打帽はよく見えるのだが、顔は見えない。

綾乃は大きく手を振り、

「いま手を振ってるけど、見える?」

と訊いた。

まだしばらく残業をするらしい後輩の男性社員もガラス窓のところにやってきて、

「誰ですか?」

と訊いた。

「わたしのお父さん。そこまで来たからって電話してきたの」

父は、見える見えると言って、手を振り返した。

「ほんとにお父さんですか?」

入社三年目の男性社員は疑わしそうに訊いた。

「ほんとだって」

「お父さんが下の道から会社のビルの八階にいる娘に手を振りますかあ?」

ロッカールームでキャリーバッグを取り出して、笑いながら綾乃はエレベーターに乗った。

わたしのお父さんは娘よりも大きく手を振る人なのだと思った。

「インフルエンザは完全に治ったか?」

鼻の頭を赤くさせて、父は綾乃に訊いた。

「うん、治った。もう元気もりもりや。東京にはいつ来たの?」

綾乃はなんだかはしゃいでしまって、父と腕を組んで駅のほうへと歩きだしながら訊いた。父は濃紺のコートを着て、使い込んだ革の鞄を持っていた。

「東大工学部の研究室に保管してあるCD - ROMがみつかってなあ」

「東山の料亭の？」

「うん、それそれ。保管責任者の判が要るんやけど、その人がきょうしか時間がないというので、慌てて新幹線に乗ったのが十一時前。東大の本郷キャンパスに着いたのが二時半。古い研究室の資料保管室の前の固い椅子で待つこと三時間。不親切な官僚みたいな責任者が来たのが五時過ぎ。面倒臭そうに探してくれて、やっとみつかったのが六時。貸出の書類を書いて、そこに責任者の判を貰って、東大から出て、ふっと綾乃の勤めてる会社を見てみようと思ってタクシーに乗ったというわけです。新幹線に乗る前に京都駅で立ち食い蕎麦を食べただけや。お腹が減り過ぎて膝がわなわなと震えてるなあ。江戸前の寿司をご馳走しようか？」

いつのまにか外堀通りを渡って神楽坂のほうへと歩いていたので、総務局長がお勧めの寿司屋の暖簾が見えてきた。

あそこの八千円のおまかせコースは一万二、三千円の価値はある。だまされたと思って、いちど贅沢をしに行ってみろ。

綾乃は、二年ほど前の、なにかの飲み会のときに総務局長が真顔で勧めた店の名を覚えていた。

あ、まだ父と腕を組んでいる。前から来る人のほとんどは、わたしたちが親子だとは思わないだろう。わたしはことしの三月に三十歳になるのだ。

でも、これまで父とふたりきりで人通りの多い場所にいったことはない。出掛ける機会があっても、兄妹の誰かと一緒だった。父と腕を組んだ記憶もない。

どんな関係と誤解されたっていい。父はわたしがいるかいないかもわからないまま、タクシーで本郷から娘の勤める会社まで来てくれたのだ。寿司屋に入るまでは組んだ腕は解かないぞ。

そう思いながら、神楽坂と呼ばれる地域の人混みに入ると、暖簾を指差して、総務局長の言葉をそのまま父に言った。

「へえ、八千円かあ。年に一度の贅沢にしてもOLには大金や」

「そうやねん。八千円くらいは持ってるけど、薄給の身で八千円をそんなふうに使うことに抵抗があるねん」

「よし、お父さんにまかせてもらおう」

そう笑顔で言って暖簾をくぐりかけた父に、

「あさっては、いよいよ晩餐会やってことを忘れんようにね。フレンチの王道のような料理が待ってるねん」

と綾乃は言った。

父は暖簾の前で歩を止めて、綾乃を見つめ、

「そうやなあ。あさっての夜までは、まずいものを食べとくほうがええな。たぶん、そんな思いがあったから、ぼくは京都駅で立ち食い蕎麦にしたんや。上の盛り合わせにしとこか」

「上なんて贅沢や。並でええよ」

笑いながら寿司屋に入り、テーブル席に坐ると、綾乃は、今夜の新幹線に乗るつもりで用意してきたのだが、八時台の新幹線で帰ったら遅くなるので予定を急遽変更したのだと言った。

「そうかあ、残業のお陰で綾乃に会えたんやな。ぼくは遅くとも六時台の新幹線には乗れると思ってたから、泊まる用意なんてしてきてない。まあ八重洲の近くのビジネスホテルにでも泊まろう。着替えのパンツもホテルの自動販売機で売ってるんや」

父はそう言って、上の盛り合わせを注文した。綾乃はビールを注文したが、父はお茶を頼んだ。

「ビールくらい飲んだらええのに」

「すきっ腹やからなあ、電車のなかだろうがタクシーのなかだろうが寝てしまう」

綾乃は、ひょっとしたら父はいちども三沢家の倒坐房に行ったことがないのではと思い、そのことを訊いてみた。

「ないよ。いっぺんもない。四合院造りという中国の古い伝統家屋やということは満里子夫婦から聞いてたけど、行ったことはない。ぼくが東京に来ることなんて年にいっぺんか二へんで、大抵は日帰りやからなあ」

「そしたら、今晩、泊まっていったら？　満里子叔母さんが終の棲家にしたいっていうほど気にいってる四合院造りの家を見ていったら？　それで、あした、わたしと一緒に武佐に帰ったらええねん」

「まあ確かに建築屋のはしくれとしては見てみたいけど、綾乃に余計な仕事ができるやろ？　父親が急に泊まりに来たりしたら余計な神経を使って綾乃が疲れる。せっかくの週末やのに」

父は遠慮しているのではなく、本当にわたしを疲れさせたくないのだとわかったが、綾乃は、泊まる部屋はたくさんあると言った。

「そんならお言葉に甘えて泊めてもらうかなあ。着替えのパンツ、どこで買おうかなあ。あ、靴下も買わなあかん」

「そんなの今晩わたしが洗《あろ》うといてあげる」

「なっ？　そういうふうに綾乃の仕事ができてしまうやろ？　もうじき三十にもなろうという独身の娘にパンツを洗わせるなんて、なんぼ父親でも申し訳ない」

「もうじき三十にもなる独身の娘、って、ものすごう毒のある言い方なんやけど」

上握りの盛り合わせを食べて、アラの赤だし味噌汁を飲み、

「うん、ここは腕のしっかりした寿司屋やなあ」

と父は言って『モナリザの微笑み』を浮かべた。

「わたしの家に泊まるんやから、お父ちゃんもビールを飲んだらよかったね」

素焼きのコップに入ったビールを飲み干して綾乃は言った。

「手が震えるくらいお腹が減ってたから、ビールは飲まんほうがよかったと思うな」

そう言いながら寿司屋を出て外堀通りまで来ると、父は通りの南側にあるコンビニに入って着替えのパンツを買った。靴下は売っていなかった。

甲斐京子にお昼ご飯をご馳走したときも上握りの盛り合わせとアラの味噌汁だったなと思い、棚田光博との食事は今夜の寿司屋で八千円のおまかせコースにしようかなと考えながら、綾乃は同時に父にどの部屋で寝てもらおうかと考えを巡らせた。

といっても一階の叔母さん夫婦の寝室にしかベッドはないのだ。玄関を入って正面の板の間の右側に並んでいる部屋だ。三沢家の倒坐房に帰り着いたら、すぐに叔母さん夫婦の部屋をガスストーブで暖めて、小さなパネルヒーターもつけておこう。あの部屋も頑丈でぶ厚い漆喰壁だから、暖まってしまったらガスストーブは消して、パネルヒーターを弱にしておけば薄い蒲団一枚で眠れる。

ＪＲ飯田橋駅の前であっちを見たりこっちを見たりしている父に、なにを探しているのかと訊くと、

「靴下を売っていそうな店はないかなあ」

と言うので、そんなのは今夜わたしが洗濯機に放り込んで洗って干しておいてあげると笑いながら答えて、綾乃は父の腕を引っ張った。

東小金井駅に着いたのは九時半だった。

東大通りを並んで歩きながら、綾乃は棚田光博のことを父に話した。

「元日から猛勉強をしてたっていうから、いったい何の勉強なのかって電話で訊いたら、なんと税理士試験を受けるそうやねん。そのために会社を辞めてしまいはってん。試験はまず二科目が必修、それから選択必修二科目のうち一科目、選択科目の中から二科目、合わせて五科目

の合格が必要。その五科目はいっぺんには受けなくてもいいねん。大半の人が毎年一、二科目ずつ受験して合格を目指すねん。棚田さんは必修二科目に去年通ったそうや。あと三科目。そやけどその三科目が難関やって言うてはったわ」

「ほう、そんな有名な化粧品会社に勤めてて、残りの三科目のために会社を辞めてしまうなんて、ええ度胸やなあ。背水の陣を敷いたんやねえ」

「考えれば考えるほど、棚田さんはわたしの大恩人やってわかってくるねん。なんでそんなことに長いこと気がつけへんかったんやろ」

「若いときには気がつけへんことがぎょうさんあるんや。気がついて、恩返しを実行しようとしてる綾乃はえらい」

と言って父は綾乃を見やった。

うーん、やっぱり謎めいた微笑だ。父の微笑はなんと柔らかいことだろう。

綾乃はそう思いながら道を左に曲がり、もうすぐそこだと言った。

まだ表門は閉まっていなかった。その奥の丸門をくぐろうとすると、父は内塀の中央に穿たれた丸門の紋様を手で撫でて、

「これは釉薬を塗って窯で焼いた特注品やなあ」

と言い、丸門をくぐって中庭に入るなり、無言で立ち尽くして長いあいだ動かなかった。

もし塩見家のゴンが短いしっぽを振りながら走り寄ってこなかったら、父はコートを着て革鞄を持ったまま、三沢家の中庭を隈なく見て廻り、樹木と花壇の配列や、十字に嵌め込まれた

敷石や蓋をかぶせた井戸を丹念に観察したことだろうと綾乃は思った。

綾乃はゴンの顔や背から尻へとかけて撫で廻してから倒坐房の玄関の鍵をあけ、まず正面のリビングのストーブをつけ、叔母さん夫婦の寝室に入ってベッドの覆布を取り、それからストーブを納戸からだしてホースをガスの元栓に差し、パネルヒーターの電源を入れた。

犬好きの父は五分近くもゴンと話をしてから倒坐房に入ってきた。知らない人とは必ず距離を取るゴンが、父の膝にまとわりついていた。

「ちょっと二階も見てええかな」

と訊いて、父はコートを脱ぐと階段を上がっていった。そのうしろからゴンが当然といった表情でついていき階段をのぼりかけたので、綾乃は慌ててゴンを抱きあげて外へ出した。

「きみのおうちはあっちなの」

綾乃にお尻を軽く押されて、ゴンは塩見家の東廂房にうしろ髪を引かれるといった風情で戻っていった。

「あの丸い門を通り抜けた瞬間に、突然異世界に入ったという気がして、びっくりした。木は六本しか植わってないのに、鬱蒼とした森に迷い込んだ気にさせる。これは凄い家やなあ。四合院造りの家というのは中華数千年の歴史における民族のエッセンスや」

と階段を降りてくるなり父は言った。

「満里子夫婦がこの家を終の棲家にしたいという気持ちがわかるな」

綾乃はコーヒーを淹れながら、父のコートと背広の上着をハンガーにかけて漆喰壁に埋め込まれた違い棚に吊るし、バスタブに湯を入れるための蛇口をひねった。

「家主さんは、いつかはこの家を手放すしかないと思う、って満里子叔母さんは言うてたけど、具体的な話をもちかける前に、叔父さんがタイのバンコク支社長になって赴任することになってしもたから」

ダイニングテーブルの椅子に座り、父はネクタイを外した。

「家主さんに跡取りはいてはるのか？」

と父は訊いた。

「息子さんと娘さんがひとりずつ。そやけど一緒には暮らしてないみたい。満里子叔母さんも会ったことはないって」

そう言って、綾乃はブラックコーヒーを父の前に置いた。朝、出がけに紙パックに残っていた牛乳も捨ててしまったのだ。

綾乃は父と向かい合って坐り、リビングのなかで浮いてしまっているソファを指差し、家具は無理をしてもいいものを買わなければ駄目だということがよくわかったと言った。

そして、ふと中京区の文康堂の主人の言葉を思い出し、それを父に話した。

「色や形を簡単に説明しただけやのに、その硯には一か所、角に欠けがおませんかって訊いて、それからお嬢さんは朝倉家にゆかりの方ですかって。なんか悪いことをして問い詰められてるような感じがして、なにも答えずにその筆屋さんから逃げだしてん。お父ちゃん、朝倉っていうのは徳子おばあちゃんの最初の嫁ぎ先なの？」

「うん、左京区下鴨の朝倉家や。そやけど、おばあちゃんの最初の嫁ぎ先のことなんか話題にはせんかったからなあ。話題にすべきことではないやろ？」

「うん、徳子おばあちゃんは十六のときに嫁ぎはったんやけど、相手の人は結婚して二週間ほどで召集されて戦死しはった、ということはお母ちゃんから聞いたと思うねん」

父はうまそうにコーヒーを飲み、漆喰壁から半分だけ出ている太い木の梁を見つめて、

「五本の梁、全部が楢の木やな。贅沢な造りや」

と言った。

綾乃は端渓の硯と一緒に入っていた徳子おばあちゃんからの手紙を二階の寝室から持って来て、見せようかどうか迷いながらテーブルに置いた。

――さらに起きたまはぬ朝――の件《くだり》を父に読ませていいものかどうか思案したのだ。けれども、父はなんでもゆったりと咀嚼できる人なのだからと考えて、手紙を渡した。

「あの端渓の硯を梱包したのは、ぼくや。毛布で包んであったやろ？　もし途中で割れたりしたら大変やと、玉枝が古い毛布で包んだんや。あの毛布、綾乃が赤ん坊のときに使ってた毛布や」

「えっ！　わたしが赤ん坊のときの？」

「喜明、綾乃、鈴香、春明の四枚の毛布が大事に畳んで置いてあった。玉枝がクリーニングに出してから、一枚一枚丁寧に包んで柳行李に入れといたんや。その柳行李はおばあちゃんが金井家に嫁ぐときに持ってきはった。いまも京都に一軒だけ本物の柳行李を作ってる店があるけ

ど、おばあちゃんの柳行李は文化財物やなあ」

「よかったあ。よっぽど捨てようかと迷って、またなにかの役に立つかもと思うて二階の洋箪笥にしまってん。捨てなくてよかったあ」

「綾乃の涎とか鼻汁がぎょうさん沁み込んでるで。クリーニング屋がきれいに洗ってくれたやろうけど」

モナリザの微笑でそう言い、父は徳子おばあちゃんの手紙を読んだ。

読みながら寝てしまったのではないかと思い、綾乃はうつむき加減の父の顔をときおり下から覗いた。寝るどころか、父は母親似の切れ長の目を引き絞るようにして、何度も何度も手紙を読み返していた。

いったいいつまで読み返したら気が済むのだろうと綾乃がなんとなく落ち着かなくなってきたころ、父は手紙を封筒にしまって大きく息を吐いた。

そしてしばらく無言で高い天井の梁を眺めてから、

「綾乃のおばあちゃんが来国俊の短刀で心臓を突こうとしたのは昭和二十年八月六日の朝の十時ごろや。武家の女の古式に則って、えいと左の乳の下を突きかけた瞬間に……」

と言葉を止めたあとまた黙り込んだ。

父はコーヒーをもう一杯淹れてくれと頼み、これから喋ることは綾乃のおじいちゃん、金井健次郎が大学を卒業したばかりのぼくに語ったことだ。ぼくが余計な自分の言葉を挟まないためにも三十八年前の金井健次郎の話を可能なかぎり再現するほうがいいと思うと言った。

綾乃は新しいコーヒーを淹れて、父の前に坐った。

「綾乃はあまり覚えてないやろけど、おじいちゃんは大男やった。骨組みも大きくて、肩幅もあり胸板も厚かった。当時の日本人で身長百八十五センチといえば相撲取り級の偉丈夫や。京都帝国大学に入ると、建築を学ぶはずやのに、暇をみつけては野鳥を追い廻してたそうや。比叡山とか比良山にはきれいな色の小鳥が多かったから、どこかの古道具屋で双眼鏡を手に入れた。ところがそれが壊れててなあ、左右のレンズのピントが合えへん。下鴨に、どんなに故障したものでも大抵は直してしまうやつがおるという噂で、しかもその男はおんなじ大学の同学年やというので、壊れてる双眼鏡を持って訪ねていったそうや。その人が朝倉清彦《きよひこ》。徳子おばあちゃんの最初の夫になる人やけど、そのときはまだ縁談にはなってなかった。朝倉清彦は京大の学生やったけど、通信研究所の研究員としてレーダーの開発に加わってた。海底を探るレーダーで、その研究はのちに魚群探知機や海底の形状を調査するレーダーへと発展していったそうや。とにかく太平洋戦争の真っ只中で、大学もまともな講義なんてない。理系の学生といえども軍需工場で勤労奉仕の日々や。それまでは召集されるのは二十歳になってからやったけど、志願すれば十八歳でも入営できるようになってた。学徒出陣という名目で大学生も戦地に送られるようになっていく。日本は敗色濃厚どころか、もう滅亡の状態やったけど、軍部はそれを隠しつづけてた。そんな時世に、なぜ朝倉家が長男の結婚を急いだのか、朝倉清彦はいっさい説明してくれんかったそうや。徳子おばあちゃんの高野家も、朝倉家に請われて縁談に応じ、なぜ戦争中なのに長女を嫁入りさせたのかわからんけど、ぼくも戦後生まれやから、そのころの時世についても人心についてもほとんど知らんのや。

朝倉家は代々、朝廷の学問所に仕えてた家柄で、公家の子弟教育を担ってた。将来の関白や右大臣や左大臣、大納言、中納言、少納言。朝廷にどれだけの官位があるのか詳しくは知らんけど、京の禁裏にはそういう子どもたちのための学問所があって、書道や和歌や神学や古事記、日本書紀、茶道や朝廷の祭祀万般に関する決まり事、いわゆる帝王学を教える文官が禁裏の周辺に住んでたそうや。朝倉家はその文官のなかでは高位の家や。明治の時代には太政官制廃止とともに東京に移ったけど、昭和の初めに京都に戻って来て下鴨に家を持ち、京阪神の各学校の監督官のような要職についた。いまでいう、宮内庁の高官と文部官僚とを兼ねたような要職やな。それもかなり上位の官僚や。ここからは綾乃のおじいちゃんが語ったあの日の出来事や。ぼくの記憶に残ってるとおりに再現してみるけど、そっくりそのままというわけにはいかんことは承知しておいてくれ。思いだしながら喋るんやからなあ」

父は考え考え喋っているのに、口調は流暢だった。綾乃は、意外に父は喋ることが上手なのかもしれないと思い、コーヒーポットをテーブルに置くと、姿勢を正した。

十三

——俺が三条大橋の東側にある叔父の家を出たのは昭和二十年八月六日の朝の八時ちょうどやった。町内の婦人奉仕団が集まって、二列に並んで東山の南側にある軍靴を作る工場に勤労奉仕のために出発するのが八時やった。それとおんなじ時間に下鴨の朝倉家へと歩きだしたということは、俺も八時に出たわけや。

なんでそんなことにこだわるのかというと、その十五分後に広島の中心部に原子爆弾が投下されたからや。

人類の歴史のなかで未曾有の残虐性を持つ、想像を絶する悲惨な威力の爆弾を、何十万人もの武器を持ってない人々の殺戮を目的として米軍が投下する十五分前に、俺は三種類の柄の長さの植木鋏を持ち竹箒を肩にかついで、きょうも暑くなりそうやけど、青いきれいな空やなあと思いながら歩きだしたことを、まず話しておきたいんや。

二条大橋までは川端通を歩いて、俺はそこから鴨川の畔に降りた。降りるとき、橋の西側から急ぎ足で来た人に俺は時間を訊いた。そのおじさんは腕時計を見て、八時十五分やと教えてくれた。

言うまでもないことやが、そのとき、広島では原子爆弾が炸裂してたんや。

朝倉家には昼前に着いたらええ。きのうは生垣の剪定をしたから、きょうは庭の低木の剪定だけしたらええ。五本の高木はあしたや。作業はべつにきょうでなくてもええのやが、天気が良かったから、ふっと行く気になったというわけや。

朝倉家の庭木の剪定なんか一日で片づけられるのやが、町内の住人、とりわけ町内組長などという役を命じられた人のなかには、憲兵隊からお墨付きを貰ったかのように命令口調で差配して廻るやつがいて、こんなご時世に植木の剪定か、皇国の興亡の只中で生垣の手入れか、と怒鳴り込んでくるので、下鴨の高野川の東側で静かに暮らしている人々は、庭木を伸びるがままにしているしかなかった。

徳子さんのお姑さんは、わざわざ三条大橋の近くまで訪ねてきて、近所にわからないように庭木や生垣を刈ってくれないかと俺に頼んだ。

俺はことしの春に徴兵検査を受け、秋か冬には入営することが決まってる。大学は開店休業やし、夏休み中でもある。もし町内会の連中に咎められても、この大男には臆して、軽い口頭注意で済ませるだろう。朝倉家のお姑さんはそう考えたのやと正直に言うた。俺はお安いご用やと引き受けた。叔父の工務店を手伝って、庭師の仕事の要領もこころえてたからや。

朝倉家は当主の一之助《いちのすけ》が去年の秋に軽い卒中で倒れ、療養と疎開を兼ねて大原三千院に近い農家に移り、ただひとりの跡取りの清彦は七月に戦死して、家には女ばかり四人になってしまってた。清彦の母、妹二人、そして嫁の徳子さんや。

大原の農家は、朝倉家が嘉永二年に朝廷から賜った土地やという。理由はわからんが、かなり広い桑畑と、畑と田圃が各二反ずつ付いた大原の土地で、朝倉家の女たちは代々養蚕と生糸づくりをして、それを関白家に献上してきたそうや。

きょうは秋蚕《あきご》の時期の前に桑の木の状態を見るために、徳子さん以外は朝早《はよ》うから大原へ行ったはずや。徳子さんはひとりで留守番や。

俺は夏草の生い茂った鴨川の畔を足音を忍ばせて歩いて、カルガモの巣を探したり、コサギが小魚を獲るのを見ながら、大学の機械工学専攻の学生のひそひそ話を思いだしてた。

「この国は9九玉。次に8八龍と打たれても投了せんらしい」

活路はどこにもないということを嘲笑とともに表現したわけやが、京都帝大の理科は軍に技術者を徴集されてたから、朝に御前会議で決まったことが夕方には伝わってくるという特典もあったんや。

すでに大阪は数回の空襲を受けてた。七回目の大空襲は七月の二十四日やった。大阪は焼け野原で、ほとんどの人々はどこかに疎開して、飢えて芋の蔓を食べてる。

神戸は何度も空襲を受けてたけど、本格的な大空襲は三月十七日と六月五日。

三重県では六月十八日に四日市市が、七月二十八日には津市が爆撃された。

京都の人々はいつ米軍のB29が京都に焼夷弾を雨あられと落とすやろうかと、恐怖のなかで暮らしてた。

米軍の標的は日本の軍基地と軍需関連施設や。京都で狙われるのは日本海沿いだけや。京都の南側、とくに洛中は米軍にとっては、爆撃する価値はないんやから空襲からは免れる。そう断言する人たちもおったが、さして根拠のある推論ではないなと俺は思ってた。

清彦も死んだ。Mも死んだ。Yも死んだ。俺も友だちからはちょっと遅れたけど、今年中には死ぬやろ。

俺はそう思いながら、鴨川のきれいな流れと、水鳥を眺めながら、徳子さんはなんで大津の実家に帰れへんのやろと考えてた。このまま未亡人として朝倉家で一生を終える気やろか、と。

俺が初めて徳子さんを見たのは清彦との祝言の日や。

賑やかなお輿入れは避けて、親類だけで祝言をしたんやが、裏方には男の手が要るやろうと俺と友だち二人が当日の手伝いに行ったんや。

　徳子さんの花嫁衣裳への着替えも朝倉家の奥の間でこっそりとやったくらいやから、祇園の仕出し屋から料理をリヤカーで運んだのも俺たち大学生仲間やった。

　朝倉家は質素な造りで、玄関の土間をあがったところに来客と応対する三畳の間がある。左に廊下があり、その奥は台所で、廊下は台所の前から東に延びて、朝倉家の二人の娘の部屋、その隣りが当主夫婦の部屋。廊下はそこで左右に分かれる。左へと曲がる廊下は広い納戸の向こうの八畳の間につながってる。そこが若夫婦の部屋や。

　右へと曲がる廊下を行くと中庭の前に出て、さらに廊下は左に曲がり、奥の間と呼ばれてる八畳の客間の前につながる。

　台所からはべつの狭い廊下があり、それは女中部屋へ行くためのもんやが、女中が丹後の実家に帰ってからは空き部屋になったままやった。

　質素な造りの家と言うたけど、正真正銘の数寄屋造り。しかし、あからさまに侘び寂びとは感じさせんぞ、という建て主の思想みたいなものが目を光らせてるたたずまいの家や。

　俺たちは、仕出し屋から運んできた料理を台所に並べて、伏見から届いた樽酒を庭に移した。

　そのとき、支度を整えた徳子さんとお別れの挨拶をするためにご両親が奥の間に入った。花嫁が両親に挨拶をするために部屋へ行くのが通常の儀式やけど、時局をはばかって逆のやり方を選んだことは、学生の俺にもわかった。部屋の前の廊下には徳子さんのご弟妹も並んで坐った。

俺たち三人は、庭から出る機会を失くしてしもうたんや。庭からは外へ出る場所はない。廊下には高野家の人たちが坐ってる。

しょうがないから、俺たちは靴を脱いで、庭の隅の石灯籠のうしろの、苔の上に正座した。奥の間と廊下を隔てる障子はあけたままやった。そやから俺はそのとき初めて十六歳の徳子さんを見たんや。

白無垢の花嫁衣裳、白い綿帽子。深紅の口紅。

綿帽子で顔の半分は隠れてたけど、その美しさをどう表現したらええのか……。俺は正座して膝に目を落とすふりをして徳子さんを上目遣いで見つづけた。俺の全身に鳥肌が立ってるのが自分でもわかった。

絵に描いたような美人なら、世の中にごまんとおるやろ。そやけど、この十六歳の花嫁の全身から放たれてる凛然とした輝きはいったいなんやろ。べっぴんさんや、とか、美しい、とか、美人や、とか、ええ女や、とか、女性の容貌を褒める言葉はぎょうさんあるけど、そういうものの範疇を超えた女性の美しさというのを俺は初めて見たのや。

俺はそのときのことを思いだしながら、鴨川の畔の夏草の茂った道から上がり、二条大橋を渡って、川に沿った堤を歩きだした。

小魚に狙いを定めたらしいコサギをふと立ち止まって眺めてたら、うしろから声をかけられた。中年の警官がきつい目を俺に向けてた。

「なにをしてるねん。貴様とおんなじ年頃の青年が戦地で皇国のために命を捧げてるときに、貴様は鴨川で涼んでるのか！」

警官はそう言って、俺の氏名年齢職業を訊いた。

「金井健次郎。二十歳。京都帝国大学の学生です。徴兵検査を甲種合格して、いまは入営待機中です」

俺はそう答えて、学生証を見せた。

「それはご苦労である」

なんとなく悔しそうな表情で言うと警官は引き返していったが、途中で立ち止まって俺の様子を窺っていた。

俺は警官につきまとわれるのが鬱陶しくて、足を速めて鴨川の堤を歩きながら、振り返って、いま何時ですかと大声で訊いた。九時十分ということやった、広島に原爆が投下されて約一時間がたってたことになる。

さほど暑くない、しかし日が晴れやかに照る、青空と小さな丸い雲のきれいな、いつもの鴨川の畔と比べるといやに水鳥やトンボや蝶の多い夏の朝やった。

十四

俺は鴨川の川風に涼みながら、草の茂ってるところを選んで荒神橋を過ぎ、そのまま真っすぐ歩きつづけて賀茂大橋の真ん中へ行った。そこからは北山の連なりと賀茂川と高野川の二手に分かれるあたりの家並みがのびやかに拡がってるのが見える。俺はその風景が好きで、朝倉家に行くときは必ず賀茂大橋を西から東へと渡ることに決めてたのや。

京都の中心部の町屋とは風情の異なる家々が、左京区下鴨という一角を昔からいささか別格の地にしてきたのやが、その下鴨の住宅地の前に「糺《ただす》の森」がある。賀茂御祖《かもみおや》神社の境内にある三万六千坪もの広大な森や。

賀茂大橋の真ん中からはその糺の森の樹木が、はるか彼方の原生林のように見えて、俺はそれを見るのが好きやった。色とりどりの謎めいた野鳥が森の梢のあちこちから誘いの囀りで俺を呼んでるような気がするんや。

俺は、賀茂大橋から糺の森のほうを見ながら、なんで清彦の乗った巡洋艦は沖縄に近い海域でレーダーの実験をやってたのかと考えた。

米軍が上陸して、日本軍が沖縄の人びとを見捨てて首里から南部へ撤退したのは五月や。制空権も制海権も沖縄周辺は米軍に握られた。新式のレーダーの実験なんか九州か四国あたりの海上でやればええことや。そやのに、清彦の乗った巡洋艦は奄美大島から沖縄のほうへ七海里ほどのところで撃沈された。なにか他の作戦を遂行中やったとしか思えん。陸軍は最初から血迷うてるけど、海軍もまともな判断が下せんようになったんや。そんな日本軍に、俺はことしの秋に入隊して死ぬのか。

俺は「ふん」と鼻で笑って賀茂大橋を東に渡り朝倉家へと急いだ。

京都に空襲はないというのは真っ赤な大嘘や。ことしに入ってから米軍のB29爆撃機が五回も飛んできてた。一月の半ばには東山区馬町で四十人近くが死んだ。三月には右京区の春日町が、四月には太秦《うずまさ》が、五月には京都御所が爆撃されたけど、馬町以外は被害が少なかった。B29も小編隊で、脅しのために軽くちょっかいを出してるみたいな感じやけど、大本営は京都空襲をすべて隠しつづけた。報道管制というやつを敷いたんや。天照大御神のお札を日本中の寺にも祀らせて、神風が米英軍を吹き飛ばすなんてのたまってた軍部としては、神社仏閣の文化で成り立ってる京都までが空襲の被害を受けたことを広く知られるのは具合が悪かったんやろ。

憲兵隊も、各町内の組長も、空襲のことは他県の人間には喋るな、なんて血迷ったとしか思えん命令を下して、町民を見張ってた。ところが、五回目の空襲で西陣に五十人以上もの死者が出て、三百戸もの家が焼かれたら、もう隠されへんようになった。

そのころは、御所の空襲が京都の人々を疎開へと動かして、市民の数が一気に減っていってたんや。

俺も大学の仲間も、米軍の空襲のやり方に不気味なものを感じてた。なんでこんなふうに小刻みな空襲をするのか。大阪や神戸のように、街中を焼け野原にしようと思えばできるのに、なんで小規模爆撃で済ませてるのか。

いろんな憶測が大学のなかで飛び交ったけど、俺は非戦闘員や女子どもを逃がしてやろうという情けをかけてくれてるのや、さっさと京都から逃げださないと大爆撃で全員黒焦げになるぞと警告してくれてるのや、という説がいちばん当たってるような気がしてた。

俺は今出川通でさらに足を速めた。さっきの警官が賀茂大橋のたもとから、まだ俺を見てたからや。

出町柳の三叉路は京都の北東から流れてくる高野川と、北西から流れてくる賀茂川とが合流する地や。

俺は糺の森に入って、しつこくつきまとってくる警官をやりすごそうかと考えたけど、弱い者いじめが好きな岡っ引きのために時間を無駄にするのも癪で、糺の森と神社で作られてる逆三角形の頂点のところから右へと歩いて高野川の東側の道に入った。

振り返ると、警官はまだあとをつけてきてた。なにかいちゃもんをつけて俺を交番へ引っ張っていくつもりやなと思い、俺は朝倉家へと急いだ。その道をまっすぐ十分ほど行くと朝倉家の茅葺き屋根の門がある。

俺は、もし朝倉家に入るのを警官に見られたら、あとで朝倉家に迷惑がかかるかもしれんと思い、三軒隣りの家の横の道から高野川の堤のほうへと走った。

これまで何回も清彦の家に行ってるけど、裏側に廻ったことはなかった。

夏草だらけの空地を通り抜けて朝倉家の裏手に着いたとき、路地の向こうを警官が通り過ぎるのが見えた。

俺は、あとになって、あのいけすかん警官をどれほどありがたく思ったかしれん。警官にあとをつけ廻されへんかったら、俺が朝倉家に着くのは昼前になってたはずや。

朝倉家の東隣りは大月《おおつき》という家で、ヒバの木で生垣を作ってる。朝倉家の生垣は南天の木や。冬には赤い丸い実をつける南天の木を生垣として植えてるのは下鴨の瀟洒な家々でも朝倉家と他に二軒ほどや。

俺は疎開して無人になってる大月家のヒバの生垣と、朝倉家の南天の生垣のあいだの狭い路地を通って、こっそりと警官の姿を探し、もう行ってしまったことを確かめると、門のほうへと曲がろうとした。

きのう剪定してきれいに揃えた南天の生垣の一部分に大きな隙間ができてたので、いったいこれはなにかと怪しんで、俺はその隙間から朝倉家の庭に入った。図体のでっかい俺でもすんなり通れるほどの隙間は、きのうはなかったのや。生垣にはのこぎりで切った跡があった。

俺は、女ばっかりの家を狙うやつが夜のうちに生垣に出入り口を作りやがったなと思い、かついでた箒や剪定鋏を花の落ちた紫陽花のうしろに置いて、丸く刈りこんだ金木犀の木のうしろにある三本の添え木を抜こうかと考えた。徳子さんにのこぎりを持って来てもらおうと思ったけど、家に人の気配はなかった。

俺は庭から徳子さんを呼ぼうとして、いや、徳子さんひとりで留守番をしてる家に、挨拶もなく生垣の隙間から入ったと知られたら、どんな誤解を与えるかもしれへん、と思い直して、玄関へ廻ることにした。そうするためには生垣の隙間から出るしかない。

俺が隙間から出ようと体を屈めたとき、白い布で短刀を包むように持った徳子さんが廊下を歩いてきて、客間の障子戸をあけてなかに入った。薄青いブラウスと藍色のモンペ姿やった。

赤ん坊を大事に胸に抱くようにして持ってたのは短刀や。見間違いやない。赤味がかった海老茶色の鞘がはっきりと見えた。

きょうは朝早くから徳子さんのお姑さんもふたりの義妹も大原に行ってる。バスは動いてないので、帰ってくるのは夜になると、きのう話してるのを俺は聞いてた。

きのう、俺は朝倉家を辞するとき、高木の剪定はあさってかしあさってになりますと言うたんや。きょうは叔父が柄の長い剪定鋏を使う予定やったからや。そやけどその予定が先延ばしになって、それなら俺が朝倉家の高木を剪定してしまおうと、朝になって急遽思い立った。つまり徳子さんは、きょうは金井健次郎は来ないと思い込んでたんやなあ。

俺は障子戸を閉めるときの徳子さんの表情が青磁の花器みたいな色やったなと思った瞬間、手と膝が震えて止まらんようになったんや。

この人はこれから死のうとしてる。

なんでそう思ったのか、言葉では説明できんけど、俺はそう確信した。巻きつけた布から鞘だけ出てた短刀に、抜き身の輝きよりもはるかに恐ろしい妖気のようなものを感じたからかもしれん。

俺は庭から廊下に飛びあがって、障子戸をあけてなかへ入ろうと思った。すると、徳子さんは客間から出てきて、廊下を歩いて姿を消した。感情というものが消えてしまってる顔やった。

俺は慌てて生垣の隙間から外へ出て、門の前へと行ったが、門は閉めてあり、内側からかんぬきがかかってた。門を叩けばええのに、俺はあたふたとしてしもうて、また生垣の隙間へと戻り、庭に忍び込んだ。どうしたらええのかわからんまま、石灯籠のうしろに隠れた。

戻ってきた徳子さんはうっすらと化粧をしてた。淡く塗った口紅が十六歳の徳子さんの顔に静かな凄みというしかないものを漂わせてた。服も、小さな衿の白いブラウスと灰色のスカートに着替えてたし、手には帯締めのような紐を持ってた。自分の死体が乱れないように、その紐で膝上を縛るつもりやったんやと思う。

徳子さんは障子戸の前の廊下に正座して、ほんのいっとき庭を見つめた。徳子さんの視線の先には糺の森があった。真夏の太陽が斜め上から徳子さんを照らしてた。

とにかく徳子さんのすべてから透きとおった静寂のようなものが漂ってた。言葉にすると、人間の凄みそのものというしかない。

俺は体が震えて、心臓は早鐘のように打って、顎ががくがくして、石灯籠のうしろから動けんかった。

徳子さんは、小さく頷いて立ち上がり、障子戸をあけて客間に入り、また庭に目をやりながら障子戸を閉めた。そのとき、藺草の匂いがこぢんまりとした庭全体にたちこめた。その客間の畳表は四、五日前に張り替えたばっかりやった。俺の叔父の知り合いの畳屋が近江八幡から上等の藺草を手に入れて、張り替えたんや。

「止めなあかん。なんとしても止めるぞ」

と思うのに、俺は体が動かんのや。全身が金縛りみたいになってるのに、俺はいま死のうとしてる徳子さんをなんとしても止めるために廊下のほうへ這って行こうともがいた。

俺は石灯籠のうしろからヤマボウシの木の近くへとなんとか這って移った。そのあたりは苔がびっしりと生えて、朝日がいちばん当たってる場所やった。

その苔の上に正座したとき、もう誰も徳子さんを止められへんと俺は思った。徳子さんは、家族が早朝から大原へ行き、夜まで帰ってけえへんきょうという日を待ってたのや、と。

俺は、涙と汗で顔中を濡らしながら、徳子さんの名を呼ぼうとしたけど、声が出てけえへん。そやのに嗚咽をこらえることができんかった。涙と汗と鼻汁だらけになって、庭の苔の上に正座して、俺はわけのわからん唸り声をあげてたんや。

徳子さんが客間の障子戸の向こうに消えて四、五分たったころやと思う。そおっと障子戸があいて、徳子さんが廊下に立ったんや。手に短刀は持ってなかったけど、白いブラウスの胸のところに小さな赤い点がついてた。

徳子さんは俺を見ると、ちょっとびっくりしたように唇を半開きにしてから、

「なんで庭に大きな箱が置いてあるんやろと思いました。……さっきまでなかったのに」

と言った。

俺の顔は赤鬼のようになってたと思う。濡れて汚れた赤鬼や。その顔で、徳子さんの胸の下あたりを指差して、

「南天です、南天です」

と言いつづけた。

血が出てますって言うたら、この十六歳の女性を傷つけてしまいそうな気がしたんや。もう

ちょっと気の利いたことは言えんかったのかと思うが、それ以外に言葉が浮かばんかった。

徳子さんは不思議そうに小首をかしげて、自分の胸のあたりを見て、やっとブラウスに血が滲んでることに気づいた。

それを片方の手で隠して、徳子さんは障子戸をあけたまま客間の畳の上に置いた短刀や布や紐を手早く胸に抱くと、ときどき生垣から野良犬が入ってくるので、隙間を直そうとしてかえって広げてしまったと言った。そして、胸に抱いたものを両手で覆い隠しながら廊下に出て、台所のほうへと姿を消した。

俺は苔に両手をついて立ち上がってみた。まだ震えは残ってたが、なんとか廊下まで歩くことができた。顔だけでなく、開襟シャツもズボンも水を浴びたようになってた。

俺は廊下に腰をおろし、体をねじって客間を見た。障子戸は廊下に面したところだけで、部屋の左右は粗い砂を剝き出しにした茶室づくりなので、天気のいい日でも障子戸を閉めると薄暗いのや。だから、障子の紙を透かして、俺の輪郭がぼんやりと見えたのやと気づいた。

しばらくすると、徳子さんはコップと手拭いと、水を入れた木桶を持ってきた。服も白いブラウスに着替えてたが、化粧は落としてなかった。口紅も塗ったままやった。

木桶の水をコップに入れてくれて、徳子さんは無言でそれを俺に差し出した。その瞬間、地の底から湧きあがってくるような蟬の声が押し寄せて来た。その地鳴りみたいな響きは、なんか勇壮で爽快で、手足を好き勝手に大きく動かして踊りだしたい気分にさせた。

俺は冷たくておいしいと評判の朝倉家の井戸水をたてつづけに五杯飲んで、手拭いで顔や首

筋を拭いてから、

「ぼくは大きな箱です」

と言った。

金井さんが庭に坐ってるなんて想像もしなかったので、思わず失礼なことを言ってしまって申し訳ありませんと、徳子さんは頭を小さく下げてから、くすっと笑った。

「なんの役にも立たん、ただでかいだけの空っぽの箱みたいな体やって叔父にも言われてるんです。名人と称される庭師から見たら、ぼくのこのでかいだけの体は目障りでしょうねえ」

俺もそう言いながら笑った。うしろから見たら大男が身を縮めて咳をしてるみたいやったやろな。その小刻みな笑いはいつまでも止められへんかった。

俺は庭へとつながる小道の入口に設けてある竹の戸を壊してもええかと徳子さんに訊いた。

「あの竹の戸は、あした新しいのに作り替えます。生垣の隙間を竹で修繕しましょう」

俺は竹の開き戸を結んでる麻紐を外し、それで生垣を直してから、梯子を出してきて高木の剪定を始めた。

シラカシ、ツゲ二本、アオダモ、ヤマボウシ。それらに時間をかけて丁寧過ぎるほど剪定鋏を入れていった。そのあいだ、徳子さんは廊下に正座して、俺の作業を見つづけてたが、俺が梯子を片づけ始めると、立ち上がって台所のほうへと去って行った。

俺は徳子さんが大津の実家に帰らずに朝倉家に残ってるのは、もしかしたら清彦の子を宿してるからかもしれんと思ってたが、そうではないとわかって、なんとなくほっとしてた。徳子さんは、お腹に宿った子を道連れに死んでしまうような人ではない。

徳子さんはまだ十六歳や。いずれは再婚するときが来るやろ。そのとき、再婚相手の候補のひとりに俺も加えてもらえるかもしれん。そういう不埒な考えが、俺のなかで生まれてた。そやけどすぐに、俺もあと二、三か月で死ぬのやと胸の内で自分に言い聞かせて、庭に散乱してる葉や枝を竹箒で掃き寄せた。

「もうじき十二時半です。こんなものしかありませんが、お腹の足しにはなるかも」

そう言いながら、かぼちゃを練り込んだ水団《すいとん》を薄いお粥に混ぜて運んできたときの徳子さんは口紅を落として、いつもの十六歳の徳子さんに戻ってた。

すべての日本人が飢えてた時代や。一人一日当たりの米の配給は二合三勺と決められてたけど、それも滞るようになってたし、配給所に並んでやっと米を手に入れても一合八勺くらいしか配られへんときもあった。味噌も醬油も配給制で、塩は高騰して、法外な値段やった。

「きょうは大原でお米が手に入ることになってるんです。茄子と胡瓜とかぼちゃも。典江《のりえ》さんと美代子《みよこ》さんが乳母車に積んで帰るって言うてました。お隣りの大月さんが疎開するときに、置いていこうとした乳母車をいただいたんです。大原から食べ物を運ぶのにちょうどええと思って」

清彦のふたりの妹は、上が十五歳、下が十三歳やった。朝倉家は大原に広い桑畑のほかに田圃と畑を持ってたが、近所の農家に貸して、米だけは貸し料の代わりに収穫量の三分の一を貰うことになってたんや。

「典江さんと美代子さんふたりで乳母車を押して帰るんですか？」

「はい、お義母さんはしばらく大原でお義父さんのお世話をつづけるそうです」

「お義父さんのお具合はどうですか」

「なにかにつかまってなら歩けるようになりました。言葉に不自由はありません。軽い脳溢血でよかったです。でも倒れて三日間くらいはまったく意識がなかったんですよ」

台所の壁にかけてある柱時計の鳴る音が聞こえた。十二時半やから一回だけ鳴った。

昭和二十年八月六日の昼の十二時半。

俺が二条大橋で向こうからやって来た人に時間を訊いたのが八時十五分。

その四時間と十五分のあいだに、俺はいったいどれほどの生死のすさまじい坩堝《るつぼ》のなかにいたことかと、いまでもしみじみと思いにひたってしまう。

その夜遅くなっても、広島に原爆が落とされたことを知ってる人は、俺の周りにはひとりもおらんかった。とんでもない威力の爆弾が広島に投下されたらしいと京都の人々に伝わってきたのは、翌日の夕方くらいからやった。軍部がそのニュースを伝えることを許さんかったんや。

俺は、徳子と結婚してからも、なんであの日、短刀で胸を突いて死のうとしたのかを訊いたことはない。徳子も、あの日のことを口にしたことは一度もない。

徳子が金井家に嫁入りしたとき、大きな柳行李のなかに錦の袋に入れられたあの短刀があったので、

「これはあのときの短刀やなあ」

と俺はうっかりと言うてしもた。

そしたら徳子は、

「はい、最初の結婚のとき、母が持たせてくれました。高野家に代々伝わる来国俊の短刀です。わたしが持っていったら、短刀は高野家のものではなくなるのに……」

と何事もなかったように答えて、短刀を摑むと無造作に鞘から抜き、切っ先が天井を向くように刀身を立てた。

「この短刀には反りがないんです。そやから、ためらわなければ狙いを外しません」

俺は茫然として、来国俊の短刀の切っ先を見つめた。

わたしの胸に南天の実をつけたこの名刀の切っ先をためらわせたのは、障子を透かせてぼんやりと輪郭だけが見えてた大きな箱で、それは金井健次郎さんやとすぐにわかったと嘘でも言うてほしかったなあ。

十五

父は語り終えると、ああ、くたびれたといった表情で綾乃に笑みを注ぎ、壁にかけてあるデジタル時計を見た。

綾乃は、父が語り始めてすぐに手に汗がにじむのを感じ、それにつづいて動悸が速くなった。やっぱり部屋には新しい藺草の匂いが満ちていたのだと思った。わたしの想像は当たっていた。しかし、部屋の外で起こっていたことはわたしの想像力では及ばないことばかりだった。そこには二十歳の健次郎おじいちゃんがいて、庭の苔の上に正座して、涙と汗と鼻汁だらけになって、赤鬼のような顔で体を震わせていたのだ。

十六歳の徳子おばあちゃんは鞘をはらった短刀を右手で握り、左手で胸の急所をさぐって、そこに切っ先をあてがった。そのとき、切っ先が肌を少し切ったのだ。

よし、ここでいい、ここを突くのだと決めて左手も短刀の柄を握ったとき、大きな箱のようなものが障子戸の向こうの庭のなかに浮かんだ。それはさっきまでなかったのに……。

綾乃は掌の汗を拭き、大きく溜息をついて、父にほうじ茶を淹れようと思って立ちあがった。だが、立った瞬間、膝の力が抜けて、体はすとんと椅子に落ちた。

「わたし、立たれへんようになった」

と綾乃は苦笑しながら父に言った。そのとき、糺の森に青い空が覆いかぶさっている静かな京の朝が胸一杯に拡がった。鴨川に長い脚をひたして小魚を捕えたコサギの白い羽も輝いた。南天の赤い実を、綾乃は自分の体内に感じた。

「一生懸命、聞いてたからなあ。綾乃が全身を耳にさせて聞いてるってことが伝わって来て、ぼくのふとももやふくらはぎにも力が入った。脚がわなわなしてるがな」

父も照れ臭そうに笑みを浮かべ、ゆっくりと立ち上がり、四合院造りの家の中庭を歩いてくる、綾乃は先に風呂に入ればいいと言って外へと出た。

二階から古いアノラックを持ってきて父に渡すと、綾乃は風呂に入る用意をしてから、端渓の硯をリビングのテーブルに運んだ。

十二時前だったが、武佐にはあしたの夕方に着けばいいのだと考えて、父ともう少し夜更かしをしようと思った。

顎の先まで湯につかり、綾乃は自分の十六歳のときを思いだしてみた。近江八幡駅の近くのビルにある進学塾に通っていたが、一日も休まなかったのは大学受験に真剣に向き合っていたからではなかった。塾に来る生徒のなかに、思いを寄せる男子高校生がいたからだ。その男の子は、ときおり綾乃を見ているときがあった。視線を感じて、何気ないふうを装って見返すと、慌てて視線をそらすので、もしかしたらわたしに興味があるのかもと思ったりしたが、ある日大津の三井寺《みいでら》の近くの坂道で、見たこともない女の子と抱き合うようにして歩いているところに遭遇した。

綾乃はその日、母に頼まれて父の会社に忘れ物を届けたあと、武佐の小学校で仲がよかったが、中学生になってすぐに大津に引っ越した友だちの家を訪ねようと三井寺への坂道を歩いていたのだ。

綾乃はその顔を見るなり、あっと言って男の子の前で立ち止まってしまった。

知らんふりをして坂道を降りていきながら、ふたりが小声で交わす言葉が聞こえた。

「いまの、だれ？」

「おんなじ塾に来てる子」

「色白ぽっちゃり。好みでしょ？」

「俺はスレンダーひとすじ」

綾乃は友だちの家を訪ねる気は失せてしまって、三井寺の境内をやみくもに歩き廻って、ちょっとだけ泣いた。スレンダーひとすじ？　わたしはでぶだってことなの？　お母さんもおばあちゃんも、綾乃は女性として頃合いの体型だと言ってくれているが、女性として頃合いとはどういう意味なのか。その言い方には、どこかに憐憫の情が隠れている。やっぱりでぶだってことじゃん。

綾乃はそれ以来、ひそかにこころがけていたささやかなダイエットをやめたのだ。

湯からあがって、髪を洗いながら、綾乃は三井寺の山門前の、琵琶湖に向かって降りていくかのような坂道を思いだし、

「がきっちょだよねえ。おんなじ十六歳なのに、なんという違い。人間の格の違いよね」

と声に出して言った。

湯気で曇った鏡に泡だらけの首から上が映っていた。綾乃は、十六歳の徳子おばあちゃんになって、薄暗い部屋から障子戸の向こうを見つめてみた。庭に正座して泣きながらこっちを見ている大男が、朝の光に照らされた箱に見えた。その同じ時刻に、京都から三百数十キロ離れた広島で起こっていたことを想像しそうになって、綾乃は鏡に湯をかけた。

風呂から出て、洗面所で髪を乾かし、綾乃は今夜父が寝る部屋に行くと、ガスストーブを消した。漆喰壁にさわってみると温かくなっていた。この余熱が、冬の夜明けに部屋のなかを小春日和にさせるのだ。

サイドランプをつけ、新しい枕カバーに替え、自分のパジャマ代わりのジャージをベッドに置いた。

「いくらなんでも、お父さんには短すぎるよねえ」

と綾乃はひとりごとを言い、玄関の戸をあけて父を探した。父は三沢家の正房と塩見家の東廂房のあいだのほうに体を向けるようにして井戸の蓋に腰掛けていた。

正房の玄関があいて、三沢兵馬が出てきたので、綾乃はリビングに戻った。髪は半乾きでパジャマ姿だったからだ。

綾乃は冷蔵庫からペットボトル入りの茶を出してグラスに注ぐと、それを飲みながらリビングのソファに坐り、筆屋の主人の言葉については、父はまだなにも話してはいないなと思った。今夜の話題は、「筆ひとすじ　文康堂」の主人の言葉と、端渓の硯から始まったような気がする。どっちにしても、わたしは「ひとすじ」って言葉を使う男は嫌いよ。このチープなソファとおんなじくらい嫌いよ。だけど、このソファはテレビを観るのにはちょうどいいのよね。

綾乃は洗面所に行き、髪をもう一度乾かして、端渓の硯の前に坐った。硯箱をあけ、硯を出して表面に掌をあてがった。ぴたっと吸いついてくる。なんどやってもそうなるのだ。

「不思議だよねえ。石を磨いてあるだけなのに、吸いついてくるなんて」

インフルエンザが治った翌日、綾乃は書き初めをした。端渓の硯で新しい墨を擦り、新しい筆で「さまざまのことおもひだす桜かな」と芭蕉の句を書いたのだ。芭蕉のなかでは、それがいちばん好きだと徳子おばあちゃんが言っていたからだ。

水滴の水は硯に垂らすと形を変えなかった。水だから形はさまざまに変化するはずだが、墨の動きを止めたときの形は、そのとき偶然にできた銀杏の葉に似た模様のまま硯の上で盛り上がっていた。わずかに硯を斜めにしてみてもそれは形を変えなかった。

父が帰ってきて、ここの大家さんに遠回しに文句を言われたと薄い頭髪のてっぺんを撫でながら言った。

「ここの住人たちは、煉瓦塀のなかすべてを借りていると錯覚してるようです、って。夜の十二時過ぎに、見たこともない男が井戸の蓋に腰掛けてたら、そらびっくりしはるやろ。私は金井陽次郎。満里子の兄で、綾乃の父ですと自己紹介して、謝っといたで」

ああ、そうか。ここに帰ってきたとき、三沢さんに挨拶をして、今夜は父が泊まっていくと断っておけばよかったのだ。わたしたちはたしかに煉瓦塀のなかすべてを借りているわけではない。

だとしたら、この倒坐房を買うということは、土地の権利などでかなり面倒な手続きが必要になる、と綾乃は思った。

「三沢さんは司法書士さんや。七十歳のときに事務所を閉めて引退したけど、いまも知り合いの司法書士事務所を手伝うために週に二回お茶の水までいくそうや。駅から歩いて二、三分のところに、その事務所があるらしい」

と父は言って、カップに半分ほど残っていた冷めたコーヒーを飲み、端渓の硯を指先で撫でた。

「これはなあ、徳子おばあちゃんが青年師範学校に入ったときに、朝倉一之助さんから貰ったんや。徳子おばあちゃんが教師をこころざしたのは十四歳のときや。教育、それも幼児教育の専門家が日本にも必要やと説く人が、高野家に出入りする教育家のなかにいてたらしい。ところが、戦前から戦中にかけては、日本の軍部は軍国少年、軍国少女を育てあげる教育しか頭になかったから、徳子おばあちゃんは戦後、小学生に勉強の面白さを教える教師になろうと方向転換したそうや」

と言った。

そのときは朝倉一之助は脳出血の後遺症もほとんどなくなって、戦後の学校制度改革の日本側のブレーンとしてGHQの担当将校の信任を受けて働くようになった。一之助夫婦は、そのために東京暮らしをしなければならなくなり、徳子おばあちゃんはふたりの義妹のために下鴨の朝倉家に残ったのだ。

一之助のGHQと日本の文部省との橋渡しのような仕事は四年で終わって、京都に帰ってきたが、それに合わせるように徳子おばあちゃんは朝倉家から去ったのだ。

父は眠そうに目をしばたたかせてそう説明した。

一之助という人は鑑定家ではないが、物の良し悪しを見分ける才があって、鑑定に迷いが生じると京都の美術骨董屋の多くは朝倉家に持ち込んだ。

だから、朝倉家は本職ではない鑑定の世界で、京都では一目も二目も置かれていたのだ。一之助の審美眼は該博な知識に裏打ちされていたので、古い京都人たちは下鴨の朝倉家を一種の神格化された家として尊崇してきた。一之助は徳子が小学校の教師になった翌年に二度目の脳出血で死んだ。ほとんど即死に近かったそうだ。

この端渓は嘉永六年に朝廷から下賜されたものだという。ペリー艦隊が浦賀沖にやってきた年だ。格別の逸話があるわけではないが、朝倉家の端渓といえば、書道に詳しい人はみな知っているらしい。

この話も父の健次郎から聞いたので、それ以上の詳しいことはぼくは知らない。

父は、話し終えると風呂に入り、タオルを頭に載せて出てきて、半分眠っているような顔つきで「おやすみ」とだけ言って寝室へ消えた。

綾乃が風呂場を覗いてみると、父が自分で洗った靴下が洗濯物を干すハンガーにかけてあった。

十六

十一時台の新幹線に乗ったので、綾乃と父の陽次郎は夕方の四時前に武佐に着いた。近江八幡駅の近くの知り合いの家のガレージに駐車させてもらっていた大型のワゴン車から降りると、綾乃は三方を生垣で囲まれた金井家を見つめた。

左右の生垣は見えるが、細長い敷地の裏側はまったく見えない。その見えない生垣だけが南天の木で出来ていることとくらいは知っていたが、綾乃はこれまでいちども南天の生垣を気に留めたことはなかったのだ。

左右の生垣と建物との間隔は狭いので、最も赤い南天の実を見に行くには体を斜めにして歩かなければならないだろう。それよりも早くみんなの顔を見たい。喜明にいちゃんと春菜ちゃんの夫婦にも会いたいが、オペナースとしての経験を積んできた鈴香がどんな変化を表情や言葉つきにまとっているかを見たい。

鈴香は幼いころから腺病質だったし、神経が過敏で、傷つきやすいところがあって、両親も兄姉も、腫れものにさわるように接しなければならないときもあったのだ。お正月は自分がインフルエンザにかかって武佐には帰省できなかったから、もうずいぶん長く会っていない。

綾乃がそう思いながら父がワゴン車をガレージに入れるのを見ていると、徳子おばあちゃんの刺し子を着た春菜が迎えに出てきた。

二十五年ほど前に能登を旅したとき、漁師の奥さんが着ていた刺し子を、頼んで売ってもらったのだが、徳子おばあちゃんはその古い刺し子のほつれや擦り切れて穴があいてしまったところに古着の布を当てて修繕して、冬の庭仕事のときに必ず着るようになったのだ。

この武骨で地味な年代物の刺し子がこんなに似合う女性は珍しいだろうと思いながら、綾乃はにぎやかに春菜に挨拶をした。春菜の挨拶の仕方がにぎやかなので、綾乃もそれに合わせざるを得なかったのだが、派手なハグをしながら、どうして春菜ちゃんはこんなに脚が長いのだろうと思っていた。

結婚式で春菜の両親やふたりの兄や、いとこたちに会ったとき、全員が日本人離れしたスタイルの良さなので驚いたのだが、それは春菜の祖母に似たのだとわかって、さらにびっくりした。春菜の祖母は八十二歳だったが、着物を着ていても腰の位置の高さが目立つほどで、それは血のつながっている者たちすべてに伝わっているようだった。

「遺伝がすべてやなんて理不尽なような、説得力のあるような」

と鈴香はこっそりとささやいたが、鈴香だって背が高くて百六十五センチだし、綾乃も百六十三センチで、日本人女性としては平均以上の身長なのだが、春菜一家とは腰の位置に決定的な差があった。

「ヨシニイは、あのスタイルに目が眩んだというか、ころっとまいったんやな」

横にいた春明が目だけで花嫁を盗み見ながらそう言ったときの顔を思いだして、吹き出しそうになり、綾乃は玄関の戸をあけた。

「きょうはふぐ鍋やで。春菜さんのお父さんがぎょうさん持たせてくれはってん。あしたの晩餐会の前夜祭に食べてくれって。『沖繁《おきしげ》』特製のポン酢も入れてくれてはるねん」

両手を濡らしたまま玄関のところまでやって来て母は言った。春菜は刺し子の下に着たセーターの袖をまくりあげて白菜を切り始めた。

春菜の実家は大阪の黒門市場で「沖繁」というふぐ料理の店を営んでいる。冬はふぐが七割で、それ以外の季節は普通の鮮魚も扱っているが、店の二階はふぐ専門の店だという。

母の玉枝は時計を見て、濡れた手を拭くと、鈴香を近江八幡駅まで迎えに行ってくると言って出ていった。あしたとあさってを確実に休ませてもらうために、きょうの午前中は他のオペナースの代わりに手術室に入ったらしい。

「ヨシニイは?」

と春菜に訊くと、徳子おばあちゃんの部屋でもう一時間くらい話し込んでいると春菜は言った。

「なにか大事な相談事やそうです」

綾乃は廊下の奥の徳子おばあちゃんの部屋のドアを見ながら、

「わたしらには敬語なんて使わんでええよ」

と言って二階に上がった。

壁に、開きかけているのと、まだ固い蕾のバラが二本、竹筒の花入れに挿してあった。古くて黒光りしている花入れも、とりたてて目立つものではなく、どこの花器店でも売っていそうだが、花を挿して壁や柱に掛けてみるとただの竹筒ではなくなってしまう。

徳子おばあちゃんが七十代の半ばくらいに、誰かに教えられて岡山県の高梁《たかはし》市にあるべんがら染めの工房を訪ねたとき、その隣町のはずれに竹屋があり、主人が孟宗竹を一節ずつ火で炙って店先に並べていた。

炙ると光沢が出るんですねと徳子おばあちゃんが自分と同い年くらいの主人に訊くと、時間をかけて充分に乾かしてからでないと割れるのだと優しい笑みを浮かべて教えてくれた。

これで茶室で使うような一輪挿しの花入れを自分で作ってみたいが、わたしにもできるだろうかと訊くと、

「それならこれがよろしかろう」

と一本を選んでくれて、両端の節の片方を機械でくり抜き、新聞紙に丸めて手渡してくれた。

「糠でよう磨きなはれ」

「どのくらい磨いたらいいですか？　どんな色になるまで？」

「さあ、五年ほど磨いてたら、好きな色になっていきゃあで」

その言い方が面白くて、徳子おばあちゃんは値段を訊いた。

「うーん、三百円か四百円貰《もろ》うたらええで」

徳子おばあちゃんは四百円で買った。

ガーゼで作った袋に米糠を入れ、徳子おばあちゃんは指や手の運動だと言って、竹筒を磨き始めた。孫たちがおもしろがって手伝おうとしてもその竹にはさわらせなかった。

「お義母さん、あんまりそんなことしてたら腕が神経痛になるわ。わたしが磨きます。わたしの腕力はご存知のとおりで」

と母が言っても、これはわたしの仕事だと譲らなかった。

徳子おばあちゃんは長さ三十センチ、直径六センチの竹筒を五年間磨きつづけたのだ。

綾乃が忘れられないのは、その竹筒を磨き始める前に、徳子おばあちゃんは中に米を入れて容量を測ったことだった。そのときの米の量が十だとしたら、

「さあ、もうこれでええかなあ」

と微笑んで、五年ぶりに竹筒に米を入れたときは十三に増えていたのだ。その分、竹筒の内

側が縮んだことになる。

徳子おばあちゃんは、あの竹屋のご主人は名人であると同時に卓越した教師だと何度も嘆息しながら言った。

「言われたとおりに磨きつづけて五年たったら、竹が目に見えへんほどに枯れてる。表からは見えへんけど、中身はお米がお猪口三杯分も縮んでる。こうなれへんかったら竹は割れるんやなあ。このお猪口三杯分のお米を見たら、こういうふうにしなさいとなんで先生が言うたのかが生徒に骨身に沁みて理解できる。自分で五年磨かへんかったら頭でわかるだけや。繰り返し繰り返し米糠で磨きつづけて五年。竹というものがほんの少しわかったわ」

すると、母が言った。

「お義母さんも教え甲斐のある生徒です」

「わあ、嬉しい褒め方やこと。玉枝さんはいつも褒め上手やねえ。玉枝さんは金井家に嫁いでからずっと褒める名人やったねえ。この花入れをあの竹屋さんにお見せしに行きたいなあ。高梁市の隣町まで。あそこも江戸時代は宿場町やったはずや。馬籠《まごめ》や妻籠《つまご》の宿ほどの大きさの静かな宿場」

徳子おばあちゃんは冗談めかして言ったが、二か月後、母と一緒に岡山県高梁市への二泊三日の旅に出かけたのだ。けれども、高梁市の隣町の竹屋の主人は二年前に亡くなっていた。

そのとき、母はきょうだい四人にべんがら染めのTシャツを買ってきてくれた。濃いオレンジ色に朱色をまぜたようなべんがら色のTシャツは、喜明も綾乃も鈴香も春明も大切にしている。

　こんな貴重なべんがら染めは、その価値がわかるようになってから着てもらいたいと考えて、母はおとなのサイズのTシャツを買い、それぞれに渡した。

　あの刺し子を着ているということは、徳子おばあちゃんは、何度も何度も繕ってきた能登の漁師の刺し子を春菜さんに譲ると決めたのだなと思いながら、綾乃は階下に降りた。徳子おばあちゃんの部屋の前に喜明のスリッパはなかった。

　ノックして、綾乃はそっとドアをあけ、首だけ部屋のなかに入れた。徳子おばあちゃんは炬燵に入って、なにかのパンフレットを見ていた。

「ヨシニイとの話は終わったの？」

「うん、済んだよ。ことしのお正月はインフルエンザで大変やったなあ。綾乃が帰ってけえへんお正月は寂しいねえ」

　その言葉が終わらないうちに、綾乃は炬燵のところへ行って徳子おばあちゃんに抱きついた。ゲランの「ランスタン・ド・ゲラン」のかすかな香りが漂って、すぐに消えた。

「諸君、胃腸の調子はどうかね」

　という春明の声が玄関のほうから聞こえた。もう外は夜の色だったので、綾乃は窓のカーテンを閉めて、玉木シェフとは会ったのかと訊いた。

「まだ会《お》うてないねん」

　と徳子おばあちゃんは答えた。

「玉木さんに近江八幡まで来る暇がなかったん？」

「それも理由やけど、晩餐会の当日まで会えへんほうがええような気がして」

なんとなくその気持ちがわかったので、

「そしたら、あしたの夕方に数十年ぶりの再会やねえ」

と言った。

「あの子が就職した年の翌年に会うたときは十六になってたから、五十六年ぶりやねえ」

徳子おばあちゃんは手に持っていたプリント用紙を綾乃の目の前に差し出しながら言った。

レンタルドレスの店の女主人がパソコンに送信してきたものをプリントしたのだという。

「これは綾乃のイブニングドレスと装身具と靴。こっちは玉枝さんので、こっちは春菜ちゃんの。サイズは細かく知らせたから、えーっと、鈴香のは、どこに置いたのかねえ。鈴香は気にいるやろか。早う見せたいけど、遅いなあ」

こうやって迷ってはいるが、徳子おばあちゃんの頭のなかではほとんどが決まってしまっている。晩餐会の当日にはこれは綾乃に、これは鈴香にと明確に指定された指示書がレンタルドレス店に届いているのだと綾乃は確信があった。徳子おばあちゃんは時計を見てから、炬燵の上に載せた天板に置かれた十数枚の印刷物をこれでもない、あれでもないと探し始めたので、綾乃は、それはあしたの楽しみにしておくと言って、ドアをあけた。春明が廊下で順番を待っているだろうと思ったのだ。

グレーのジャケットを着た春明は、洗面所の横の壁に背をもたせかけたまま、綾乃と目が合うと笑みを浮かべて丁寧に一礼した。

「カレーのレトルトパックを三十個お買いあげ下さってありがとうございました」

「えっ！　なんで知ってるの？　三日前やのに」

「百貨店のスポーツ用品の売り場主任がメールで教えてくれたよ。アヤネエ、三十パック買うとき、このＫ２商会の社長はわたしの弟なんです、って言うたやろ」

「うん、なんか自慢したくなって、言うてしもてん。言うてから、顔が赤《あこ》うなったわ」

「あの人、去年まで大阪の難波店のスポーツ用品売り場におったんや。年末に新宿店に転勤になったばっかりや。大阪は俺の営業テリトリーやから、あの主任さんとは顔見知りやねん」

「世間は狭いねえ。三十パック、袋に入れて持って帰ったけど、重たかったわあ」

「家に送ってもろたらよかったのに」

綾乃は百貨店にはよく行くが、スポーツ用品の売り場に足を延ばしたのは初めてだったので、キャンプ用品があれほど広いスペースをとっているとは思わなかったと春明に言った。

「キャンプは最近ブームになりかけてるからな」

そう言って、春明は、ただいまぁと両手を頭の上で振りながら徳子おばあちゃんの部屋に入っていった。

リビングからヨシニイがよおと綾乃に声をかけて片手をあげたのと同時に玄関の戸があいて鈴香が入ってきた。襟足をバリカンで刈り上げたような極端なショートヘアにしていたが、徳子おばあちゃん似の和風の顔立ちなのに、とてもよく似合っていた。

大きな土鍋に出汁昆布を入れながら、

「ハグ、ハグ」

と春菜に言われて、綾乃と鈴香はふざけて長すぎるほどに抱き合った。

「今夜は、男どもは二階。女どもは徳子おばあちゃんの部屋で寝るということにしたからね。綾乃と鈴香は二階から蒲団を降ろしなさい。きょう、昼間に干しといたよ」

と母は言った。

「えっ！」

と叫んで、鈴香は廊下を走り、階段を駆けあがりながら、いまから近所を四十分走らなければならないのだと言った。まだ夕日が残っているうちに走りたいという。

トレーナーとスウェットパンツに着替えて、敷布団を三枚かついで降りてくると、鈴香はそれを廊下に置いた。手にはランニングシューズを持っていた。

「アヤネエ、あとはお願い」

と言い残して、鈴香は玄関から走り出た。

「きょうぐらい走らんでもええやろ？　徳子おばあちゃんが待ってるのに」

綾乃は家から出て、あとを追いかけ、踏切のところで鈴香に言った。鈴香は踏切を渡りかけたが、警笛が鳴り始めたので走るのをやめた。

「一日さぼったら、二日目もさぼりたくなるねん。オペ看は体を鍛えるのが仕事のひとつやねん。十五時間、手術室で立ちっぱなしになっても、ルーティンどおりに動けへんかったら、オぺの流れを邪魔してしまう。わたしの仕事は体力勝負やねん。執刀する先生たちも、脚を鍛えて、体力をつけるために、テニスとかマラソンとかをしてはるよ。最近は趣味を兼ねて毎週トレッキングに行く先生もいてはるわ」

八日市から来た電車が近江八幡のほうへとゆっくり動きだすと、踏切の遮断機が上がるのを待ちきれないといった表情で鈴香は走りだした。

家の前から武佐の旧宿場を牟佐神社まで行き、江戸時代、宿場に出入りする旅人を役人が検めるための門の跡を過ぎてすぐに、旧中山道を新幹線の高架のほうへと走り、田圃や畑ののど真ん中を琵琶湖のほうへと北へ向かう。近江八幡の八幡山を眼前に見ながら、畳表に使う藺草を販売する会社の倉庫のところでUターンして家に戻れば、ちょうど十キロなのだという。

大学の看護学科の担当教授は六十歳に近い女性だったが、なぜか鈴香にだけ足腰を鍛えて体力をつけなさいと顔を合わせるたびに言った。その教えを忠実に実行に移して、鈴香は武佐の家から八幡山の手前までの自分のランニングコースを設定して、四年間走りつづけたのだ。

「鈴香は、やると決めたら、とことんやりつづけるんや。高校生までは、すぐに音をあげるへたれやったのに」

綾乃は胸の内で言い、家に戻りながら、会うたびに柔らかくなる鈴香の目と、それに反比例するかのように硬くなる骨格と筋肉の感触を思い浮かべた。さっき抱き合ったときに、服の上からではわからない鈴香の肉体の逞しさを感じたのだ。

「そうよねえ。手術室で何時間も、長いときには十数時間も立ちっぱなしで患者さんの生死に関わるんやもんねえ。ちょっとしんどうなったから、隣りの部屋で休んできます、なんて言うたら、二度と手術室には入れてもらわれへんわ。体力やなあ。何事も体力。そうかあ、体力と精神力がつくと優しい目になるのかあ」

琵琶湖のほうからの風が冷たかった。近江平野は広大で平坦なので風が強いが、琵琶湖の向こうの比良山系を越えてくる風はシベリアの寒気を含んでいて、ときに船を横倒しにして沈没させることもあるのだ。

「前夜祭は七時からやで」

食卓の上にコンロや食器を並べながら母は言った。春菜は二階から毛布や掛布団を降ろして、徳子おばあちゃんのベッドの横に敷いていた。綾乃の仕事は枕を三個持ってくるだけで済んだ。

「ながぼそーい変な部屋も、こんなときには役にたつんやねえ。まさに鰻の寝床や」

徳子おばあちゃんはベッドの上に正座して、孫の嫁の端整なのにどこか剽軽なところのある横顔を見ながら笑顔で言った。

夜中に必ず二回はトイレに行く徳子おばあちゃんが、わたしたちにつまずいて転ばないだろうかと心配になり、綾乃は三人の寝床を壁ぎりぎりに移動させ、部屋を出入りするときは廊下側の壁に手を添えて歩くようにと言った。

はいはいとうなずきながら、

「春明が泊まっていくときもそうしてるから大丈夫や。転んだりせえへんよ」

と徳子おばあちゃんは言った。

「ことしに入ってから五回ほど泊まってるよ。栗東《りっとう》と近江八幡の中間くらいのとこに、いろんな食品を大量に作ってレトルトパックに入れる工場ができるんや。K2商会もちょっと出資することになって、春明も工場建設の様子を見に行ったり、そこの会社の社長さんたちと打ち合わせをすることが多いから、そんなときは武佐の家に泊まるんや」

「出資？　まさか十万円くらいの出資でその食品会社に口出しできるわけはないやろ？　おばあちゃん、またハルッチにお金を出してあげたんとちがうのん？」

「わたしが出資するようにと勧めたんや。K2商会はまだ小さな会社やけど、食品会社の新しい工場に出資してるとなると、いろいろと有利になってくるやろ？　銀行もいまはお金を貸したがってるからねえ。青柳さんという経理の女性も、資金を調達して出資すべきやて賛成してくれたそうやで」

「青柳さんがオーケーしたの？」

「オーケーどころか、三通りの事業計画書と融資金の返済計画書も作成してくれたそうや。そのまま銀行に提出できる正式な書類やったって春明が感心してた」

週に二度ほどメールがあるが、青柳由紀恵はそんなことは一行も書いてきたことがないと思い、綾乃はベッドに腰掛けて徳子おばあちゃんの顔を見つめて、青柳由紀恵という女性について説明を始めた。

「うんうん、みんな春明から聞いたよ。優秀な人やなあ。綾乃はええ人を紹介してくれた」

「そやけど、青柳さんは融資のことはぜんぜん教えてくれへんかったけど……」

「当たり前や。Ｋ２商会の事業についての計画を、綾乃に喋るわけにはいかん。いくら春明の姉でも第三者やで」

「銀行は融資を承諾したの？」

「こんな堂々たる設備投資にお金を出せへんかったら、その銀行は金融庁と日銀に怒鳴られますやろ」

「春明に担保なんてあるの？」

「担保はわたし」

そう言って得意そうに見つめ返した徳子おばあちゃんが、綾乃には笑っている招き猫に見えた。

——年末に、春明はＫ２商会のレトルト食品を製造する会社の社長に食事に招かれた。その際、三月に完成する栗東の新工場に改造しなければならない設備が生じたことを打ち明けられたのだ。レトルトパックそのものも日進月歩だが、それを作る機械も日進月歩なのだ。

そのための新たな融資を受けるには時間が足りないし、自己資金を投入すると当面のやりくりが苦しくなる。それでも新しい機械は取り入れるべきだ。

食品製造会社の社長は、春明に出資を求めたのではなく、食事の席での話題として話したのだ。

それを翌日、春明は徳子おばあちゃんと青柳由紀恵にそれぞれ相談した。すると、青柳由紀恵は、こんないい話に乗らない手はない。そのくらいのお金はＫ２商会の設備投資として融資を受けられますと言った。

K2商会は三年前から無借金経営をつづけているし、取引銀行はふたつだ。地元の信用金庫のほうが小回りもきくし、大手銀行にはできない斟酌も加えてくれる。だから、工場が栗東だろうが北海道だろうが貸すだろう。わたしは、すぐに事業計画書と返済計画書を作る。無担保の範囲は幾らまでかをいまから信用金庫に行って相談してみる。

そう言って、青柳由紀恵は、融資を受けるために一歳七か月の子を春明に預けて出て行き、ほぼ話をまとめて帰ってきたのだ。――

徳子おばあちゃんはおかしそうに笑い、そのあいだに春明が事務所でやっていたのは青柳さんのお子さんのおむつを替えるのと、ごはんを食べさせることだけだったと言った。

「青柳さんが社長みたいやなあ。それでK2商会はなんぼ借りたん?」

綾乃も笑いながら訊いた。

「三千万円」

「ええっ!」

「あおーい顔をしてごはんを食べさせてた春明に、三千万円なんてはした金です、って青柳さんが言うたそうやで。三千万円、来年中に儲けてしまいましょう。それから、社長、向こうがK2商会の融資をうけるのをしぶっても、絶対に受け取らせてください、って念を押しつづけたそうや。レトルトパックも冷凍食品もますます需要は増えていくし、大手食品会社も独占化を進めてきます。工場を押さえてるってことがどれほど有利かを社長自身がわかってないといけません、そう言うて、銀行、信用金庫、国や地方自治体の融資制度などについて教えてくれたんやて」

これ以上、あれこれと質問するのは無粋だと思い、綾乃は春菜が台所へ行ってしまうと、

「あのラ・フランスのケーキ、玉木シェフは作ってくれはるの？」

と訊いてみた。

「わたしもそれだけが気になってたから、きのうメールで訊いてみたんや。知り合いのパティシエに教えてもらって、試作までして味見したから、大船に乗った気でいてくださいって返事がきたよ」

「うわあ。もう身悶えしそう」

「そやけど、あのケーキまで辿り着けるかが心配で夜も寝られません、てメールを送ったら、ご要望どおり、日本の割烹会席のような献立にはしませんし、それぞれの料理の量も、ちょっと足らんかなあくらいにしますので、よほど小食なかたでなければ登頂できます、って返事が来たよ」

「わたしはそれでもあしたのお昼はかけ蕎麦や。朝は小さなレーズンパンとコーヒー。そう決めて、東京駅でレーズンパンを買うてきてん。あっ、かけ蕎麦は朝にしようかなあ。お昼にレーズンパン」

半袖のTシャツに紺色のコットンパンツ姿の春明が部屋に入ってきて、湯上りのような顔で、

「あれ？　ここは俺とおばあちゃんの部屋やけど」

と言った。

「なんやの、その風呂上りみたいな顔は。軽石でこすったんとちがう？」

「うん、風呂に入ってたんや」

「えっ！　お風呂のお湯、そのままにしといてね。鈴香が汗びっしょりになって帰ってくる時分や」

「スズネエは帰って来て、いま風呂につかってるで」

今夜は女性たちはここで寝るのだという綾乃の言葉にうなずき、二階に上がりかけて、春明はそっと手招きした。

徳子おばあちゃんの部屋から出た綾乃に、

「ヨシニイは会社を辞めるらしいで」

と春明は声をひそめて言った。さっき、二階に上がりかけるとヨシニイとお父さんが話している声が聞こえたという。

「あんなえらそうなことを言うて、すみませんでした、ってヨシニイが殊勝に謝ってるんや。あの傲岸不遜なエゴイスト・ヨシニイが」

「それで？」

「謝ることなんかあれへん。若いときはみんなあんなもんや、ってお父ちゃんはいつもどおりや。俺は盗み聞きはいかんと思って、そのまま階段を降りたから、その先は聞いてないねん」

「それだけやのに、なんでヨシニイが会社を辞めるってわかるのん？」

「台所で、お母ちゃんがそっと教えてくれてん。春菜さんが先にお母ちゃんに相談してたんやなあ」

長男の喜明は大学の建築学科を出ると、俺は親父の轍は踏まないと言って、本人曰く、『中堅のゼネコン』に入社したのだ。

その中堅のゼネコンのなかでも、公共工事には強いと評される会社の大阪本社で二年勤務したあと福岡に転勤になってもう八年になる。

べんがら染めのTシャツの上に茶色のカーディガンを着てジーンズを穿いた鈴香が、バスタオルを首にかけて廊下を歩いてくると、

「前夜祭が始まりますよお」

と二階に向かって言った。

「ふぐは淡白な魚やから、白ワインのムルソーがええね。一本あったんやけど、玉枝さんが夜中に内緒で飲んでしもたかも」

徳子おばあちゃんは、わざと聞こえるように言いながら廊下の手すりに手を添えてリビングへと歩いていった。父と喜明も二階から降りてきて食卓についた。

「はい、ムルソーのプルミエ・クリュ。お義母さんが夜中に盗み酒をせえへんかったから、ソムリエ綾乃にコルクを抜いてもらいましょう」

と言って、玉枝はもう壜に結露が浮かんでいる白ワインを徳子おばあちゃんの前に置いた。

「まあ、盗み酒なんて失礼な。お金を出して買うたのはわたしです。そやのに飲んだら盗み酒

やなんて、これ如何に」

その徳子おばあちゃんの言葉に笑いながら、

「ふぐ屋さんの娘さんが鍋奉行を担当するのは自然の流れやね」

と言って、玉枝は長い菜箸を春菜に渡した。だがそのときには、春菜は骨付きの身のほとんどを手でつかんで煮立っている鍋に放り込んでいた。

「俺はビール」

「俺も」

と喜明と春明が言い、綾乃は白ワインを徳子おばあちゃんと母のグラスに注いだ。あしたの晩餐会のことを考えると、きょうはビールをコップに一杯だけにしておこうと思ったのだ。

「このムルソー、ワインの専門店で一万六千円の上等やねん。インターネットで調べてみたら、小売店で一万円やったら、レストランでは三倍の値段らしいなあ。ということは、レストランで三千円やったら千円で仕入れたワインということか？　それはまた安物過ぎるなあ。そういうのはフランス人が水代わりに飲んでるワインやろね」

徳子おばあちゃんは言って、上等のムルソーを口のなかで長く転がしつづけた。そのあいだに、春明はスマートフォンの電算機をタップして、

「一万六千円の三倍は四万八千円や。うーん、四万八千円の白ワインは注文でけへんなあ」

と言って、缶ビールを飲んだ。

「お前、そのくらいは暗算で答えを出せよ」

そう言って、喜明は春菜の菜箸ばかり見つめつづけた。春菜は骨付きのふぐの身を入れただけで、あとはなにも入れようとしないのだ。

「これだけ先に食べるのがふぐ道の極意ですか？」

と父は長男の嫁に訊いた。

「はい、そうです。皮もついてますから、骨と皮からのええお出汁が出るんです。身は食べんでもええんです。ただの出し殻とおんなじです」

春菜がそう言うと、春明は骨付きの身を自分の受け皿に入れてしゃぶりついた。

「これが出し殻……。なんという贅沢なことを。またこの皮のなんというまさ」

「ふぐ道を極めるためには、黒門市場の『沖繁』の娘さんの言うとおりにせなあかん。ぼくは皮だけ頂戴します」

と父は春明をたしなめるように言い、皮を食べた。

「皮の湯引きとてっさはこっちにあります」

春菜は言って、大皿に菊の花を模して敷き詰められたふぐの薄造りをコンロの横に置いた。

「せっかくお父ちゃんが菊の花にしたんですけど、わたしはこれをがばっと箸で摑んで、さっと湯通ししたほうがおいしいと思います」

春菜はそう言いながら、白菜と豆腐と生湯葉を鍋に入れた。

「なんという罰当たりなことを。わたしはこの芸術的なふぐの薄造りをそのまま生でいただきます」

と鈴香は言い、「沖繁」特製のポン酢を小皿に入れた。

「やっぱり、ふぐ道の極みは最後のおじやでしょう」

父の問いに、

「あれは別格です。極みというよりも大団円ですやろ」

と徳子おばあちゃんは言って、てっさを軽く湯通しした。

自分の椅子に腰を降ろし、白ワインを飲んでから、

「大手術のときはどのくらい血がでるんですか？」

と春菜は鈴香に訊いた。

「どんな手術かによるけど、患者さんの血の半分は出るやろね」

鈴香は事もなげに答えてから、最初の一刀で、その医師の腕がわかるものだとつづけた。

「最初の一刀？」

「腹部の手術なんかは、肝臓の横とかみぞおちから切っていくんやけど、執刀開始って言葉と同時にメスを入れて、すうっとそれを引くときに、腕のいい医師は迷いがないねん。迷いなく、すーっと切っていく。切った瞬間は血は出えへん。あれ？　いまたしかに切ったはずやのにって思ってると、ポツ、ポツッと切り口から赤い玉が出て来て、なんかきれいなビーズみたいやなあと思ってると、それが一列につながってブワーッと流れ始めるねん。その血の玉が流れに変わる瞬間、よし頑張るぞおって闘志が湧いてくるねん。わたしはあの瞬間が好きや。能のシテ方が息詰まるほどの長い静止のあとに、すっと動きだす、あの瞬間の凄さに似てるかも。わ

たしもあの瞬間にオペ看として動きだせるというのか……」

みんな箸を止めて、鈴香を見つめていた。

「わたし、その感じ、すごくわかります。わたしも見たいなあ。手術のその瞬間を。ポッ、ポッと出てきた血の玉が流れに変わる瞬間を」

こんどは、みんなは春菜の顔を見つめた。

「血は半分しか出えへんのん？　わたしは大手術には全部の血が出るんやと思てたわ」

と母は言って、てっさをがばっと箸ですくった。

「全部出たら、輸血しても死にますやろ」

と徳子おばあちゃんは言った。

この金井家の人間はどこか変だ。だから、やっぱり変な嫁が来るのだ。そう思って煮立っている鍋のなかの生湯葉を箸で取ったとき、ふぐの皮の斑模様が血の玉に見えて、綾乃は母を真似てふぐの薄造りを箸ですくった。

十七

――七時起床。八時朝食。九時準備開始。十二時昼食。一時武佐出発。二時「仁」の隣りのホテル到着。休憩ののち衣装合わせ、化粧等々開始。五時四十分主催者会場入り。六時全員「仁」入り。記念撮影ののちバーにて懇談。六時半晩餐会開始。主催者挨拶ののち乾杯。七時食事開始。十時晩餐会終了。各自ホテルに。この後、自由時間。翌朝十時解散（春明と鈴香は衣装、装身具などの返却をお願いします）。以上時間厳守。――

朝の七時前に目が醒めてしまった綾乃が足音を忍ばせてリビングへ行くと、母の字で大きく書かれた紙が天井近くの壁にテープで貼られていて、それを春明が上目遣いで見つめていた。あっ、この上目遣いはわたしとおんなじだと思いながら、綾乃も春明の隣りに立ったまま角ばった字を読んだ。

「なにこれ」

まだ朦朧としている顔を春明に向けると綾乃はそう訊いた。

「きょうのスケジュール表やなあ。なんか中学と高校の修学旅行を思いだすなあ」

「なんでこんな高いところに貼ったんやろ」

「きのう、最後のおじやを食べ過ぎたからやろ」

綾乃は春明の言葉の意味を考えたがわからなくて、上目遣いでスケジュール表を見やったまま、

「そのこころは」

と訊いた。

それには答えず、

「お母ちゃんのやることはようわからん。お母ちゃんにはお母ちゃんの理由があるんや。詮索せんほうがええ。理由を訊いたら、こっちの頭が変になってくる。たいてい、風が吹けば桶屋

が儲かる式の理由やねん」

と言いながら洗面所へ行った。

小さな門のほうから近所の人と話をしている母の声が聞こえた。徳子おばあちゃんの笑い声も聞こえた。

そうか、わたしは寝ぼけていたので、徳子おばあちゃんがまだベッドにいるとばかり思っていたのだ。おばあちゃんはどんなに寝ぼうしても五時を過ぎて寝ていたことはない。ひとり起きだして普段着に着替え、洗面所で歯を磨き、顔を洗い、髪を整える。それから煎茶を淹れて飲み、玄関前の庭を見廻るのが日課なのだ。春夏秋冬、一日も変わることはない。

けれども、母が起きてきて準備ができるまでは庭には出ない。それは徳子おばあちゃんが七十五歳になったときにふたりのあいだで決めた約束事のひとつだ。ひとりで庭に出て、うっかり転んだりして骨折したら寝たきりになってしまうと案じた母の提案だった。

「七十五歳なんてまだひよこや。もう人生百年の時代に入ったって、こないだテレビで言うてたよ」

徳子おばあちゃんは少し抵抗したが、

「七十五歳は年寄りです。旧本陣前の大崎さんとこのおばあちゃんは七十四歳のときに庭の飛び石につまずいて転んで大腿骨を骨折してから、一気に弱っていきはりました。それから二年後に亡くなったんです。骨折が引き金です。年寄りに庭仕事は危ないんです。夏は熱中症になりやすいし。お義母さん、『年寄り半日仕事』って言葉を思いだしなあきませんよ」

と子どもをさとすように言われて、妙に小さくなって息子の嫁の言葉に従うようになったのだ。

綾乃はそう思いながらコーヒーを淹れた。

「年寄り半日仕事。お義母さんはきょうは夜に大仕事が控えてるんやから、武佐を出発するまでゆっくりしてて下さいよ」

母の声が近づいてきて、玄関のドアがあくと土で汚れた軍手を外して、眩いほどのピンク色のダウンジャケットを脱ぎながら、

「庭に出る前からその『年寄り半日仕事』を何回聞いたか」

と徳子おばあちゃんは言い、綾乃に苦笑を向けた。

もし転びかけたら身を挺して守るといった油断のない表情で、母は剪定鋏を持ったままうしろから姑の足許を見ていた。

年寄りになったら、仕事をこれまでの半分にしなければいけないという先人の知恵らしいのだが、いったい何歳からを年寄りと呼ぶのかはわかっていないので、母は大崎さんのご隠居さんが庭で転んだ年齢にしてしまったのだ。

春明が洗面所から出てきて、

「きのうのおじやは最高やったなあ」

と言いながら二階へ上がっていった。綾乃は徳子おばあちゃんの部屋に行き、鈴香と春菜を起こして、パジャマを脱ぎ、きょう「仁」へ着ていくワンピースに着替えると洗面所に行った。

いつのまに起きてきたのか父と喜明が並んで歯を磨いていたので、先を越されたと小さく舌打ちをしてリビングの椅子に腰かけて、化粧道具を入れたポーチのなかを整理していると鈴香と春菜がやってきて、壁に貼られた紙に見入った。

父と喜明が服に着替えるために二階に戻っていくと、綾乃は洗面所に入った。

「九時から準備開始って、なんの準備？」

と鈴香は母に訊いた。

「京都まで出かけるんやから、その準備や」

「そんなん二十分もかかれへん。朝の九時から始めんでもええやろ？」

「いつでもさっと出られるように、準備は早め早めに」

その母の言葉に、

「いつも早めに準備をするくせに、いつも十分ほど遅れて家を出るのは、どこのどなたです？」

と徳子おばあちゃんは言った。

「準備に手抜かりはないかを確かめてるうちに遅れてしまうのはわたしです」

そう言って、母は綾乃が東京駅の地下で買ってきたレーズンパンを焼き始めた。薄くて小さいので、母は焼けたパンを次から次へと皿のなかに積みあげていき、山盛りにした。

「こんなに食べられへんわ。夜の晩餐会のことを忘れたんとちがうか？」

着替えて階下に降りてきた春明が言い、その隣りに坐った喜明がコーヒーを淹れてくれと綾乃を指差した。

「ヨシニイの奥さんはこっち」

そう言って喜明の指先を捻じるようにして春菜に向けて、綾乃はリビングを見廻した。全員が揃っていた。

ヨシニイが湯気の上っているコーヒーカップを掲げ、あけましておめでとうと綾乃に笑みを向けると、全員が揃って同じ言葉を大声で言って、レーズン入りのトーストに手を伸ばした。

「綾乃だけ、東京でひとりぼっちのお正月やったからなあ」

と父は言った。

驚いて、ありがとうと言い、綾乃はトーストにひとくちかぶりついてティッシュペーパーをポーチから出し、さらに何度もありがとうありがとうと言いながら涙を拭いた。いつも不愛想でえらそうなヨシニイが音頭を取ってくれるなんて、ええとこもあるんやなあ、と思うと涙が止まらなくなってしまったのだ。

「言葉よりも先に涙が出てしまう子やねん」

と母は笑顔で春菜に言った。

「ぼくはいま勤めてる会社を辞めて、カナイ工務店に就職することが決まったよ」

その喜明の言葉で、遠くにいる誰かに微笑みかけるように玄関のほうに目をやったまま、

「ぼくのほうから頼もうと思ってた矢先やったんや」

と父は言った。

「へえ、カナイ工務店の四代目の誕生やねえ。そやけど、喜明の意志でないと、わたしは嬉し

くもなんともないよ」

と徳子おばあちゃんは台所でトマトを切りながら言った。

「ぼくの意志や。カナイ工務店を継ぎたいから、雇ってくださいって、ぼくが頼んだんや。そしたら、お父さんが入社試験をするから一月五日の土曜日に東山の料亭に行けって。その料亭の別邸を見て、どこをどう直したらええのか、意見を聞かせてもらうって。それが試験やったんや。きのう、ふぐ鍋の前、二階に上がってから、お父さんが東大の建築学科のアーカイブから借りて帰ったCD－ROMをパソコンで見せてもらって、試験開始。ぼくなりの修正点を何通りか提案したら、合格ということになったというわけでっす」

照れ隠しに、慣れない剽軽な言い方をして、喜明はトマトを頬張った。

春明は椅子から立ち上がって拍手をして、

「会社経営のことは、先輩の俺になんでも訊いてくれよ」

と言った。

そうだったのか、父はそのために東京へ来ていたのかと思い、綾乃はまた涙が溢れそうになったので、

「わたしのひとりぼっちのお正月の話は、もう終わり？　お雑煮もない、さびしーいお正月。熱がひいても、全身がだるくて、なにをする気にもなれへんお正月。わたしの相手をしてくれたのはお隣りの権太夫だけ」

と言った。

「お隣りの権太夫って、本名?」

と春菜が訊いたので、綾乃はスマホを持ってきて、ゴンと一緒に自撮りした画像を見せた。

「お隣りというてもおんなじ敷地内やけどね」

フレンチブルドッグの権太夫に見入り、なんと可愛らしい味わいのあるフォルムであろう、いったい誰がこんな絶妙なフォルムを考えつくであろうと春菜は感嘆の言葉を繰り返した。

金井家の人間は全員犬も猫も好きだったので、春菜の次は鈴香が、その次は春明が、と画像を見てスマホを全員に廻した。

喜明は、四合院造りの家の全体を撮った画像があれば見せてくれと言った。

丸門から庭と正房を写したもの、西廂房の高山家を正面からと右斜めから撮ったものがあったので、綾乃はそれらを兄に見せた。

「これはじつに古典的な四合院造りやなあ。昭和二十年代に、よくもこれだけのものを建てたなあ。北京の胡同地区にこういう四合院造りの家が並んでるとこがあるよ。自分の目で見てみたかったけど、中国政府が北京オリンピックのために壊してしまいよった」

棚田光博も同じことを口にしたなと綾乃は思った。

母が、もっと野菜を食べたほうがいいと勧めて冷蔵庫をあけたが、みんなは晩餐会のために空腹にしておかなければならないと言い、朝食を終えた。

「このレーズントースト、おいしい」

と鈴香だけがもう一枚食べた。徳子おばあちゃんはずっとゴンの画像を見つめて微笑みつづけていた。

　春明が運転するK２商会のライトバンに喜明と春菜、綾乃と鈴香が乗って、武佐を出発したのは午前十時だった。母が書いたスケジュール表は、上からふたつが予定どおりに進んだだけということになる。

　春明が出資する工場を見に行こうと鈴香が言いだして、綾乃と春菜もそれに賛成したので、喜明もつき合わざるを得なくなったのだ。

　武佐から車で京都や大阪へ行くときは、竜王インターチェンジから名神高速道路に乗るのだが、食品工場は栗東の東にあるので、高速道路を使わずに国道を使うほうが早いのだと春明は説明した。

　竜王インター周辺も栗東インター周辺も、綾乃が子どものころは畑と雑木林と低い山ばかりだったが、いまは工場もたくさん誘致され、新しい住宅地も開発されて、国道の周辺には家々が立ち並んでいる。

　綾乃は見送りに出てきた母の顔を思いだすとおかしくなって、

「ホテルに二時に着いてあげないとさすがにお母ちゃんも怒ると思うわ」

　と言った。

「二時は早すぎるやろ。あのレンタル屋のオーナー、仕事ができそうやったから、金井綾乃さんにはこれとこれとこれ。金井春菜さんにはこれとこれとこれ。もうそう決めてイブニングドレスとかアクセサリーとかを揃えてるよ。どれにしようかとあれこれ迷わせて時間を食うようなヘマはせん。そういう気迫を感じたなあ。徳子おばあちゃんとメールや電話で何度もやりとりしてるうちに、これは只者やないと感じて、気合いを入れ直したんやと俺は思うなあ」

そう言って、春明はナビの画像の大きな緑の部分を指差した。それは中央競馬会の栗東トレーニングセンターなのだという。その近くにも緑の公園のようなものがあったが、どれもゴルフ場なのだと春明は説明した。

「南に行ったら焼物の信楽《しがらき》や。甲賀市信楽町。戦国時代にはほんまに忍者がおったんやで。俺の工場は、もっと名神高速に近いところ」

春明はナビの画像が示すゴルフ場の北側を指差した。

野洲の街を過ぎて、田圃や畑ばかりのところに入ると、春明は細い曲がりくねった県道へと入った。近道なのだという。

大阪の事務所からだと時間はどのくらいかかるのかと春菜に訊かれて、春明は六十分と即座に答えた。

そのとき、助手席に坐ってスマホでなにかを検索していた喜明が、うわっと大声をあげたので、春明は急ブレーキを踏み、車は左右に振られた。田圃と畑に挟まれた農道のような道で、前後に車は走っていなかったので、春明はライトバンを止めて、

「なんやねん。びっくりするがな。事故ったらどうしてくれるねん」

と怒った。

「ワインの値段を調べて、びっくりしたんや。みんな、よう聞けよ。今晩の晩餐会で出てくるワインは酒屋の小売値で一本六十六万円のペトリュス二〇〇八年。日秋叔母さんがパリから送ってくれて、おととい『仁』に着いてるねん」

と言って喜明はスマホの画像を後部座席の春菜に見せた。きのうの夜、徳子おばあちゃんに玉木シェフからメールが届いて、それを喜明も読んだらしい。

「六十六万円……。赤ワイン一本が六十六万円……。レストランで飲んだら三倍の値がつくから……、えーっとサブロク十八の……」

春菜は自分のスマホの計算機のアプリを探していた。

「百九十八万円や」

と喜明は笑いながら言った。

「そのくらいは暗算でやれって言えよ。俺には、そう言うたぞ」

春明はそう言って、車を発進させ、まだ心臓がドキドキしている、畑から子どもでも飛び出してきたのかと思ったと唇を突き出すようにしてつぶやいた。うしろの席に坐っている綾乃はバックミラーに映っている春明と目が合った。その途端、綾乃は吹き出してしまった。

「なにがおかしいねん」

と春明は機嫌悪そうにバックミラーで綾乃を見つめて訊いた。

「わたし、上目遣いで人を見る癖があるけど、ハルッチにもおんなじ癖があるんやなって感心してん。遺伝の神秘や」

「遺伝の神秘？　だれでもバックミラーを見るときは上目遣いになるねん。運転してる人間は百人が百人、上目遣いでバックミラーを見るねん」

癇癪玉を破裂させるように片手を振り回しながら顔を真っ赤にさせて喚き散らすと、春明は農家の道具小屋らしいバラック小屋の横に車を停めて、ノブレス・オブリージュ、ノブレス・オブリージュと呪文を唱えるように繰り返した。

「君たちのような下々の民を車に乗せたのが間違いや。あかん、心臓のドキドキが止まれへん。ノブレス・オブリージュを忘れとった。ノブレス・オブリージュ、ノブレス・オブリージュ」

「シモジモノタミ……」

憮然とした表情でつぶやき、鈴香は自分にもそのペトリュスという赤ワインの画像を見せてくれと春菜に手を伸ばした。

「あかん、これは俺のスマホや。鈴香は自分のスマホで検索せえ」

そう言うと、喜明は春菜の手からスマホを取って、ジャケットの内ポケットにしまった。

「な？　な？　見たやろ？　聞いたやろ？　これがこの男の正体や。自分の若妻には猫なで声で、弟や妹には冷酷無比」

車の天井に頭が当たりそうになるので、助手席に背中を屈めて坐っている喜明は、さらに背を丸めて笑い、自分のスマホを出して、ペトリュスの画像を春明に見せた。

「日秋叔母さんは、ワインを扱う仕事をしてるから、まさか六十六万円で買ってプレゼントしてくれたわけやないやろ？　もうちょっと安く手に入れられるやろ？」

と鈴香は訊いた。

「それでも五十万円は下れへんと思うよ」

そう言って、綾乃は春明からスマホを受け取り、ペトリュスという赤ワインを飲んだ人のコメントを読んだ。鳥肌が立つほどおいしかったという感想が書かれてあった。

春明は再び車を走らせ、県道と国道の交差する信号を渡り、あっちが信楽町、こっちが競馬のトレーニングセンターと教えて、ゴルフ場の前を西に向かった。

眩しいくらいに晴れてきて、田圃と畑のなかにぽつんと建つ真っ白な横長の建物が遠くからでもよく目立った。フェンスで周り全体を囲んであったので、それが新工場だとすぐにわかった。

その横の空地に車を停め、ここがもうじき完成する工場だと春明は言った。みんなは車から降り、冬枯れのなかの工場を見やった。

内部は三階建てになっていて、この建物の中に新しい機械を導入するのだが、その追加の費用をK2商会が負担するらしい。

ここはいつも風が強いのだと、なんだか申し訳なさそうに言い、建築資材を積んである一角にある事務所に行くと、春明は守衛のような人に挨拶したが、すぐに綾乃たちのいるところに帰ってきて、

「きょうは日曜日やから、あの人の一存ではなかを見学させることはでけへんそうや」

とまた申し訳なさそうに言った。

「ええよ、なかに入らんでも」

と喜明は言い、建物全体が撮影できる場所まで移動して、スマホのカメラで撮った。

「窓がないから、巨大なトーチカみたいやろ。高温の蒸気で製品を作るから、すべては空調管理やねん。屋上の空調システムを航空写真で見たら、スター・ウォーズみたいやで。それぞれのフロアの天井が高いから、三階建てやけど普通の建物なら五階分の高さや」

そう言って、春明は、写真を徳子おばあちゃんに送っておいてくれと兄に頼んだ。

「こんなに大きな建物やとは思えへんかった。もっとこぢんまりとした工場やと思い込んでたわ」

と綾乃は言って、工場の西側に移った。取り付けたばかりの電飾板にはまだテープが巻いてあるが、「レトルトテック滋賀工場」という文字は読めた。

「こんな大きな工場の一部がハルッチの出資で建つなんて……。去年のいまごろは、ハルッチはまだ大学生やってんでえ。それも卒業が危ぶまれてる大学生」

そう鈴香に言われて、うん、そうやなあといやに気弱そうな表情で応じると、春明は、どうしてこんなことになったのか、自分でもよくわからないのだとつづけた。

全員強い風から逃げるように車に戻ったが、エンジンをかけて車は停めたまま春明は話し始めた。

——追試を受けさせてもらって、なんとか卒業できそうだとわかった日に、アルバイト先で、就職先でもあったK2商会の社長に報告の電話をかけた。そこからすべては始まったのだ。

K2商会でのアルバイトは、大学二年生になる前の春休みからで、春休み、夏休み、冬休みの期間中だけという約束だった。関西と山陽地方、それに四国のスーパーやコンビニに商品を配送するだけの単純な仕事だ。

ところが大学四年生になり、卒業が近づいてきたころ、K2商会の社長の須川竜介《りゅうすけ》さんが国から難病指定されている病気にかかっていることがわかった。十か月ほど前だ。

そのころには、須川さんが車の助手席に乗り、俺が運転して得意先を廻ったり、新規取引先を拡げるためにおもに山陽地方の町々へ一緒に行くようになっていた。

山に登っていないと心肺機能が衰えるらしいと須川さんは言い、最近、階段を上っただけで息が切れるのだと苦笑したのは下関に近いサービスエリアでだった。朝の十時に山陽自動車道に入って、下関まであと十数キロのところまで六時間かかった。

「五十を過ぎた途端に体力もおっさんになったよ」

須川さんはそう言って、買ったばかりのミネラルウォーターの蓋をあけようとした。その蓋を須川さんは自力で廻すことができないのだ。何度試みても蓋は廻らない。

須川さんは世界中のアルピニストから尊敬されている登山家なのだ。ほんのわずか突き出ている岩の尖りに指をかけて、ピッケルの先端を突き刺して氷の山をよじのぼっていく男なのだ。ミネラルウォーターの蓋があけられないなんて、これは只事ではない。

俺はそう思って、須川さんに大きな病院で検査してもらうようにと勧めて、いまから大阪へ帰りましょうと促した。

「馬鹿なこと言うなよ。六時間も高速を飛ばして来たんだぞ。十軒のスーパーで棚を確保するまで大阪には帰らんぞ」

そう言ったが、なんだか舌が廻っていないようだった。須川さんは助手席に坐ったまま、しきりに手を握ったり開いたりした。

仕方なく下関市内まで行き、東大阪のスーパーのオーナーに口利きをしてもらったスーパーに行き、二週間だけ棚の五十センチ分にレトルトパックを並べさせてもらうところまでこぎつけて、その夜は駅近くのビジネスホテルに泊まった。

翌朝、日本海のほうへと廻り、島根へと移動しているとき、

「金井、俺、やっぱり変だよ。俺の体のなかでなにかが起こってるよ。お前、このまま大阪まで運転してくれるか？」

と須川さんは言った。

「帰りましょう。社長は寝ててください」

俺はほっとして、そのまま車を瀬戸内海側へと走らせた。

夕方に帰り着くと、須川さんは家に帰らず、マンションの近くの医院に行った。俺は医院の近くで待っていた。

一時間ほどたって医院から出てくると、

「うちの病院では駄目だってさ。大きな病院への紹介状を書いてくれたよ。金井の言うとおり

に最初から大病院へ行ってたらよかったたな。この紹介状を受付で渡してくれってさ。脳のなかにガンでもできてるのか？　そうなったら、金井、お前にＫ２商会を預けるから、よろしく頼むぜ。アルバイトが一気に社長に昇格したなんて話、聞いたことないなあ」

と須川さんは言った。言葉つきは冗談のようだったが、顔は笑っていなかった。

須川さんは検査のために入院して、俺が卒業報告のための電話をかけたときは、検査結果が出た直後だったのだ。

「ＡＬＳって病気だってさ。筋萎縮性側索硬化症。日本じゃあいま一万人ほどの患者がいるっていう難病だって」

「いまから行きます」

と俺は言った。

「お前、どこにいるんだ？」

「大学の近くです」

「京都からわざわざ来なくてもいいよ。あした死ぬってわけじゃないんだから。で、お前、卒業できるのか？」

「できます。それを報告しようと思って電話したんです」

「卒業できるんだな？　間違いないんだな？」

「はい」

「よし、Ｋ２商会を畳まなくて済むな。金井社長、俺の女房と娘を頼むぜ。登山用品の店があるから、食っていくくらいはなんとかなるけど、K2商会をここまでにしたんだから、少々の吹雪や強風で下山するなんて、俺の沽券にかかわるよ。金井、登頂しなくてもいいから、いまいるところから落ちないでくれよ」

俺は、検査結果を聞いてきたばかりの須川さんに仕事の話をするのはやめようと思い、その日は武佐の家に帰った。須川さんのことは父にも母にも徳子おばあちゃんにも話さなかった。大学を卒業したその日からK2商会の社長になるなんてことをまにうけるほど俺も馬鹿ではない。須川さんもいまは正常な精神状態ではない。

しかし、困ったなあ。卒業したらK2商会に就職すると決まっていたので、まったく就活というものをしていない。もうどこも俺みたいな者を採用してはくれないだろう。困ったなあ。

俺は頭をかかえるように二階のベッドで横になって、そればかり考えていた。

三日後、K2商会の事務所に行くと、須川さんは改めて、K2商会を頼むと言った。

「冗談やないです。ぼく、社会に出たことないんですよ。商品配送と、須川さんと一緒に営業に廻ってただけです。社長なんてできるわけないでしょう」

「名刺に社長って刷ったら、その日から社長だよ」

「申し訳ありませんが、お断りさせてください。ぼくに社長をさせるなんて、どうかしてます」

「突然、死を宣告されたんだ。どうかしてるよ。お前、俺の身になって考えてみろ。俺は二年後から五年後くらいまでに死ぬんだぜ。女房がネットで調べたら、そう書いてあった。医者は、治らないけど進行を遅らせられるようになったって言ってたけど、これからどんどん症状は進んでいって、二年後くらいからは車椅子の生活になるんだ。女房はまだ四十二。娘はまだ十二だ。K2商会で稼がなきゃあ困るんだよ」

「ぼくも困ります。就職先がなくなるんですから」

「困らないよ。お前が社長になったら困らないだろう。K2商会にはお前がいちばんいいんだ。お前はなあ、人に好かれるんだ。どういうわけか好かれる。なにをやってもおもしろい。それに、これは本人には言いたくないけど、なんだか品がある。この三つだけでも社長の器だよ」

俺は、なんだか訳がわからなくなってきて、両親と祖母に相談して返事をしたいと言って武佐へ帰った。

話を聞いた両親と徳子おばあちゃんは、しばらく顔を見合わせていた。

「ほう、いきなり社長かあ。厄介な上司がおらんのは結構なことやなあ。一から立ち上げるんやないから、真面目に仕事をしてたら、なんとかなるやろ」

と父は言った。

「学生時代にお世話になったんやからご恩返しにしばらく社長をやってみたら？　しんどなったら、ぼくにはやっぱり無理でしたって謝ったらええがな」

と母は言った。

「春明はお引き受けして、須川さんの奥さんと娘さんを助けてあげなさい。レトルトパックや冷凍食品は、これからもっと伸びていく分野や。おばあちゃんが見ててあげる。安心して頑張りなさい。社長就任、おめでとう」

と徳子おばあちゃんは言った。

俺の両親も祖母も、どうも世間の基準とは違う。相談したのが間違いだったかも。そう思いながら、俺は袋のなかの鼠のような気分になっていった。

翌日、俺は大阪へ行き、須川さんに、Ｋ２商会をお預かりしますと返事をしてしまった。

春明は時計を見て、

「あっ、十一時半や」

と言い、慌てて車を栗東インターへと走らせた。十二時に白川通で蕎麦を食べる予定だったのだ。

十八

北東から流れてくる白川が鴨川に注ぐ地点で車を停めてみんなを降ろすと、七、八分待っていてくれと言って、春明は川端通を三条大橋のほうへ向かった。

歩いて三分ほどの川端通沿いで春明の大学時代の友だちの実家が仏具店を営んでいて、店舗の隣りに駐車場を持っているという。春明は京都東インターを降りると、その友だちに電話をかけ、明日まで駐車場を使わせてくれと頼んだのだ。

「このへん、あいつの友だちだらけや」

と笑顔で言い、風は冷たいが光が満ちている白川のまばゆい流れに目を細めながら喜明は言った。ヨシニイはこんなに屈託ない笑顔を見せる人だったろうかと綾乃は思った。

ここから見えるだけでも、そこの老舗の割烹店と仕出し屋、その西側のテナントビルとコンビニ、その向こうの呉服屋の息子は、春明とは仲がいい。同じ大学の学生だったのは仕出し屋の息子だけなので、他の連中とどうやって知り合ったのかわからないが、いまはみんな家業を手伝って真面目に働いているらしい。

だが、高校時代は揃いも揃って何回か停学処分を受けているワルたちだったのだ。

喜明はおかしそうに言って川端通の北側を見ていたが、すぐに駐車場に向かって手を振った。K2商会のライトバンを狭い駐車場に停めた春明が走ってきて、

「予定より三十分遅れてるなあ」

と言って白川南通を川に沿って歩きだした。

「わたし、祇園を歩くのは五年ぶりや。花見小路も四条通の南側だけで、この北側には来たことがないねん」

と鈴香は言って、足首まであるインクブルーのフレアスカートの裾をひらつかせた。はしゃいで、わざとそうしているのだと知って、綾乃は嬉しくなってきた。

春菜はどこに行ったのだろうと思い、小走りで柳並木の鞭のような枝をくぐると、その長い枝が頭に絡みついて、傍らを歩いていた中国人観光客らしいカップルと体がぶつかりそうにな

った。

いつのまにか綾乃も鈴香も白川の畔で中国人の群れに囲まれてそこから出られなくなっていたのだ。

二十メートルほど先の木の橋の上でヨシニィが手招きしていて、春明が橋の右側の小路を指差している。その小路は行き止まりに見えるのだが、春明の友だちの姉さんが営んでいるという蕎麦屋の栗色の暖簾が橋の手前から見えていた。暖簾には「きび屋」という店名が小さく染めてある。

昼時で、これほどの人出で、そのほとんどが中国人観光客なのだから、蕎麦屋は満席に違いないと綾乃は思ったが、細くて小暗い小路は誰の目にも行き止まりに見えるらしく、小路を覗き込む人はいても、通り抜けようとする人はいなかった。

四人掛けのテーブルが三つあるだけの蕎麦屋には祇園や先斗町の芸妓の名が大きく書かれた団扇が壁一面に飾られていて、一味唐辛子と七味唐辛子を入れてある竹筒がカウンターに並べてあった。

春明はカウンターのところから調理場を覗き込み、

「清蔵《せいぞう》は？」

と着物の上に割烹着を着た三十前後の女性に話しかけた。

「工場で蕎麦打ち中や。もう帰ってくるわ」

そう笑顔で言って、女性は調理場から出て来ると、花街で生きた時代があるにちがいない風情を溢れさせながら、綾乃たちに挨拶をした。元は芸妓さんだったのだろうか。きれいな人だなぁ。清蔵というのが春明の友だちだとすれば、この女性は清蔵さんのお姉さんに違いない。いや、姉さん女房というやつだろうか。現役の芸妓だったころは祇園でも名だたる売れっ子だったはずだ。綾乃はそう考えながら意外に坐り心地のいい古い籐椅子に腰を降ろした。

兄姉たちをつれて行くと連絡をしてあったようで、三つしかないテーブルのうちの二つには「予約席」と書かれた札が置いてあった。もうひとつのテーブルは、綾乃たちの荷物を置く場所にしてあったので、たった三つのテーブルはそれで埋まってしまっていた。

「わたしら五人だけで貸し切りになってるわ」

と鈴香は小声で言った。

きょうは日曜日だから花街もお休みで、舞妓や芸妓もすっぴんですごすから、このきび屋も開店休業のようなものなのだと春明は言い、女性オーナーに自分の兄姉たちを紹介した。

春明さんは大学生のとき、毎週月曜日と土曜日の夜の九時から二時まで出前のアルバイトをしてくれていたのだと植木澄江《うえきすみえ》という名のオーナーは笑顔で言った。

「えっ？　夜の九時から二時まで？　そんな夜中にアルバイトを雇わなあかんかったんですか？」

と春菜が驚き声で訊いた。

「そうどすねん。夜の九時から二時くらいまでが、きび屋の書き入れ時ですねん」

そう言って澄江は調理場に入って大釜の蓋をあけた。

打ちたての蕎麦が入っている大きな木箱を肩にかついだ大柄な青年が店の入口横のくぐり戸から調理場に入っていった。そこから出入りしないと、入口近くの客を押しのけねばならないほどに青年は巨体なのだ。

「あれが清蔵さん？　ハルッチの友だち？」

と驚き顔で鈴香は小声で春明に訊いた。

「そうや、あれが『きび屋の清蔵』。身長百九十七センチで百二十二キロ。クラリネットとトランペットの名手。キョウト・ミッドプレイス・ストリングスのスター奏者で、えーっと、もうひとつ、なんやったかなあ」

春明が考えていると、清蔵が大きな口を二、三回あけたり閉めたりしてから、

「蕎麦打ちの名人や」

と笑顔で言った。

「そうや。一番肝心なことを忘れてた。クラリネットもトランペットも凄いけど、なによりも清蔵の打つ蕎麦はうまいねん」

春明は兄夫婦や姉たちを清蔵に紹介してから、

「清蔵、悪いけど急いでるねん」

と言った。

「うんうん、わかってるでぇ。『仁』で晩餐会やろ？　そやからかけ蕎麦の用意しかしてないんや」

「『仁』を知ってるんですか？　どんな料理屋さんなんですか？」

鈴香がそう訊くと、春明は声を小さくさせて、きょうは初めての女性が三人もいるので、清蔵はひどく緊張しているから、あまり話しかけないでやってくれと言った。

よほど人見知りする性格なのだろうかと思い、綾乃は鈴香と目を合わせた。春菜は百八十七センチの自分の夫以上に背の高い人を見たのは初めてだと言った。

「百九十七センチなんて、二階にいてる人と喋ってるのとおんなじどすえ。首が痛《いと》うなりますねん。わたしが夜寝るときに首が凝ってるのはこの弟のせいどす。マッサージ代、出してもらいたいわ」

刻みねぎを散らしただけのかけ蕎麦が運ばれてきて、五人は急いで食べ始めた。午後の一時を二十分ほど廻っていたのだ。「仁」の隣りのホテルには午後二時に集合ということになっている。

「やっぱり京都の蕎麦やなあ。いなかの蕎麦とは違うんや。ちゃんと蕎麦の香りが立ってるのに、洗練されてるんやなぁ。不思議やなあ。これが大津の蕎麦屋になるとぜんぜん違うねん。旗を持って引率する人につれられてきたおっちゃんおばちゃんが食べる蕎麦になるねん」

春明は気難しい御隠居さんみたいな顔をして言い、「きび屋」の蕎麦を夜中に食べたくて祇園の旅館で麻雀をする人も多いという理由がわかると言った。

「最近は鍋焼きうどんが多いねん。さすがにうどんまで清蔵が打たれへんから、うどんの玉だけ養老屋さんで買うねん」

と澄江さんは調理場の小さな窓から顔を突き出して言った。

ここから東側全体には町屋なのか料理屋なのかわからない和風の建物が居並んでいるが、その多くはじつは旅館なのだと春明は説明した。

――わけありの男女がそそくさと時をすごすという場合もあるし、祇園でおいしいものを食べて、夜は小さな宿で早めに寝て、朝霧のなかの京を散策するという老夫婦もいる。そういう旅館にとってありがたいのは麻雀の卓を囲んで、仕出し料理を注文し、女将が作るウィスキーのソーダ割りなんかを飲む客だ。たいてい、夜中の一時か二時に小腹が空いてくる。そんなときは蕎麦かうどんを出前で取ると決まっている。だから、夜の九時から二時くらいまでが「きび屋」の書き入れ時ということになる。静かな祇園の夜中に戦争が起こっている。出前の注文の電話が鳴りつづけ、出前のためのバイクと岡持ちが石畳の上を巧みに行き来する。京都の大学生たちにとってはありがたいアルバイトなのだ。麻雀に勝って機嫌のいい客は日当よりも多額のチップをくれるからだ。――

春明の話を聞きながらかけ蕎麦をすすっていた鈴香は、

「わけありの男女がそそくさと……」

と繰り返したが、蕎麦をくわえたままだったので、むせそうになって慌ててハンカチで口元を押さえた。

「なんでわけありの男女はそそくさとすごすん？」

と綾乃は春明に訊いた。

「それは……、急ぐ事情があるからやろ」

「なにを、なんで急ぐのん？」

と春明は言った。

「そんなこと、俺に訊いても。アヤネエ、ええ年をして、そんなこと弟に訊くなよ」

「ええ年だけ余計やろ？　わけありの男女がそそくさって話題を振ったのはハルッチやからね」

隣りのテーブルで蕎麦を食べていた喜明があきれ顔で振り返り、

「わけありの男女がどうしたんや？」

と訊いた。

この話はこれでやめよう。これ以上話を進めたら、たとえ姉弟であろうともセクハラになりかねない。

春明はそう言って、この小路には六軒の家と店舗があって、昔から井戸小路と呼ばれていると話題を変えた。

――昔は水質のいい井戸があったそうだが、ある年を境に水質が飲用に適さなくなって、井戸にも蓋がかぶせられてしまった。それなのに、井戸小路と書かれた古い木の札が小路の入口の板塀に掛けられている。

京都の町のあちこちに潜む小路には、意外に名を知られた職人の店や、特殊な技術を駆使する工芸品の店があって、そういうところには郵便物も多いので、小路にはそれぞれ名がつけられて住所の一部と化している。

出前のアルバイトをしていた四年ほど前に、徳子おばあちゃんに「きび屋」のことを話し、清蔵という親友についても説明した。すると徳子おばあちゃんは不意に妙音菩薩《みょうおんぼさつ》の話を始めたのだ。

法華経の妙音菩薩品第二十四に登場する菩薩だという。

この話は清蔵も承知しているので、ここで声を小さくさせて、こそこそと話す必要はないのだが、清蔵はじつはかなり重症の吃音で、それが原因でほとんど学校に行けなかった。というよりも登校拒否のまま二十歳近くになってしまったのだ。

いま吃音を矯正する技術は高度になり、幼児のころから訓練すれば、ほとんど治ってしまうそうだが、清蔵は吃音を理由に不登校児童になったので、矯正も十全には行われなかった。いまでも、「あ」と「お」がまったく発音できないときがある。「朝日」、「危ない」、「あした」等々。「大きな音」、「音符」、「オートマチック」等々。

引きこもっているあいだに清蔵は憑かれたように管楽器の演奏に打ち込んで、やがて吃音者仲間でバンドを編成して、定期的な演奏会を開くようになった。

いまではプロの演奏家として、著名な歌手のバックバンドを依頼されるようになり、一年の内三か月は演奏旅行で京都を留守にしている。

お姉さんが祇園甲部で芸妓としてお座敷に出るようになったころ父親が脳梗塞で倒れて、蕎麦打ちをする者がいなくなってしまい、清蔵は引きこもってはいられなくなって、やっと世の中に出て来た。

車椅子の父親に教えられながら蕎麦打ちや出汁の取り方を修業して、なんとか代金を頂戴できそうな蕎麦を出せるようになったころ、俺は京都市内に用事があるという徳子おばあちゃんをつれてこの「きび屋」に来たのだ。大学に入った年の秋だった。カナイ工務店のワゴン車の助手席に徳子おばあちゃんを乗せたので、お母さんがしつこく安全運転をするようにと言いつづけたことをおぼえている。

清蔵の父親は車椅子に乗って調理場の隅であれこれ指図していたし、当時はまだ清蔵のお母さんも元気だったので、店では接客を担当していた。

徳子おばあちゃんはかけ蕎麦を食べて、

「おいしい。ほんまにおいしい」

と言った。十九歳の青年が打った蕎麦とは思えないとも言った。徳子おばあちゃんはお世辞は言わない。だからほんとうにおいしいと思ったのだ。

俺は「きび屋」に入る前に、清蔵がかなり強い吃音であることを徳子おばあちゃんに話してあった。

徳子おばあちゃんは蕎麦を食べ終わってほうじ茶をゆっくりと飲んでから、

「清蔵さん、法華経の妙音菩薩品第二十四を読んでみたらどうやろ。全篇読むのよ。これは真実や、お伽話ではないと信じて読むのよ。これはぼくのことを書いてあるんやと決めて読むのよ。すべて真実やと決めて読むのよ」

そして徳子おばあちゃんは、妙音菩薩は全宇宙の菩薩のなかで最も大きいのだと言った。身長は四万二千由旬《ゆじゅん》。一由旬は約七・三キロメートルやそうやから、四万二千由旬は地球の直径の二十四倍。いろんな説があるけど、だいたいこれが正しい説みたいやねえ。そんな大きな菩薩が、ちょっと他の菩薩から遅れて地球にやってくるねん。えらいすんまへん、ご挨拶が遅れまして、とかなんとか言いながら身を小さくさせて地球で法華経を説いてる釈迦に挨拶をして、また自分の国へ帰っていくねん。

とにかく途轍もなく大きいから、通り道の国々は振動するし、妙音菩薩の子分の楽団が楽器を奏でながらお供してるし、百千の天楽が鳴り響いて、七宝の蓮華を雨あられと降らせて、それはもう賑やかで楽しくて美しくて威徳に溢れてる。この妙音菩薩は釈迦の説く法華経を最も美しい声で衆生に聞かせるのを使命とする菩薩やのに吃音者やねん。吃音の菩薩。清蔵さん、この法華経の妙音菩薩品を必ず読むのよ。意味なんてわからなくても、ただ読むだけで、清蔵さんは妙音菩薩になれる。

俺は、徳子おばあちゃんにしては珍しく他人のお節介を焼くなあと思った。清蔵が吃音者、それもかなり重症の吃音とわかってて妙音菩薩の話をするのは、徳子おばあちゃんらしくないと感じたんや。清蔵は愛想良く笑ってても、腹のなかでは反抗心をたぎらせてることが多いから、適当に話題を変えて店から出て、徳子おばあちゃんを車に乗せて武佐へ帰ろうとしたら、清蔵が駐車場まで追いかけてきて、妙音菩薩品というのはどうやったら読めるのかって徳子おばあちゃんに訊きよった。あのころはいまとは別の人間みたいにとんがってたから、両方の耳にピアスを六つくらいはめとったでぇ。法華経の現代語訳は、いまはいろんな研究者が出版してるから、どこかの大学の図書館に行ったらすぐにみつかる。徳子おばあちゃんがそう言うたら、清蔵はいまからどこかの大学の図書館に行ってくるって走っていきよった。

それから一年くらいたったころ、清蔵から徳子おばあちゃんに手紙が届いた。法華経の妙音菩薩品を十七回読んだ。難しくて意味がわからないところは仏教に詳しい人に教えを請うたりして勉強したが、いちばん難しいのは、これがすべて真実だと信じて読むことだった。徳子おばあちゃんが、信じて読めと言ったので、信じて読もうと努力したが、信じられない。読んでも読んでも大法螺吹きのお伽話でしかない。だからもう妙音菩薩品からは卒業したいと思う。十七回も読んだのだから、卒業を許してほしい。

徳子おばあちゃんはすぐに返事をしたためて、俺にその返書を投函させた。おばあちゃんはこう書いたそうや。

「妙音菩薩品を読むのをやめるのは許すが、卒業は許さない。仏教に詳しい人に教えてもらったことが間違いだ。『詳しい人』というのが物事をいちばんわからなくさせる」――

清蔵には春明の話していることが断片的に聞こえているらしく、ときおり振り返って苦笑したり、刻み海苔の入った缶の横に立てかけてある『梵漢和対照・現代語訳　法華経㊤㊦』というぶ厚い書物の背を撫でたりした。

「ずーっとわからんままや。俺もこうなったら意地や。わかるまで、これを読みつづけるで」

と清蔵は言ったが、出汁を取る作業を終えて、いったん裏口から外へ出て煙草を吸って戻っ

てくると、

「まったくわからんわけやないねん」

と言った。

「もしここに書かれてあることがお伽話ではなく、なにもかも真実やとしたら、すべて腑に落ちるんや。そやけど、どうしてもお伽話としか受け取れんから、すべて腑に落ちなくなるんや」

コートを着て「仁」へ行く用意を急ぎながら、

「それって、もうあと一歩どころか半歩じゃないですか？　もう真実に片足を突っ込んでますよ」

と鈴香は顔を紅潮させて言った。

「うーん、半歩はねえ、どこまで行っても半歩なんです。一歩になれへんのです。半歩しか踏み出されへんとねぇ、下手したら転ぶんです」

清蔵はうなだれて地面に目をやり、額のあたりを指で掻きむしりながら言ったが、それでも頭部は鈴香のそれよりも二十センチ以上も高かった。

「この人混みやったら『仁』まで歩いて十分。二時ちょっと過ぎに着くぞ。九十歳の誕生日の晩餐会おめでとうって、徳子おばあちゃんに伝えてくれよ」

そう言って清蔵は小路の奥から店に入っていった。清蔵の姉が暖簾を店内にしまうのが見えた。

橋を渡るまで、ジャケットのポケットに両手を突っ込んで歩いていた春明は、「きび屋」の格子戸が閉まるのを確かめると、小走りで小路の入口まで戻り、歪んだ瓦屋根に手を伸ばして「井戸小路」と書かれた表札の隣りに一枚の表札を取りつけて、走り戻ってきた。

「表札をつけてるときに清蔵が出て来たらどうしようかとどきどきしたがな」

と言って、春明は両手をまたコートのポケットに突っ込んだ。

「新しい表札？」

と鈴香は訊いた。

「徳子おばあちゃんの命令やからな。あしたの昼は清蔵の店で蕎麦を食べるつもりやて言うたら、小路の入口に新しい表札をつけておいてくれって」

「どんな表札をつけたん？」

と訊いたが、綾乃にはおよその見当がついていた。

「妙音小路」

と春明は答えた。

「あ、当たった。わたし、きっと妙音小路やと思ったわ」

そう言って綾乃は早足で人混みを歩いて行く喜明と春菜のあとを追った。

「さあ、清蔵は新しい表札にいつ気がつくかなあ。でも、見た瞬間に、誰が掛けさせたのかは気がつくやろ。あの筆の字は金井徳子以外には考えられんからなあ」

という春明の言葉を聞きながら、徳子おばあちゃんの足跡はこうやって残って行くのだなと綾乃は思った。

徳子おばあちゃんは、なにか一家言を残したがる人ではないし、若い者に訓辞を垂れるなどということは嫌うのだが、本人が好むと好まざるとにかかわらず、ああここを徳子おばあちゃんが歩いたなという跡が残るのだ。

明確に彫り込まれた跡ではないので、わかるものにはわかる。きっとそれは金井家の家族だけであろうが、その跡が淡ければ淡いほど、浮き上がる陰影の濃淡は深いのだ。

きっと徳子おばあちゃんは「きび屋」の清蔵さんになにかを見出したのだ。それがなんなのかは徳子おばあちゃんにもまだよくわかっていないのであろう。

あの清蔵さんは、本当に妙音菩薩なのかもしれないと綾乃は思った。

綾乃も、二十代のうちに必ず読みなさいと徳子おばあちゃんから勧められた書物が二冊ある。一冊は日本の古典で、一冊は外国の紀行文学だが、まだどちらも読み切っていなかった。よし絶対に読むぞと綾乃は思った。

東大路通を渡って、さらに白川に沿って上ると、流れがきれいになってきて、目の前に広い通りが見えてきた。

「三条通や」

と喜明が指差し、

「あった、『仁』があった」

と大声で言った。その声が聞こえたらしく、「仁」の一軒隣りの縦長の町屋の二階から母が顔を出した。その町屋の入口には小さな木切れのようなものに「谷」と書いた板が掛けられている。

「このおうち、谷《たに》って読むの？」

と綾乃は町屋の前に立ち止まり、二階を見あげて母に訊いた。

「こく」

とだけ応じて、母は厚いガラス窓を閉めた。

「谷と書いて『こく』と読ませるの？」

母はなにを怒っているのだろう。わたしたちが十分遅れたことを怒っているのだろうか。そんなことで怒る人ではあるまい。ここへ来るときに父と夫婦ゲンカをしたとか……。いや、晩餐会の大切な夜を前にして、いさかいをするような夫婦ではない。でも、なんだか気になる。

綾乃は「谷」と書かれた板とその周辺の壁や格子戸や入口の横にしつらえてある犬矢来を眺めた。たしかに、ここはホテルだと教えられなかったら、誰もそうとは思わないはずだった。三階建ての、木造と鉄筋とがうまく融合している和風建築にしか見えないのだ。

道を挟んで向かい側が白川で、柳並木と家々が冬の陽光を浴びているし、すぐそこの三条通は日曜日らしく車も少なくて、少し西へ歩けば三条京阪駅があるとは思えない静かさだった。

日なたぼっこを楽しむようにゆっくりと川沿いをやってきた喜明たちは、これが「仁」か、これがその隣りのホテルか、などと話をしていたが、綾乃はやはり母の様子が気になって、

「谷」の玄関をあけた。

一階は客がくつろぐための部屋らしくて、料理集や画集がたくさん書架に並べてあった。その奥に二人で満員になるエレベーターがあったので、綾乃はそれに乗って二階へ行った。

スツールに背筋を伸ばして坐った母が、ひとりだけ障子戸と対峙するように向き合っていた。徳子おばあちゃんは父と将棋を指している。

三階は男性用で、いまは写真館の人たちが自分たちの準備をしていると父は説明した。

「写真家の人たちもなあ、ちゃんと正装をするそうや。全員、助手の人も含めてタキシードに着替えるそうやで。そやから、我が家の男性陣の着替えは午後三時からや」

と父は将棋の盤上に視線を落としたまま言った。

綾乃は、そんな父のジャケットの裾をそっと引っ張って、無言のまま障子戸を見つめている母を指差し、なにかあったのかと小声で訊いた。

「玉枝ちゃんに直接訊いてみたらどうです？」

という徳子おばあちゃんの言葉つきはいつになく冷たく感じられた。

「お母ちゃん、どうしたん？　なにかあったん？」

綾乃は五、六人掛けの革のソファから身を乗り出すようにして訊いた。

「わたし、大失敗をしてしもてん」

と母は聞き取りにくい声で言った。口を動かさないように喋っているらしかった。

「こっちは試供品で、無料やねん。そやけど、こっちは一本六千円で、最低でも四十分は顔から剝がしたらあかんねん。美顔パックの新製品。わたし、試供品のつもりで、間違えて六千円のほうを塗ってしまってん。そやから、あと二十五分間、動いたらあかんねん」

綾乃は全身から力が抜けたようになって巨大な革製のソファに横たわった。

「塗る寸前に、わたしが気がついて、それは六千円のほうやって教えてるのに、いえお義母さん、こっちが無料の試供品ですって言うて、止める暇もなく顔中に塗りたくってしまいはった。そやのに、わたしのせいみたいに文句ばっかり言いますねん」

徳子おばあちゃんは父が打った角を取ろうかどうか迷っているようだったが、とりあえずその角の頭に銀を打って様子見と決め込んだ。

みんなはどうしているのかと徳子おばあちゃんは訊いた。

「さっき、このホテルに入ってくる足音が聞こえたのになあ」

「エレベーターで三階へ行ったんです。三階には露天風呂があるからねえ。今夜は、晩餐会の余韻にひたりながら、京のど真ん中で月見をしながらのお風呂ですね」

と父は楽しそうに言った。

「へえ、三階に露天風呂があるんか？　それは楽しみやねえ。そやけど、ちょっと寒そうやなあ」

「二階には内風呂があります。お母さんは内風呂に入りはったらどうです？　三階の岩風呂は坪庭のなかにあって、十三夜の月がなかなかの風情ですけど、風邪をひいたら大変ですからね」

「うん、わたしくらいの歳になると、ちょっと油断してひいた風邪が命取りになるそうや。そやけど、もうこれ以上ないというくらいのご馳走を食べて、息子夫婦と孫たちが大喜びでそれを食べて楽しんでるのを見ながら死ぬなんて、すばらしい人生やないか。わたしなぁ、イランのカスピ海産の上等のキャビアをどっさり食べてみたかったんやけど、玉木シェフがちゃんと用意してくれてはるねん。スプーンに一杯くらいのけちな量とはちがう。食べきられへんくらいのキャビア」

「ええっ！　あのサワークリームを添えてってやつですか？」

「そうそう、あれです、あれ」

「それはお母さん、贅沢過ぎますよ」

「それから、一生に一度は味わってみたかったジビエのコンソメスープ。玉木シェフがすべての材料を揃えて、四日前から準備を始めてくれてますねん。六種類のジビエの肉と骨が大鍋のなかでことことと煮込まれてエキスを放出してます。あと三時間ほどで最高の状態になります」

「うわぁ。えらいことですねえ。もう月見の風呂どころやないなあ」

ジビエのスープ。どんな色と香りだろう。想像もできないくせに口のなかに涎が湧いてきて、綾乃はソファに寝そべったまま、

「この3六角成でお父さんの勝ち」

と言って、起き上がって駒を動かした。

「もうお母さんはぼくには勝てませんね。ついにそういう日がやってきました。栄枯盛衰は世の常です。お母さんも悪あがきせずに、あきらめるときです」

「お前に将棋で負ける日がくるなんて……。お前が、お母さんにもう勝てそうやと言いだして何年たちます？」

徳子おばあちゃんは憮然とした表情で盤上の駒を眺めながら訊いた。

「あれはぼくが大学三年生のときですね。あのころは、もうあと一歩で勝てると思いましたけど、あれからちょっと時間がかかりました」

「四十年ほどかかってます。時間がかかりすぎですやろ。いまのも綾乃が角を3六角成と動かせへんかったら、わたしの次の一手で勝負ありでした。5四銀。お前は4四玉と逃げるしかあれへん。そしたら次の5三金で詰み。お前は綾乃に勝たせてもろたようなもんや」

うらめしそうな表情で綾乃を軽く睨むと、徳子おばあちゃんは手の中の二枚の駒を盤上に置いた。

父は将棋盤を片づけてから、川沿いのガラス窓をわずかにあけながら、玉枝の顔を覗き込んだ。美顔パックはほとんど乾いていたが、唇の上のあたりだけが厚塗りしすぎて光っていた。

「ぎょうさん塗ったんやなあ。このパックのチューブ、二回分て書いてあるで」

と父は言い、ガラス窓から外を見おろして、さあ来たぞとつぶやいて揉み手をしながら、家族の荷物を部屋の隅に寄せた。

レンタルドレス店の女主人が助手やメイクアップアーティストたちをひきつれて、にぎやかに階段をあがってきた。ヘアメイクが三人、スタイリストが三人、男性の助手が二人だった。そこに三階にいた写真家とその助手が混ざると全部で十一人になった。

男性の助手は慣れた身のこなしで建物の前に停めたワゴン車からドレスやタキシードや小物類を出して「谷」の二階と三階に運び入れた。アクセサリー類を収納する箱だけでも、綾乃の力では動かせなかった。

「さあ、さあ、さあ、さあ」

と、さあを大声で四回つづけて言い、

「迅速に、的確に、無駄な動きなく、てきぱきと。はい、ご一緒に」

とレンタルドレス店の女性オーナーは両手を叩いて全員に唱和を促した。

写真家とその助手は慣れているらしく、

「迅速に、的確に、無駄な動きなく、てきぱきと」

と仕方なく口だけ動かしているといった覇気のない唱和をしたが、レンタルドレス店の社員たちは、綾乃や春明たちがびっくりして顔を見合わせるほどに息の合った声の揃え方で唱和して、組み立て式の簡易フィッティングブースを二階に三つ、三階に二つ作ってしまった。

「申し遅れました。わたくし、イドドレスレンタル社の井戸玲子《いどれいこ》でございます。きょうはさきほどまで三件のホテルでの結婚披露宴をお手伝いしておりまして、少々お時間が押しておりますので、恐縮ですが少し巻きで行かせていただきます。それでは、最も年長なかたからフィッティングいたしましょう。メイクアップはドレスを着たあとということになります」

母の玉枝は、井戸玲子の言葉で、顔中のパックを剝がし、

「巻きって急げってことやろ？」

と鈴香に訊いた。

「お母ちゃんのパックを急いで剝がせとは言うてはれへんけど……」

そういいながら、鈴香は徳子おばあちゃんの肘を支えて、簡易ブースの横に小型の椅子を置いた。

「さあ、さあ、さあ、さあ。殿方は三階へお移りください。殿方はそんなにお急ぎになることはございませんよ。それでも、ゆっくりはなさらないでくださいね」

井戸玲子に追い立てられるようにして父と喜明と春明は三階へ上がって行った。

「急ぐことはないが、ゆっくりはするな……。父上、それはどういう動きをしろとあの春日局《かすがのつぼね》様は拙者どもに命じておるのでしょうか」

喜明の問いに、

「まあ、いまのそのお前の動きでは遅いぞと言うてはるんでしょうな」

父はそう言って、三階に上がったところにある大きなソファに春明と並んでゆったりと坐り、

「お母さんに生まれて初めて将棋で勝った」

と嬉しそうに言った。

「生まれて初めて？」

階段の上り口のところから三階を見上げて、綾乃は驚きの声で言った。

「うん、生まれて初めてや。もうちょっとで勝てるっちゅうのは二、三局あったんやけど、ぼくの打ち間違いで逆転負け。嬉しいなあ。なにか記念の品でも買おうかな。『初勝利記念』と書いて、机の上に飾ろう」

その父の声が聞こえたらしく、

「綾乃のアドバイスで勝てたんやから、ほんまの勝ちとはちがいます。横から助言するのは反則や。綾乃の反則」

と徳子おばあちゃんは言ったが、周囲をカーテンで覆った簡易ブースのなかに井戸玲子とスタイリスト、メイクアップアーティストに押し込められた格好ですでに半裸にされてしまったので、それきり黙り込んでしまった。

徳子おばあちゃんには薄紫色のローブデコルテが用意してあった。

晩餐会の際には肘上までの白い手袋をはめて、ドレスと同色のサテンのパンプスを履くという。小さなクラッチバッグも薄紫色だ。

井戸玲子は簡易ブースのカーテンを閉めたなかで、スタイリストの女性にこまごまと指示を出した。

いつのまにか、玉枝も鈴香も春菜もブースを取り囲んで、カーテンがあくのを息を詰めて待った。

「じゃーん」

と綾乃が大声で言ってマジシャンが箱から虎でも出すような身振りをしたのに、井戸玲子だ

けがカーテンの奥から出てきて、

「これからお顔のメイクとヘアのセットです。お母さんの玉枝さん、お隣りのブースにどうぞ。その次は綾乃さん、その次は春菜さん、最後が鈴香さんという順番です」

と言った。

まだ三時前だったが、イブニングドレスに着替えて二連のパールネックレスと揃いのイアリングで飾り、一部に紫色のメッシュをほどこしたアップスタイルの徳子おばあちゃんがあらわれた瞬間、歓声ともどよめきともつかない声が二階にいる者たちからこぼれでた。少し大きめのピンク色の貴石を嵌め込んだティアラが神々しくさえあった。

年齢を考慮しての地味な胸元ではあっても、綾乃がこれまでいちども見たことのない大きな襟ぐりのドレスは徳子おばあちゃんの胸のあいだに散るそばかすを浮き上がらせて、そこだけに恥じらいのような色が滲んでいた。

「おばあちゃん、胸の谷間にそばかすなんかあった？　何回も一緒にお風呂に入ってるのに、気がつけへんかったわ」

と鈴香は言った。

ドレスを着た体を覆うための柔らかい布製の大きなガウン状のコートをまとうと、徳子おばあちゃんは二階の東側の内風呂の近くに用意された場所に移動して写真撮影を始めた。

タキシードに着替えた写真家と助手がスタイリストの若い女性と協力してクリップや待ち針でドレスの形を整えたり、照明の光の具合を調整したりして、徳子おばあちゃんを撮影した。

そこには無駄な時間の使い方というものはいっさいなくて、写真家の指示の言葉もわずかで、数打ちゃ当たるだろうという不必要なシャッターの音もなかった。

この人たちは記念イベントの写真を撮ることを専門としているが、シャッターボタンは五回しか押してはいけないと決められたら、ちゃんと五回で必要なカットを撮ってしまうプロフェッショナルだと綾乃は気づいた。

母の玉枝がブースから出てくると、徳子おばあちゃんのときよりもにぎやかな歓声があがった。

胸元が大きくあいている濃いピンクのドレスを着て、ことさらレトロ風にがまぐち型を強調したスパンコールのクラッチバッグを持った母の鳩胸気味の胸が、肉体というものの逞しさと美しさを周りに撒き散らしているようで、鈴香も春菜も言葉を忘れてただ見入っていた。

「さあ、さあ、さあ、さあ。お次は綾乃さんですよ。そのラメ入りの淡いピンクのドレス。そう、それそれ。足の甲までの丈で、ローブデコルテのインステップレングス……。よう似合いはるやろねぇ」

と値踏みするように綾乃とドレスを見比べてから、井戸玲子は突然うしろから綾乃の背中を叩いた。

「あいた！」

綾乃は声をあげてのけぞり、自分の背中にこびりついたであろう井戸玲子の手のひらの形を思い描いた。

「綾乃さん、髪をアップにしましょう。ぎりぎりアップにできる長さや。ちょっときつめの目元に見せるメイキャップでね。よしこちゃーん、出番よお」

井戸玲子は大声でメイク担当者を呼んだ。三階建ての「谷」すべてに響き渡る声だったが、よしこちゃんと呼ばれた二十五、六歳の女性は簡易ブースのなかにいた。

「この髪、どうやってアップにする?」

と鈴香は綾乃の髪を持ち上げたり、手で梳いたりした。

「できるよ。充分や。わたし、こういうの得意やねん」

と春菜は言い、自分の大きな鞄からヘアアイロンを出した。

素人がなにをちょこまかと口出しするのかといった顔つきで、井戸玲子は三階への階段のところに置いてあった帆布製の巨大な鞄を引きずってきて、持参したメイクアップ道具のすべてではあるまいかというほどの大小さまざまな道具をフローリングの床にぶちまけた。そして、必要な道具だけを選り分けて、

「さあ、さあ、さあ。遅い仕事なら豚でもやります。わたくしどもならたったの五分で綾乃さんを妖艶なアップの髪型に仕立ててみせますよ」

と言った。

内風呂の近くでは、一人での写真撮影を終わった玉枝が徳子おばあちゃんと並んで撮ってもらっていた。

「髪をアップにするのって七五三以来や」

と綾乃は言った。

井戸玲子が作業の半分を終えたとき、

「あかん、やりなおし」

と言った。ドレスに着替えていないから、せっかくの髪型が崩れてしまうのだ。

「わたくしとしたことが……。さあ、さあ、さあ、さあ。綾乃さん、気を取り直して、ドレスに着替えることから始めましょう」

この井戸玲子さんは、夜寝るときには、エネルギーの九八パーセントほどを消費してしまっているにちがいないと綾乃は思った。

隣りのブースでは春菜がオフショルダーの濃い緑色のドレスを着始めていた。胸から腰にかけて花の刺繡があって、それが光沢のある緑のドレス生地をはなやかにさせていた。春菜は腰の位置が高いので、花の刺繡がとりわけ腰の線をなまめかしくさせていた。ブースから出ると、春菜は黒のクラッチバッグを持って、喜明を呼んだ。

タキシードに着替え中の喜明が三階から顔だけ突き出して、二階を見回した。誰が自分の妻なのか見分けがつかなくなっているようだった。

手を振っている春菜に気づくと、

「うわあ」

と声をあげて大きくのけぞり、

「きれいやなぁ。ぼくの奥さん、きれいやでぇ」

と横に突っ立っている春明に言った。

「ああ、そうでっか。そらまぁ、おきれいなことですやろ」

春明は顔をしかめて言ったくせに、春菜を見ると、

「ほんまや。ほんまにきれいやなぁ」

と驚き顔で言った。

こいつ、なかなか女の褒め方を心得ておるではないかと思い、綾乃は最後の鈴香をブースにつれて行くと、

「さあ、さあ、さあ、さあ。真打登場。金井家では最もヤングの鈴香がどう化けるでしょうか」

と言った。井戸玲子と目が合って、慌てて、

「わたしもさあ、さあ、さあ、さあ、が口癖になってしまいました。会社でも仕事を始めるときに口にしてしまいそう。元気が出る掛け声ですよね」

と言い、徳子おばあちゃんと母がくつろいでいる内風呂の近くへと逃げた。

全員が身につけたドレスのなかでは最も体の線が出るインクブルーの、胸元が大きくあいた金色の細い片紐のストラップがデコレイティブなドレスは、七センチのヒールを履いて姿勢を正して立った途端に、鈴香を別の人間へと変えたように思えた。

「すごーい」

と綾乃は自然に口にしていたし、徳子おばあちゃんも、うわあと声を出して鈴香を見つめた。

綾乃が淡いピンクにラメ入りのドレスを着て、髪をアップに結い、化粧を済ませると、井戸玲子は、これまででいちばん大きな声をあげながら手を叩いた。

「さあ、さあ、さあ、さあ。予定どおり四時半です。これから女性陣の写真撮影。やっぱり男性陣がこうやって遅れるんです。シャツにアイロン、きちっと当ててよ。タキシードはシャツのアイロンと糊の利き方が命。わかってますね。カマーバンドをだらしなく巻くと、品がなくなります。そこのところは気をつけてね。きょうはサスペンダーはなしです」

「綾乃のアップヘアは可愛いなぁ。綾乃のよさが出るわ」

と母は言って、いやに綾乃の髪に触れたがった。

「もう可愛いなんて歳とちがうわ。ことし三十やで」

サテンのヒールが靴店の布製の敷物の上に並べてあった。それは綾乃が履くことになっている。赤いシルクのクラッチバッグもその近くのテーブルに置いてある。

写真館のスタッフたちは、もう型通りの写真は撮り終えたらしく、自由に鈴香を撮ったり、春菜と徳子おばあちゃんを並べて写したりしていた。

父、喜明、春明の三人がタキシードに着替えて三階から降りてきたのは五時過ぎだった。

「タキシードなんて背広とおんなじやと考えたのが間違いやった」

と父は額の汗をハンカチで拭いながら言った。

「小さくてもフリルのついた糊の利いたカッターシャツは、ぴったりと体に合わせないと、どこまでもずれてくるし、カマーバンドという飾り帯も腰に合っていないと、なんだかだらしないのや。ぼくは三回目にやっときちんと着られたが、春明は孤軍奮闘すること六回。助手の人に手助けされること三回でやっときれいに着ることができた。どういうわけか、喜明だけがたったの一回でほぼ完璧に着こなせた」

ソファに足を投げ出して腰かけて、父は疲れ果てたといった表情で言った。

「さあ、さあ、さあ、さあ。全員で写真撮影です」

先生と呼ばれている寡黙な写真家が手を叩いて促してから、

「あかん。さあ、さあ、さあ、さあがうつってしもたがな。あれがうつると当分消えへんのや」

と顔をしかめて言い、助手が笑った。

へえ、男性が着崩れしない着こなしでタキシードに身を包むと、こんなにも凜々しくなるものなのかと感心しながら、綾乃は春明の全身を見やった。

カシミアの黒の上下とブラック蝶タイ。黒のカマーバンド。襟先だけが小さく折り返されているウィングカラーのシャツは胸元に入っているプリーツが大胸筋を逞しくみせるような気がした。タキシードのパンツには両サイドに一本ずつ側章と呼ばれるライン飾りが入っているのだが、それがなぜか脚を長く見せるようで、春明の身長そのものも高く感じた。

「馬子にも衣装やなぁ」

と綾乃は春明の腕に自分のそれを絡めながら言った。

「俺はまさに馬子にも衣装やけど、アヤネエは違う。正体があらわれたんや。アヤネエ、ほんまにきれいや」

「もう、憎いことを。あした、なんか買うてあげる。ほんまに買うてあげるから、遠慮せんでもええよ」

「春菜さんも河原町の大木屋のショウウィンドウにあったツイードのジャケットを買うてくれることになってるねん。そうや、アヤネエ、革靴を買うてくれよ。ツイードのジャケットと革靴があったら、たいていはその二点で人前に出れるからな」

ということは、春菜にはもっと歯の浮くような甘言を口にしたのだ。こいつ、女たらしだ。綾乃は上目遣いに春明を見やり、あしたは早めの新幹線に乗って、春明と顔を合わせないようにしてこっそり東京へ帰ろうかと本気で思った。あしたは成人の日で休みだが、綾乃は、昼頃の新幹線に乗る予定だったのだ。

晩餐会場の「仁」へ行っていたらしい井戸玲子が帰ってくると途端ににぎやかになった。

「さあ、さあ、さあ、さあ。五時半ですよぉ。本日は一月十三日。京の一月半ばは日が短いですねぇ。もう外は真っ暗。ご覧ください。このホテルの二階から眺める白川の流れと柳並木。京の風情ここに極まれり。これから金井陽次郎様にエスコートされた金井徳子様が隣りの『仁』に移動なさいます。陽次郎様の奥様の玉枝様にもエスコートしていただいて、徳子様は『仁』の二階の暖炉の横で皆様方をお迎えいたします。ここから『仁』までは歩いてたったの三、四歩。たったの三、四歩ですが、女性方には毛皮で寒さから体を守っていただきます。すべて階下に用意してあります。さあ、さあ、さあ。素晴らしい晩餐会へと出発いたしましょう」

井戸玲子は、ただのいちども周りの人間を笑わせようとしてはいなかった。徳子おばあちゃんから晩餐会の趣旨のようなものは聞いてあったにしても、主眼は金井徳子の九十歳を祝う会として認識しているにすぎなかったであろうから、緊張して固くなることもなければ、くだけすぎてだらしなくなることもないという進行でここまで差配してきたのだ。

肩肘張ることもないが、晩餐会の品格は失ってはならないという心がまえであったろう。

だが、井戸玲子の固太りした体にはいささか派手すぎるラメ入りの赤いツーピースと、そこから太い幹のように突き出ている手足や顔の小刻みな動きと、なによりも口癖の「さあ、さあ、さあ、さあ」という掛け声が、どうにもこうにも厳粛さを奪うと同時に、理由不明の笑いを巻き起こすのだ。

「井戸さんが現場でこんなになにもかも指示をして、準備中にこれほど獅子奮迅の活躍をなさるなんて、お店でお会いしたときは想像もしませんでした」

と綾乃は言いながら、化粧や髪型を点検している徳子おばあちゃんの坐っているスツールのところへ行った。

「わたくしと綾乃さんはお会いするのはきょうが初めてでございますよ。綾乃さんがお会いになったのは、わたくしの姉で、北山通の店を担当しておりまして、わたくしは現場担当。姉のほうがわたくしよりもだいぶ細いのですが、よく双子かって言われるんです」

と井戸玲子は言った。

「えっ！　わたし、井戸さんをずっと北山通のお店でお会いしたオーナーさんだって思い込んでました」

「わたくしは井戸玲子。姉は三宅美奈子。三宅美奈子のほうは一日に千六百キロカロリーくらいしか動きませんが、妹の井戸玲子は二千五百キロカロリーくらいは動いてるはずでございますよ」

綾乃は井戸玲子と顔を見合わせて笑い、春明の傍に行くと、

「あの『さあ、さあ、さあ、さあ』は北山通のお店で会うたオーナーとは違うねん。姉妹やねん。お店で会うた人はお姉さん。なんか感じが違うと思うたけど、わたしはずーっとおんなじ人やとばっかり思い込んでたわ」

と春明の耳元でささやいた。

なにを言っているのかという憮然とした表情で綾乃を見つめ返すと、

「別人？　去年の暮れにお店で会うた女性オーナーと、あの『さあ、さあ、さあ、さあ』とが別の人間やというのか？　アヤネエ、頭がおかしいなったんとちゃうか？　誰が見たって、ふたりは同一人物やないか。声も、体型も、顔だちも、寸分ちがえへんがな」

「そう思うやろ？　それが別人やねん。ふたりは双子と間違われるほどにそっくりの姉妹やねん。お店にいてはったお姉さんのほうが細いそうやねん」

「アヤネエはあの『さあ、さあ、さあ、さあ』のおばさんに騙されてるんや」

「なんのために騙すのん？　騙す理由がどこにあるのん？」

「小ぬか雨食堂のアイスクリームを賭けよう。俺が負けたら、あしたの昼過ぎに小ぬか雨食堂

でコロッケ定食にアイスクリームをつける。おれが勝ったら奢ってもらうで」

話を横で聞いていただけなのに、春菜と鈴香は、

「アヤネエに一票」

と言い、それに喜明も乗った。

あのアイスクリームをいちどに四つも食べたらお腹をこわすと言いながら、春明はあきれ顔で井戸玲子の横へと近づき、お忙しいときにつまらないことをお訊きして申し訳ないが、あなたは去年の暮れに北山通のお店でお会いしたオーナーですよね、と確かめた。

「いいえ、それが違うんですよ。さっきお姉さまにもご説明いたしましたが、店にいたのはわたくしの姉。いまここにいるのは妹の井戸玲子なんです。それほど似てるのに双子ではなく、二つ違いの姉妹とはこれ如何に」

驚き顔で失礼を詫びて、こうやってお話をしてみると、お店でお会いしたお姉さまはもうちょっと声も低くて、ゆっくりとした話し方だったような気がしますと春明は言った。

「このがさつな妹と比べると、なにもかも物静かな人で、お客様とお話をするのも北山通のお店のなかだけなんです」

井戸玲子は、メイクアップ係が徳子おばあちゃんと玉枝の化粧と髪型を点検するのを待ちながら、ほんの少しためらってから、姉は子どものころは強い吃音だったのだと言った。

綾乃たちは、昼にきび屋の清蔵と会っていなかったら、そして清蔵と徳子おばあちゃんのエピソードを耳にしていなかったら、さほど驚かなかったはずだった。

綾乃は、以前に北山通の店で会って打ち合わせをした井戸玲子の姉を思い浮かべようとしたが、うっすらとした印象しか蘇ってこなかった。吃音者であることを感じさせる言葉の途切れのようなものはまったくなかったという記憶だけはあった。

主催者としてみんなをお迎えしなければいけないから先に「仁」の二階に行って待っている。徳子おばあちゃんは物静かに落ち着いた言い方をして、息子夫婦にエスコートされてエレベーターに乗った。写真館の人たちも慌てて階段であとを追った。

「さあ、行くぞ」

と喜明は言い、妻と弟妹全員を統率するかのように円陣を組むと、きつい目でつづけた。

「こんなに楽しいパーティーはあとにも先にも初めてや。こんなにおいしい料理はもう二度と食べられへん。もう楽しくて、おいしくて、嬉しくて、この感謝の気持ちを徳子おばあちゃんに言葉で伝えようがない。とにかくとにかく徳子おばあちゃん、ありがとう。九十歳まで長生きをしてくれてありがとう。九十歳の誕生日の晩餐会を催してくれてありがとう。みんなを招待してくれてありがとう。ええな、これを実際に言葉にして徳子おばあちゃんに直接言うんやぞ。心では充分に思ってたけど、照れくさくて口にはでけへんかったなんて、いなか者にはなるなよ。わかったな」

喜明はそう言ってから、手を叩いた。

「合点ですぜ、兄貴。あっしが先陣を切って、晩餐会を盛り上げようじゃありやせんか。まかせておくんなせえ」

春明が歌舞伎のいなせな若衆を真似たが、言葉が関西訛りなので、春菜が吹き出すように笑った。

「さあ、さあ、さあ、さあ。なにをもたもたしてはるんですか？　主催者はもう『仁』でお客様をお待ちですよ」

鼻の頭に汗をかいた井戸玲子が息を弾ませて階段を駆け上ってきて、そう言った。それなのに、綾乃と鈴香の髪を櫛で整えた。

「井戸さんのお姉様は、ほんとに吃音なんですか？　北山通のお店でお話ししたときは、まったく気づきませんでした」

と一階の玄関で綾乃は訊いた。

「さあ、さあ、さあ、さあ。この掛け声を口のなかでつぶやくと、次の言葉がなんのひっかかりもなく出てくるんです。姉が小学三年生のときにあるかたとふたりで考えついたやり方で、これさえ落ち着いてできたら、姉はまったく吃音者ではなくなるんです。ところがねえ、この『さあ、さあ、さあ、さあ』という掛け声がじつは姉には難しいんです。『さあ』というたったの二文字が出ないときがあるんです。そやから、姉が緊張せずに『さあ』という言葉を出せるように、わたくしが先ににぎやかに『さあ、さあ、さあ、さあ』と言う癖がついてしまいまして。いまでは、わたくしはこれを先に言わなかったら、次の言葉が出にくいという困った妹になってしまいまして」

そう言って、なにがおかしいのか井戸玲子は体をくの字に曲げて笑いながら、綾乃の肩甲骨のあいだを思いっきり平手で叩いた。

「あいたぁ！」

背中を反らしながら、綾乃は「仁」に入り、凜々しいという言葉しか浮かばないような清潔感に満ちたタキシード姿の男性に手を取られて階段をのぼった。

「ギャルソンの大柳《おおやぎ》旭《あさひ》と申します」

マホガニーの小さな台の前で大柳はそう言って、綾乃が招待状をシルクのクラッチバッグから出すのを優しい笑顔で待っていた。

なんという優雅な笑顔。たとえこれが商売用であろうとも、わたしの心はすでにギャルソン大柳のたなごころに載っている。

綾乃は笑顔を返しながら、白川通に面した窓のところに設けられたバーへ入った。

「オオヤギアサヒ……。芸能人みたい。カナイハルッチとえらい違いや」

横長のカウンター席の前には、別の若いギャルソンが銀製の盆に載せたカクテル類をみんなに勧めていた。晩餐会用のテーブルは、暖炉の前に扇状に並べてあって、それらのテーブルと暖炉のあいだには充分な間隔があり、ギャルソンやソムリエは、その広い空間で仕事をするようだった。

暗い通路の奥に広い厨房があるようで、その通路には最後の仕上げの点検をするといった鋭い目つきの井戸玲子が立っていた。井戸は綾乃と目が合うと、自分の腕時計を指さし、自分はこれで失礼すると目で示した。

綾乃はカシスをペリエで割った細いフルートグラスを持って、井戸玲子のところへと行き、さっきふと心をよぎった疑問を口にしてみた。

「井戸さんのお姉様はお幾つですか？」

「ちょうど五十です」

「『さあ』というとっかかりの言葉を考えついたのは、小学校の先生ですか？」

「四十年前の金井徳子先生ですよ。わたくしもよく覚えております。五十歳にはとても見えませんでしたよ。ほんとにおきれいな先生でしたよ」

綾乃は井戸玲子が「仁」の二階から去って行くと、白川通の柳並木と、うすぼんやりと灯る灯籠を春菜と並んでながめている鈴香の横に行き、井戸玲子の言葉を伝えて、

「徳子おばあちゃんには誰も勝たれへんわ。地球の直径の二十四倍もの大きさの妙音菩薩のお母さんやもんねえ」

と言った。

十九

フランス語担当の甲斐京子が翻訳して、綾乃が会社の近くの印刷会社で垂れ目の中年社員の黒木隆とあれこれ相談して作った招待状は、全員の評判が良かった。紙質やフォントの落ち着きが、金色に縁取られた濃いピンクの楯のなかの白い橘のエンブレムとよく合っていて、なに

よりも品がよかった。

全員はその招待状をすでに受付のギャルソンに渡して、芳名録に署名を済ませてから、道と川に面したバーのカウンターに腰かけたり、ことさら背筋を伸ばして立ったまま、アペリティフを楽しんでいた。

「アヤネエはなにを飲んでるの？」

ドン・ペリニヨンのロゼをフルートグラスに注いでもらって、鈴香はカウンターに背を凭せかけるようにして立ったまま話しかけてきた。パールのアイシャドーが鈴香の和風の目鼻立ちに色香のようなものをかもしだしていて、綾乃は少しのあいだ見惚れた。

「アヤネエ、背中の真ん中、大きな熊手みたいな跡がついてるけど……」

と鈴香は綾乃の耳に唇を近づけて小声で教えてくれた。

「えっ！　さあ、さあ、さあ、さあのおばはんの手ぇや。あのぶあつい手で二回も思いっきり叩きよってん」

さっきからギャルソン大柳がわたしの背をそれとなく見ているような気がしたのは、気のせいではなかったのだ。紅葉の葉の十倍はありそうな井戸玲子の手のひらの跡が背中の真ん中に赤くこびりついているのだ。

どうしてくれるのだ。なんという無様な醜態。あのおばはんを、わたしは許さん！

「大きな声で『あのおばはん』て……。このラグジュアリーな場にはあまりにもそぐわない関西弁でございますわよ」

と切れ長の目だけ動かして綾乃を見ながら鈴香は言い、シャンペンを飲んだ。

「うまっ！　本物のドンペリのロゼなんて生まれて初めて飲んだけど、ほんまにうまっ！　五臓六腑に染み渡るわ」

そうつぶやいて、鈴香はカウンターのなかにいるソムリエに物欲しそうな笑顔を向けた。

「シャンペンのお代わりはいかがですか？」

ソムリエにそう訊かれて、

「ありがとうございます。じゃあ、半分だけ」

と応じて、鈴香は橋田《はしだ》というネームプレートをつけた三十代後半のソムリエに笑みを向けた。おお、このソムリエ・ハシダも苦み走ったいい男。

綾乃はそう思い、なにが半分だけよ、そのうち、丼鉢にドンペリのロゼを入れようとするかもしれない。その気になったら、鈴香は酒に強いのだ。手術中に患者の動脈から噴き出る血を顔に浴びても動じない女なのだから、と胸の内で言った。

「ぼくはヴーヴ・クリコが好きですね。でも、いまドンペリのロゼを飲んで、やっぱりこっちのほうが一枚上かな、なんて思い直してますね」

と春明が大柳と喋っていた。

「ヴーヴ・クリコ……。ほんまに飲んだことあるの？」

と綾乃は隣りに立っている春明に訊いた。

「あるでぇ。友だちの結婚式のパーティーで」

「それ、ほんまのヴーヴ・クリコか？　通天閣の下の雑貨屋で売ってるバッタもんとちがうか？」

と喜明が言った。

「ラベルをよく見たほうがええぞ。フーフ・グリコになってるかもわかれへん」

そうひやかしてから、喜明は春菜に、いまあまり飲んではいけないと耳打ちした。晩餐会のメイン料理のあとのデザートやコーヒーまでの道のりは長い。いま飲みすぎると途中でリタイアという失態を犯してしまう。アペリティフは胃を軽く刺激するだけにとどめておけ。

「うん、わかった。ハルッチにも言うとかなあかんわ。ハルッチはドンペリのロゼ、これで三杯目や」

「えっ？　春菜さん、俺を見張ってるの？　見張るなら、自分の亭主を見張ってほしいなぁ」

その春明の言葉に、喜明は兄弟で円陣を組むようにして、

「見張らなあかんのは、あの夫婦や」

と言い、父と母を指さした。

「お父ちゃんは四杯目。お母ちゃんは、ひょっとしたら五杯目かも」

「えっ？　それはあかんわ」

と鈴香は言い、カウンターの奥の壁に凭れるようにして笑顔で話し込んでいる両親のところへ行った。ソムリエ・ハシダは微笑みながら、おふたりにはこのフルートグラスに三分の一ずつお注ぎしているので大丈夫ですと説明してくれた。

最近、キッチンドリンカーとなりつつあるようなので、食事が始まるまではあまり飲ませないようにと徳子様からご注意がございましたとソムリエ・ハシダは言葉つきは内緒話で、声は響きのある地声であかした。

もう招待客はすべて芳名録に署名したのに、徳子おばあちゃんは芳名録に記帳するための台の横に椅子を置いてもらって、そこに腰かけてシャンペンを飲んでいた。そこだと暖炉から遠くて、業務用のビデオカメラで晩餐会場や招待客たちを丁寧に撮影しているクルーたちの邪魔にならないのだ。

いま撮影クルーは徳子おばあちゃんを中心にして、その息子夫婦とカウンター内のソムリエを撮っているようだった。

この人たちも、場数を踏んだプロなのだろう。さほど広くない会場で礼服を着てカメラを構えながらあちこちへ動きながらも、撮影しているという一種の圧迫感を与えないのだ。だから、こちらも撮られているという緊張感がない。この撮影クルーたちは、会場と同化して、撮影される者たちともなじんでしまって、しかも仕事の段取りがいい。

綾乃は感心して撮影クルーたちの仕事ぶりをそれとなく見ているうちに、厨房への細い通路の暗がりにときおり長い調理帽をかぶった小柄な老人がそっと立つのに気づいた。ああ、あの人が玉木伸郎シェフにちがいない。七十二歳ということだから、年齢も符合するが、あんなに小柄な人だとは思わなかった。

綾乃はそう思い、春明に、廊下の向こうに立つ玉木シェフの存在を教えようとした。

そのとき、長くて細い通路から調理服を着た玉木伸郎が笑顔で歩いてきて、燃え盛る暖炉の炎の前に立った。

何気なく歩いてきたようにしか見えなかったが、綾乃は、玉木シェフが会場へと歩きだす瞬間、合掌してなにかに祈るような動きをしたことを見ていた。

撮影クルーはカウンター席のところからカメラを構えた。父も母も、喜明夫婦も春明も鈴香も、みんなグラスをカウンターに置いて、玉木伸郎を見つめた。

「金井先生、九十歳のお誕生日、おめでとうございます。その記念の晩餐会にわたくしの料理をご指名くださいまして、これほど光栄なことはありません。わたくしは、金井先生に育てていただいたのと同じです。わたくしは金井徳子の息子のひとりと同じなのです。そんな大切な自分の母親と五十六年間も会わずに、この親不孝な息子はフランスで料理をつくりつづけておりました」

そこでひといき入れて、玉木伸郎は、あらためて徳子おばあちゃんのほうに向きなおった。

「金井先生、ちょうど五十年前に頂戴したお手紙に、こうお書きになっていましたね。もし九十歳まで長生きしたら、そのお祝いの晩餐会を持ちたいが、そのときは伸郎ちゃんの作った料理でお客様方をもてなしたい。作ってやると約束してくれ。そしてそのときは、全宇宙の諸仏や菩薩が娑婆世界で衆生のために奮闘をつづける世尊にご挨拶をして、心からねぎらうのと同じ言葉で、わたしをねぎらってほしい、と。金井徳子先生、いまわたくしはそのお約束を果たさせていただきます」

玉木シェフがふいに登場してから、少し体がまっすぐでいられなくなったように見えた徳子おばあちゃんは、頬を紅潮させ、なにかを思いだしたかのように小さくうなずいた。

玉木シェフは、自分から徳子おばあちゃんのところへと歩き、その両手を持つと支えるようにして暖炉の前まで導いた。

「徳子様におかれましては、病もなく、不安もなく過ごしておられますでしょうか。また、健康、生活、体力はいかがでありましょうか。徳子様におかれましては、少病少悩でありましょうか。衆生は教化しやすく救済しやすいでしょうか。徳子様、あなたのこれらの衆生たちは、魔という怨敵を打ち破っているでしょうか。多宝如来はその〝明瞭で流暢に話す声を持つもの〟という偉大な人である菩薩にこのようにおっしゃられた。素晴らしいことである。素晴らしいことである。良家の息子よ。あなたは釈迦牟尼如来に会いたいと願い、またこの白蓮華のように最も勝れた正しい教えという法門を聞くために、また文殊師利法王子に会うためにやってきたのだ――」

一字一句間違わずに言えたという安堵と喜びからなのか、玉木シェフはそこで顔中をくしゃくしゃにして笑顔を浮かべ、さっきと同じ言葉をもういちど言った。

「徳子様におかれましては、少病少悩でありましょうか」

いつのまにか父が徳子おばあちゃんのうしろに来ていた。倒れるかもしれないと案じたのかもしれなかった。

徳子おばあちゃんは、なんどもありがとうと繰り返し、

「わたしは少病少悩で、子どもたちも孫たちも、少しもわたしを疲れさせたり、わずらわせたりしておりません。わたしは幸福な人生をおくりました。みなさんがたのお陰です。少病少悩の、にぎやかな楽しい人生でした。今夜は、これこそがフランス料理の晩餐会であるという料理を玉木シェフが四日前から準備してくださっています。どうかおいしい料理とワインを楽しんで、わたしが九十歳まで少病少悩で生きたお祝いをしてください。さあ、始めましょう」

といつもと変わらない口調で言った。徳子おばあちゃんの穏やかな喋り方で、玉木伸郎の思いがけない言葉に度肝を抜かれたようになっていた金井家の者たちは、自分たちの使命を思いだした。

自分たちは招待された客だが、主人公は徳子おばあちゃんであり、その主催者を幸福にさせることが、今夜の晩餐会の目的なのだという使命だった。

ギャルソンたちの動きが俊敏になり、柔らかな微笑の奥に、闘いに挑む心が発する覇気に似た緊張感が加わった。この人たちは自分の仕事を開始したのだと綾乃は強く感じた。

ギャルソンはふたりだけではなかった。厨房の奥から、さらにふたりの中年のギャルソンがあらわれて、無言で暖炉に薪を加え、テーブルクロスを敏速に取り換え、客たちひとりひとりのための花を置いた。大輪の白い牡丹だった。

そうか、そうだったのか、と綾乃は思った。始まりは玉木伸郎だったのだ。千二百人を超える子どもたちの教師として長く教職にあった徳子おばあちゃんが初めて吃音の生徒と関わったのは、玉木伸郎少年だったにちがいない。

その玉木少年は幼くして父親を喪い、そのうえ母親に捨てられたのだ。母親の新しい相手から、こんな子はいらないと拒否され、母親すらも目の前で男を選んだ。そんな少年は、吃音者でもあったのだ。吃音を治す訓練も、いまよりもはるかに遅れていただろうし、なによりも祖父と祖母に預けられた玉木少年は自分で生きる糧を得なければならなかった。

ほかにどうする手立てもなかったのだと徳子おばあちゃんは言ったが、それはそうであっただろう。両親のいない重度の吃音者である少年を雇ってくれる職場は、四条河原町の路地の奥の小さな洋食屋さんしかなかったのだ。

そこを出発点として、玉木伸郎がいかなる人生へと歩きだしたのかは知らない。だが、かれはやがてパリへ行き、フランス料理の世界に飛び込み、つらい厳しい修業の末に、日本人として稀有な料理人としてエリゼ宮の専属シェフとなったのだ。役職としてはスーシェフだが、それは玉木が日本人であり、エリゼ宮のシェフを務めることをみずから辞退したからで、料理人としての技量も人格も、シェフとして充分に認められていたという。

綾乃は、涙が溢れてくるのをこらえて、玉木伸郎少年が何度も何度も口に出して練習したであろう法華経妙音菩薩品第二十四の数節を正確に思いだそうとした。

――徳子様におかれましては、病もなく、不安もなく過ごしておられますでしょうか。また、健康、生活、体力はいかがでありましょうか。徳子様におかれましては、少病少悩でありましょうか。衆生は教化しやすく救済しやすいでしょうか。徳子様、あなたのこれらの衆生たちは、魔という怨敵を打ち破っているでしょうか。

——多宝如来はその〝明瞭で流暢に話す声を持つもの〟という偉大な人である菩薩にこのようにおっしゃられた。素晴らしいことである。素晴らしいことである。良家の息子よ。あなたは釈迦牟尼如来に会いたいと願い、またこの白蓮華のように最も勝れた正しい教えという法門を聞くために、また文殊師利法王子に会うためにやってきたのだ——。

喋り終わって、玉木はもういちど繰り返したのだ。

「徳子様におかれましては、少病少悩でありましょうか」

少病少悩。なんとおおらかな心であろうか。完全無欠な人格と境涯を輝かせる釈迦牟尼如来ですら、少しの病はある。少しの悩みくらいは持っている。しかし、たかが少病であり少悩にすぎない。いや、どんなに苦しい死に至る病にかかろうとも、それでもなお、その真実は少病少悩にすぎないのかもしれない。

徳子おばあちゃんは、それを玉木少年に伝えようとしたのだ。

そう思った瞬間、綾乃は赤い小さな南天の実が徳子おばあちゃんの胸に滲み出たような気がした。

だが、それは新しく抜かれたシャンペンのラベルがシャンデリアの光で発した光彩だった。

メニューが配られた。綾乃が作った招待状よりも厚めの紙で二つ折りになっている。

最初に出されるのはポメリー・キュヴェ・ルイーズ一九九五年というシャンペンと、モンラッシェ・グラン・クリュ二〇〇六年の白ワインだと書かれてあった。

ソムリエはシャンペンについて手短に説明をしてから、シャンペンは二番目に運ばれてくるキャビアと一緒に贅沢に味わっていただきたいので、最初のカニのテリーヌのときは白ワインをメインにお飲みになることをお勧めすると言った。

「キャビアや。徳子おばあちゃんご所望のカスピ海産の最高級品。きみたち！　パラパラッとご飯のふりかけみたいに散らばってる安物とおんなじように考えてたら罰が当たるぞ」

ソムリエとギャルソンがワインをグラスに注いでいくのを見つめながら春明は言った。

「わたし、友だちの結婚式の披露宴で小さな黒い粒みたいなのをスプーンに半分ほど食べたことがあるけど、なんか生臭くて、好きになられへんかった」

と春菜は言った。それを耳にしたギャルソン・オオヤギは、微笑みながら、

「スプーンに半分ですか。約一グラムですね。カニのテリーヌのあとに召し上がっていただくキャビアは、ひとり二十五グラムでございます」

と言った。

「二十五グラム……。どのくらいの量なのか見当がつきませんねえ」

その父の言葉に、母は拳を握りしめて、

「このくらいはあるよ」

と言った。

「なんか握り飯の大きさでもめてるみたいやなあ。うーん、二十五グラムかあ」

その喜明の言葉に、ソムリエの橋田は、

「いかに上質のキャビアとシャンペンが合うか、思いっきりご堪能ください」

と言い、徳子おばあちゃんに目で合図を送った。徳子おばあちゃんは玉枝に支えられて立ち上がり、シャンペングラスを持ったまま、子どものとき、病気で死にかけたことがあったが、そのときはまさか自分が九十歳の誕生日をみんなに祝ってもらうことになるとは思わなかったと言って、いまは外国にいて日本に帰れないふたりの娘たちに礼を述べた。パリの日秋はペトリュスというワインとフランスでなければ手に入らない幾種類かの食材を送ってくれたし、タイの満里子夫婦はかなりまとまったお金を送ってくれたのだという。

「ずいぶん無理をさせたと思うと、申し訳ない気持ちが湧いてくるけど、あのふたりに子どものときからかかったすべてのお金の総計を出すと、このくらいで済ませてもらっては困るという気もしますねえ」

と笑いながら言って、もう栓を抜いて出番を待っているペトリュスとシャトー・マルゴーの壜を指さしてから腰を下ろした。乾杯の挨拶はそれで終わりだったので、みんなは盛大に拍手をした。

暖炉の奥に、店内の様子を見るためであろう狭い空間があった。撮影クルーたちはいつのまにかそこからカメラを動かしていた。

「きょうは間人《たいざ》のズワイガニの最高級品が入りました。これほど肉厚で味の濃い雄のカニはなかなか水揚げされません。その脚だけは雄で、内子と味噌は雌のものを使って、香箱ガニを模してみました。容器代わりの甲羅はシェフ考案のジュレで形を整えてあります。そのジュレと一緒に召しあがってください。これには白のモンラッシェ・グラン・クリュがとても合うはずです」

ギャルソン・オオヤギの言葉の途中から魚料理が運ばれてきて、それが京丹後の間人港で水揚げしたズワイガニだというので、

「お昼に、きび屋で親子丼を食べずに我慢してよかったねえ」

と春菜が喜明の頭を撫でながら言った。

香箱ガニは雌なので、脚の身もさほど太くはないのだが、きょうのシェフの料理は雄の大きなカニの脚の身を使っている。この次はキャビアで魚卵がつづくので、カニ料理には粒状の外子は使わず、内子と呼ばれる卵巣を多めに配している。

ソムリエ・ハシダはそう説明した。

純白の磁器の浅い皿に、香箱ガニを模した料理が入っていた。

みんなはワイングラスをかかげて、

「いただきまーす」

と徳子おばあちゃんに言って、白ワインを味わった。

「あのなあ、家で新年会をしてるみたいやがな。晩餐会やということを、もうすでにきみたちは忘れてしもてるがな」

と喜明は言い、モンラッシェ・グラン・クリュを口に含むと、しばらく口中で転がしてから飲み下し、

「これはうまい。うまいとしか言いようがない。酸っぱくないけど、ちょっと新鮮な柑橘系の

香りが漂う。漂うという感じや。香りがする、というのではないんや。漂うんや。その漂い方が魔法のようや」

綾乃たちは顔を見合わせて、ほおぉっと声をあげた。ときには面白くもなんともない、ただの棒切れみたいなやつと評されるヨシニイがプロのソムリエすら口にしないような言葉で白ワインを称賛したのだ。

春菜が慌てて夫を真似て白ワインを口の中で転がしてから、

「ほんまや。魔法が漂ってる」

と叫んだ。

「ちがうがな。漂い方が魔法のようやねん」

「あれ？　わたし、いまそう言うたよ」

「いや、春菜は、漂い方が柑橘系みたいやと言うたんや」

春菜は眉を寄せて天井を見やって考え込み、

「柑橘系は魔法とは関係ないやろ？」

と言った。

「きみたち、ええ加減にせえ！　ふたりで勝手にやっとけ。論旨不明瞭な言葉でいちゃついとけ。このカニの脚や内子の濃厚なうまみも知らずに、さびしからずや道を説く君よ。尼寺へ行け、尼寺へ」

与謝野晶子の歌とハムレットのセリフのひとつを芝居がかった口調で言ったので、綾乃は春明の横顔をいささか見直す心持ちで眺めた。春明は読書をしている姿など見せたことはないのに、ときどき「ソクラテスの弁明」や「トニオ・クレーゲル」やシェークスピアの戯曲の一節をよどみなく口にするときがあるのだ。

春明はカニの甲羅を模して固めた薄いジュレと雄ガニの太くて長い脚を絡めてから口に入れた。

「完璧に日本料理のはずやのに、口のなかで味わってるうちにゆっくりとフレンチになっていくというのが魔法やなあ」

と言った。

「ほんまやねえ。どう見ても香箱ガニで、日本料理の典型やのに、なんで口のなかでフレンチになるんやろ……」

そうつぶやいて、徳子おばあちゃんはギャルソン・オオヤギを見つめたが、オオヤギは微笑むばかりでなにも語らず、

「カニは意外にお腹がふくれるんです。ちょっとしか食べてないつもりでも、ほかの食べ物が入らなくなります。このあたりがちょうど頃合いの量かと思いますよ」

と言って、父の陽次郎に白ワインをついだ。

あ、出た。謎の微笑が父の血色のいい顔全体に浮かんでいる。しかし、本人は微笑など意識していないのだ。喜明や春菜に言わせれば、謎ではなく魔法ということになるのであろう。

綾乃はそう考えながら、扇形に並べた席の中央に坐っている徳子おばあちゃんのほうに身を

寄せて話しかけた。ふたりのあいだには鈴香がいた。

「最初の妙音菩薩はまだ七つか八つの玉木伸郎ちゃんやったんやね」

徳子おばあちゃんは暖炉の炎に目をやったまま小さくうなずいて、

「あの子の吃音は重症やった。それで、わたしは吃音治療について勉強したんや。夜行列車に乗って東京にまで行ったりしたんや。効果が出る前に、あの子は洋食屋に働きに行って、それから三年後に横浜のホテルに移ったんや。二十歳のときにホテルの推薦でパリへ修業に出て、そのままいちども日本に帰ってこなかったんや」

と徳子おばあちゃんは小声で言って、鈴香の色白のうなじ越しに綾乃を見やった。

「不思議なことに、フランス語やったら、言葉が突っかかれへんそうやねん。そんなことを書いた手紙をくれたときは、あの子がパリで暮らすようになって、もう二十年もたってたやろか」

「妙音菩薩のことを教えてあげたのはいつごろ？」

「あの子が横浜のホテルからパリへ修業に出してもらって、一年ほどたったころかなあ。あの子はわたしにも黙ってパリへ行ったから、パリから手紙がきたときはびっくりしたわ。それで、わたしは手紙に法華経の妙音菩薩品第二十四の漢訳を全部書き写して送ったんや」

「全部？　凄い量やろ？」

「うん、そやけど妙音菩薩品は法華経の他の品よりも短いよ。便箋でこのくらいになったかなぁ」

そう言って、徳子おばあちゃんは親指と人差し指で隙間を作った。五ミリ近くあった。

「最近、法華経の新しい現代語訳が出版されたので、それをパリで注文して、取り寄せたそうや。それでも、わたしが書き写したのは、もうぼろぼろになってるけど、大事にしまってあるって」

徳子おばあちゃんは柔らかな嬉しそうな笑みを浮かべたまま、スプーンでカニ味噌を掬った。

金井家の人間で酒豪はいない。しかし酒席が好きなのはどうやら徳子おばあちゃんの実家の誰かの血をひいているらしい。

このなかで最も酒に強いのは喜明であろう。その次が春明、そして鈴香。鈴香は飲みすぎではないかと案じても、意外に崩れない。そうだうっかり忘れるところだったと綾乃は母を見やった。

モンラッシェ・グラン・クリュはまだワイングラスに少し残っているが、あれは本命のシャトー・マルゴーと真打のペトリュスをしこたま飲むために胃の空間を維持しておこうという魂胆にちがいない。父が本気で心配するときがあるほどに、最近の母はキッチンドリンカー化が進んでいるという。それは本当だろうか。その話題をいまこの席でしてもいいのだろうか。せっかくみんなが楽しんでいるのだから、後日にしよう。

綾乃がそう思って、薄茶色のジュレとカニの太い脚を絡めて口に入れたとき、

「お義母さんが台所で盗み酒をしてるのを、わたし、この目で見てしまいました」

と春菜は言った。

「盗み酒……。そんな言い方をしたら、いったいどれだけ隠れて飲んでるのかと、みんなが疑うでしょう」

母は全員の非難の目から逃げるように胸を反らせてシャンデリアを見あげ、

「ふぐ鍋に入れる日本酒をコップに注ぎすぎたから、こんなちょっとを壜に戻されへんなあと思って、そのまま飲んだんや。その瞬間に、春菜さんが『あっ、お義母さんの盗み酒をみつけたあ』って叫んだんや。わたしはその声にびっくりして、お酒にむせて死ぬかと思うくらい苦しかったんや。わたしがお猪口に二杯くらいのお酒にむせて、呼吸困難で死んでたら、犯人はこの嫁です」

最後の楽しみに置いてあったらしいカニの脚とカニ味噌をジュレと一緒に頬張って、それを口中すべてで味わい尽くして白ワインで胃に流し込む母の一連の挙措を全員無言で見入った。

「おいしい。ほんまにおいしい。こんなにおいしいもんは、もう二度と食べられません。今生《こんじょう》で最高のご馳走。お義母さん、どうやったらこんなにおいしいもんをここに揃えられるんです？」

母は本気で言っていた。

「まだ一品だけです。それでこれだけ感心してたら、最後のデザートではどんな褒め方をしてくれるんやろ。わたし、わくわくして、心臓がどきどきしてきた」

と徳子おばあちゃんは綾乃を見て微笑んだ。

綾乃も、ラ・フランスのケーキを思いだして、両手で口を押さえて笑った。

「気持ち悪い笑い方やなあ。そのデザートにどんな秘密があるのん？」

と鈴香は怪しむように言った。

ギャルソンがテーブルの上を片づけているあいだに、次の料理を載せたワゴンが廊下に並んだ。料理は銀製の丸くて大きなカバーで覆われていた。撮影クルーたちが暖炉の前に出てきた。

銀のカバーをしたまま各テーブルに並べてから、いっせいにカバーが取られた。磁器の深皿にキャビアと生クリームの大きな塊が、なんの装飾もなく不愛想に置かれてあった。メニューには、カスピ海産キャビアにレモン風味の生クリームを添えて、とだけ書かれてある。

「生クリームに加えたレモンはほんの風味付けですので、キャビアにはたっぷりと生クリームを和えて召し上がってください。生クリームは要らない、レモン汁だけのほうがいいというかたはおっしゃってください」

とギャルソン・オオヤギは言った。

「あのう、ゆで卵の白身と黄身を細かく切ったのをまぶして食べるのは？」

と春菜は訊いた。

「きょうはご用意しておりません」

「ツメタイイイカタ」

と春菜は聞こえるか聞こえないかの声でつぶやいた。鈴香は笑いをこらえるのに上半身全部を震わせていた。綾乃は腹筋に力を込めるだけで笑いをこらえることができた。最も長く笑いつづけたのは徳子おばあちゃんだった。

まさに塊だ。たしかに握りこぶしくらいはある。生クリームのホイップは、これ以上ゆるいと形にならないと語りかけているようだ。

綾乃はそう思いながら、全員の動向を窺った。どうやって食べたらいいのかわからないのだ。

「きみたち、最高級のキャビアは、こうやって食べるのだよ。もう二度と巡り合わないキャビアであるからして、ぼくの食べ方をよく見ておきなさい」

春明は右手の小指を立てて大きめのスプーンをみんなに見えるようにして持ち、黒というよりも鈍い金色の魚卵を口に入らないくらい掬い、そこにホイップしたレモン風味の生クリームを丁寧にナイフで塗って、もういちど全員に視線を向けてから口を大きくあけて頬っぺたがふくれるほどに頬張った。徳子おばあちゃんも無言で春明の顔を凝視していた。

しばらくキャビアを咀嚼するために口をうごかしていたが、春明は浮かべた笑みを少しずつ深くしていってから、

「うまい！」

と叫んだ。

「これはいったい何や。これはチョウザメの卵やない。これは地球の食べ物ではない」

そう言って、ナイフの先端でホイップクリームをさらに掬い取って口中に入れた。

鈴香はまるで泡を食ったようにキャビアの塊を掬い、子どものように唇の周りを白くさせながらホイップクリームと一緒に口に入れた。

「ほんまにお握りみたいな食べ方やなぁ」

と笑いながらも、綾乃も遅れじと同じやり方でキャビアを食べた。

生臭さはまったくなく、微妙なレモン味とホイップクリームの滑らかさが黄金色に近いキャビアのうま味を深くさせていた。綾乃はこのおいしさをなにに喩えればいいのかわからなかった。よく似たものを食べたことがなかったのだ。

「これは凄い」

と父は大きく溜息をつきながら言い、

「うん、この味や。さすがは玉木シェフ。わたしとおじいちゃんがベルギーのレストランで食べたのとまったくおんなじものをみつけてくれはった」

と徳子おばあちゃんは言った。

「ホイップクリームは玉木シェフのほうが一枚も二枚も上やねぇ」

「これをあつあつの焼き芋に載せて食べたら最高やという気がしますけどねえ」

その自分のひとことが他の者たちからあからさまな非難を浴びるのを承知しながらも、持って帰って焼き芋に載せて食べたいと母は繰り返した。

綾乃はシャンペンを初めておいしいと感じた。フランス人はこのカスピ海産の最上級のキャビアのためにシャンペンという泡の飲み物を創り出したのではないかとさえ思った。

「値段だけで比べるなら、これよりも高価なキャビアもあります。でも、そういうのは自分の家の庭を掘ったらいくらでも石油が噴き出るような方々が召し上がればいいんです」

ソムリエ・ハシダはよく通る声で言って、綾乃の空になったシャンペングラスにポメリー・

キュヴェ・ルイーズの一九九五年を注いだ。

淡いレモン風味の生クリームがなぜこれほどまでに上等のキャビアと合うのであろうと自分の味覚の分析を兼ねて綾乃が口中の深い滋味を味わっていると、

「アヤネエ、その最後のスプーンの一杯分はもう食べられへんから残したの？」

と春明は訊いた。そしていまにも横からかっさらっていくかのような身構え方でスプーンを自分の肩の高さに掲げた。

「あっ、なにするのん？　わたしのキャビアを盗るつもり？　あかん、絶対にあかん。もし盗ったら一生恨む」

と言ってから、綾乃は慌てて口元を手で押さえた。これほど晩餐会にふさわしくない姉弟の会話があるだろうかと恥ずかしさで顔が赤くなった。

「手塩にかけて育てた孫が、こういうさもしい育ち方をしたのかと思うと、わたしは悲しい」

と言って、徳子おばあちゃんは自分の皿の最後のひとかたまりに生クリームを念入りに塗って、綾乃と春明に見せびらかすように口に入れてから、ふたりに笑みを注いだ。二連のパールネックレスと揃いのイアリングが大きく胸のあいた薄紫色のイブニングドレスを輝かせていて、綾乃は徳子おばあちゃんのドレスもラメ入りなのかと思ったが、生地はシルク独特の光沢が照明の加減で玉虫色に変わるだけだった。

綾乃も春明に盗られないうちにとキャビアを頬張ってから、生クリームを口のなかに入れた。

「キャビア、一粒も残ってない。可愛い弟にちょっとだけ残しておいてやろうという家族は、ここにはひとりもおれへんなあ」

　という春明の言葉に、

「一気に全部食べてしまうからや。こんな凄いキャビアを納豆ご飯みたいに食べてしまうやつには、なにを食べさせてもおんなじやと、いま金井家の人間は思い知ったわけや」

　と喜明は笑いながら言った。そんな兄の言葉を無視して、春明はメニューを持ち上げて声に出して読んだ。

「コンソメ・ド・ジビエ　青首鴨、山鳩、雉、ペルドローなどの野鳥と鹿やウサギの端肉やガラからじっくりとうま味を煮出しました。デミタスカップで少量をお楽しみ下さい」

　老眼鏡をかけるのが面倒なのでいちどもメニューをみていない徳子おばあちゃんが、春明にメニューを読んでもらった途端に、

「うわぁ」

　と嬉しそうに小さく手を叩きながら歓声をあげた。

「日秋がワインと一緒に送ってくれた食材というのは、このジビエのコンソメのためのものやったんやねぇ。この食材を空輸するのも大変やけど、コンソメスープにするのも大変や。いったいどれほどの手間と時間がかかるやろ」

　珍しくはしゃいでいる徳子おばあちゃんの胸元のネックレスを見ながら、

「ジビエのコンソメ？　イノシシの脂肪でも煮込んであるんやろか」

　と綾乃は考えた。いくら玉木シェフの料理でも、あれだけは苦手だ。招待客の苦手な食材を

それぞれ先に言っておいてくれと玉木シェフは徳子おばあちゃんにメールで要求したのだが、綾乃はイノシシ料理だけは駄目だとは言わなかった。うっかり忘れていたのだ。

四年前、経理部の社員旅行で、岐阜の山奥の温泉につかってジビエ料理を食べる集いというのに参加した。

渓流沿いの温泉旅館も風情があったし、温泉も清潔で、値段のわりには掘り出し物の企画だと喜んだが、ジビエ料理というのは幹事役の男性社員がそう思い込んだだけで、普通の温泉宿の料理に交じって、脂身の多いイノシシ肉が付け足してあるだけだった。

事前にちゃんと予約しておかなければ、十数人分のイノシシ肉は揃わないし、イノシシに詳しい料理人も来ないのだが、仕方なく旅館は冷凍して三年以上たつ肉を解凍して出したのだ。皿に盛ったのはアルバイトの近所の農家のおかみさんだった。

その解凍が中途半端で、肉や脂身もちゃんとさばかれていなくて、硬くて獣臭くて、とても食べられる代物ではなかった。

それらは猟犬に褒美として与える端肉や内臓も混じっていて、客に出すためのものではなかったのだとあとでわかったのだ。

綾乃の記憶からはまだあのときのイノシシ肉の臭さが消えていなかった。

「よし、今夜はリベンジや。玉木シェフが、わたしのイノシシ恐怖症を一発で治してくれはるわ」

綾乃はついうっかりと声に出してそう言ってしまったので、みんなにその理由を説明しなければならなくなった。

テーブルクロスはきれいに整えられて、銀製のカクテルグラスのような容器が運ばれた。中身はかき氷だった。スプーンに三杯分くらいだが、きめが細かいので溶けたら一杯分に減るだろう。緑色の、ミントの香りだけのかき氷はなんの味もなくて、ただ口のなかがすうっとするだけだった。

しかし、食べ終わってしばらくすると、キャビアの粘りがたちまち消えていくのがわかった。

父は首をかしげながら、ミントのかき氷を食べていたが、そっとバーカウンターのほうを指さした。みんなその指の先が指し示すほうを無言で見やった。ソムリエ・ハシダがシャトー・マルゴーの壜を両手で慎重に持ち、デキャンタ容器に移していた。ギャルソン・オオヤギが大きなワイングラス八つを二つの盆に載せて待機していた。

べつのギャルソンがかき氷の容器を片づけると、ワゴンに載せられた大きな銀製のカバーをかぶせた「コンソメ・ド・ジビエ」がはこばれて、それらはいっせいにテーブルに並べられた。

みんなの顔から自然に笑みがこぼれ出た。銀製のカバーや、ワゴンのものものしさが滑稽なほどに、スープのカップは小さかったのだ。デミタスカップだった。それが純白のソーサーに描かれた淡いピンクの線の真ん中に載っていた。

「コンソメ・ド・ジビエでございます。フランスからはウサギ、雉、山鳩、ペルドローなどの骨やすじや端肉を厳選して集めて空輸いたしました。ペルドローは山ウズラの雛のことです。パリの金井日秋様のご尽力のお陰です。これだけの分量のジビエのガラやすじや端肉を日本に空輪するのは難しいのです。空輪されてきた材料をご覧になると、その多さに驚かれるでしょうが、コンソメにするといま目の前にある分量に減ってしまいます。使われたジビエと香草類は、鹿、ウサギ、雉、山鳩、ペルドロー、青首鴨、玉ねぎ、にんじん、セロリ、にんにく、ポワロー、タイム、ローリエ、パセリ、根セロリ、各香草の軸、茎、ジェニエーブル。白胡椒。黒胡椒。クローブ。それに、ブルターニュの海水から作ったグロセルという海塩などでございます。どうぞお召し上がりください。赤ワインのシャトー・マルゴーは順次おつぎいたします」

綾乃は、イノシシでまごついた自分が恥ずかしかった。玉木伸郎をなんだと思っているのか。やっぱり、わたしはいなか者だ。コンソメ・ド・ジビエなどというスープがこの世にあることなどまったく知らなかったのだ。

野鳥や鹿の骨やすじや端肉をきれいに処理して冷凍し、聞いたこともない香草を微妙なさじ加減で煮込んで、三日も四日も火加減を調節しながら取り出したスープというものがあるのだ。デミタスカップに一杯のスープ。このたった一杯のスープのなかに、いったいどれだけの人知と生き物の命が詰まっていることだろうか。

コンソメ・ド・ジビエか。その存在だけでも記憶しておこう。もう二度と口にできない澄んだスープかもしれない。ギャルソン・オオヤギの説明では、このスープにはイノシシは使われていないようだが、オオヤギが言い忘れたのかもしれないと綾乃は考えて、イノシシの骨や端肉は使われていないのかと訊いた。

「イノシシは使いません。イノシシは味も匂いも強いので、他の材料の繊細さを壊してしまいかねませんので、使わないことになっております」

とギャルソン・オオヤギは答えた。

みんなの視線は自然に徳子おばあちゃんに集まった。まず徳子おばあちゃんが味わって、どんな反応をするかを見たいのだ。

徳子おばあちゃんはデミタスカップを両手で大事そうに包むように持ち、中身をこぼさないように気をつけながら口元に運んだ。静寂が暖炉の薪のはぜる音だけを室内に響かせた。はぜた薪が飛んでくるのをふせぐための防火ガラスにはアールヌーボー独特の図柄が施されていた。

熱いスープにふうふうと息を吹きかけてから、徳子おばあちゃんはジビエのコンソメをすすって口中で長く味わい、大きく溜息をついた。

「野生と料理の理論が大自然のなかで渾然一体になってるって感じやねぇ。勿論、表現できんくらいおいしいけど、それだけでは済まされへん味です。これはスープとは違う。命そのものや。いろんな生き物と植物の命がこげ茶色のフォンに溶け込んで、そのうえ春の苦みまで含んでる。なにをしてるのん？　わたしを見てないで、早く味わいなさい」

父と母は顔を見合わせて、嬉しそうに笑顔を浮かべ、春明に、スープをこぼさないようにと言った。

「このスープを一滴でもこぼしたら一生後悔してもしきれんがな。あのなぁ、ぼくはもう幼稚園児やないねん」

春明は言って、蝶ネクタイの歪みを直してからスープを飲んだ。

きのうから抜栓してワインセラーのなかに立てておいたが、それでもこのマルゴーの葡萄は元気が良くて、酸味とタンニンにわずかな若さがある。それで、さっきからソムリエ・ハシダがデキャンタ容器に移して力ずくでその若さをなだめて、やっと柔らかくなった。いまから赤ワインをお注ぎするが、さっきの白ワインとシャンペンで今夜はもう限界だというかたは申し出てくれ。残り物のおこぼれにあずかろうと、さっきから厨房でシェフが舌なめずりをしている。

ギャルソン・オオヤギは笑顔でそう言いながら、ソムリエ・ハシダとともに各自のワイングラスにデキャンタからシャトー・マルゴーを注いでいった。

バーカウンターの隅には、抜栓されたペトリュスが置かれている。ペトリュスなどという赤ワインは見たこともなかったが、綾乃はその壜の大きさで、これはマグナムサイズと呼ばれる大壜ではないかと思った。シャトー・マルゴーは綾乃のグラスに注がれると測ったように空になった。

「玉木シェフの分がなくなってしまいましたねぇ。わたしの分を差し上げて下さい」

と綾乃はソムリエ・ハシダに言った。

「ご心配はご無用です。シェフのポケットにはいろんなものが入っております」

そう答えて、橋田は芳名録を置いてある台の上を指さした。みんなと同じワイングラスに、みんなと同じ分量の赤ワインが注がれて、厨房へと運ばれるのを待っていた。

「このワイングラスですと、ちょうど八杯分です。そこをうまく誤魔化して、ひとりぶんをすこしずつ減らして注ぐと、もう一杯分取れるという裏技を使いました。徳子様のご指示でございます」

「なーるほど」

綾乃は感心して、徳子おばあちゃんの横顔を盗み見ると、まずデミタスカップのジビエのコンソメを味わった。

獣臭さはまったくなくて、かなりの量の香草のえぐみも感じなかった。摘んだばかりの春の野草に包まれているような芳香のあとに、仄かななにかが喉や胃にひろがっていくのを感じた。指でそっと触れなければ消えてしまう脈搏に似ていた。胎動という言葉が浮かんだ。

「あるかないかの血潮や」

と綾乃は思った。

「裏千家の今日庵《こんにちあん》でひとりで茶を点てて、沈思黙考してる若い人がいてはる」

徳子おばあちゃんは、春明を見ながら綾乃にそう言った。

両手でデミタスカップを持って、ひと口飲むたびに溜息をついている春明は、たしかに昼下がりの茶室でひとり茶を飲んでいるような静けさを漂わせていた。

「どうしたん？　沈思黙考して、煎じ薬を飲んでるおじいさんみたいや」

と綾乃は訊いて、もうあと半分に減ってしまったコンソメスープを掌中の珠のような思いで見つめた。

「濃過ぎる紅茶みたいな色のスープやなぁ」

と春明は小声で言い、こんなものは決して偶然では生まれないとつづけた。

それぞれの素材の味や香りを知り尽くして、そこにどんなハーブを加えたら、どんな風味が付くかを計算して、あれを足し、これを引き、あれとこれの配分を、ああでもない、こうでもないと工夫しつくして、やっと完成したスープだ。野生をとことん人工的にねじふせて、それでもねじふせられなかった野生だけがこの小さなカップに残ったのだ。

春明の顔にはおふざけのようなものはまったくなかった。このコンソメ・ド・ジビエについて自分が感じたものをいかに自分の持つ語彙で語ろうかと考えていたことがみんなに伝わってきた。

主人の点てた茶を飲み干すかのように、小さなデミタスカップの底まで茶室の天井に向けるようにしてスープを飲み干し、なんだかぼんやりと暖炉の炎を見てから水を少し飲み、それから春明は自分のシャトー・マルゴーの香りを嗅いで、舌に載せるように口中に入れた。

なんだか息詰まるような味わい方なので、綾乃はこらえきれずに笑った。徳子おばあちゃんは、綾乃よりも先に涙を流しながら全身を震わせて笑っていた。

「これはうまいなあ。俺がこれまで飲んできたワインはいったい何やったんや。表現のしようがないがな。ただ『うまい』というしかないねん。俺の底深い教養と人間性から自然に滲み出る言葉の宝玉も、今夜のこのシャトー・マルゴーのすばらしさをあらわすことはできませんですよ」

とうとう全員がこらえきれずに噴き出した。母はハンカチで目じりを拭きながら、

「シャンペンを飲み過ぎて、急に酔いが回ってきたんとちがうか？」

と本気で案じた。

春明は咳払いをしてから、メニューを声に出して読んだ。

「次はフランス産天然鴨のキュイッソン。青首鴨のブレゼ、血入りソース」

ギャルソン・オオヤギはそれぞれの席のデミタスカップのなかに視線を走らせながら、少しずつ皿やカップを片づけていき、他のギャルソンに指示して、パン皿とバター皿を並べさせた。ソムリエ・ハシダは新しいワイングラスを並べた。

部屋の照明が明るくされて、香ばしいパンの匂いがたちこめると、二台のワゴンが厨房から運ばれてきて、それは暖炉の前に並べられ、撮影クルーはカメラを銀製の大きな蓋に向けた。

「野鳥料理をご用意いたしました。これもパリの金井日秋様のご尽力がなければ今夜の晩餐会に間に合わなかった材料でございます。日本の青首鴨もおいしいのですが、フランス産の持つ肉の粘りにはやはり軍配を上げなければならないとわたくしは思っております。なんとか晩餐会に間に合うと決まって、シェフはこの青首鴨のブレゼをメイン料理の前に少量お出しすることにしたそうでございます。ブレゼとは日本語に直訳いたしますと『蒸し煮』ということになるのですが、フランス料理の蒸し煮は日本料理のそれとは大きく異なります。せいろの蒸し器ではなく、ブレゼ用の容器を使いますが、その容器に食材と食材が半分浸かるくらいの水分を入れて、オーブンで半分は煮て、半分は蒸すのです。加熱しているあいだに容器のなかで肉や

野菜や出汁が適度に交換されて、素材が柔らかくなり、風味も引き出されます。ただ、ブレゼは難しい調理法でございまして、容器の蓋を閉めたままで完成まで調理しなければなりませんので、途中で様子を探ることができないのです。ブレゼという調理法にはまだ幾つかの特徴がありますが、わたくしの講釈はこのへんにして、みなさまの前で見事な青首鴨の胸肉ともも肉を切り分けることにいたします。少量ですが、最もおいしいと賞される首肉も取り分けます。なお、ソースには鴨の血が多く使われておりますが、この血は鴨の肺から絞った新鮮な血を充分に加熱して、さまざまなハーブでフランス料理を代表するソースへと変貌させてあります」

肉を切り分けるのはギャルソン・オオヤギひとりの仕事だった。中世の騎士が持っているような短剣のようなナイフと長いフォークをギャルソン・オオヤギが持つと同時に、助手のギャルソンふたりが蓋を取った。

八人の金井家の人々から静かな歓声が起こった。ギャルソン・オオヤギは首肉から切り分け始めた。鴨は二羽なので、八人全員に行き渡るには七、八センチの首肉二本ずつしかお配りできないとギャルソン・オオヤギは言った。

「めっちゃ切れますね、そのナイフ」

と春明が感嘆の声で言った。

「みなさんの前で恥をかいてはいけないと思って、きのうから何回研いだかわかりませんからね」

とギャルソン・オオヤギは笑みを浮かべて言ったが、目は笑っていなかった。すじの固いところを巧みに避けながらも切り口に歪みがでないようにするのは熟練の技が必要なのだなと綾乃は思った。

　首肉を切り分け、胸肉を切り分け、最後に骨付きもも肉を切り始めたころ、もう一台のワゴンが廊下の奥に押されてきた。ソースを入れる容器だったので、綾乃は鈴香の肩をつついて、

「青首鴨の血や。鈴香の好きな血ぃやなあ」

　とささやいた。

「晩餐会で血のソースがすすれるなんて思わんかったわ。待ちきれへんなぁ。うひひひひ」

　鈴香の言葉で、春菜は両手で口を押さえて笑った。

「お母さん、全部食べられますか？　この鴨料理のあとがメインの子羊のローストですよ」

　と父は訊いた。

「まだカニをちょっととキャビアを食べただけです。シャトー・マルゴーは涙ほどしか配給がなかったし。これはもう青首鴨の骨付き肉に血のソースをたっぷりつけて、ペトリュスを腰を据えて飲むしかありませんやろ」

　と徳子おばあちゃんはまんざら冗談ではなさそうな言い方で応じた。

「そんな、お義母さん、居酒屋で土手焼きを肴に飲むみたいな言い方をしたら身も蓋もありません」

　母の言い方がおかしかったらしくカウンターの奥のほうで笑い声が聞こえた。ペトリュスのマグナム壜を持ったソムリエ・ハシダがカウンターに並べた八つのワイングラスのうしろに立

っていた。

「おお、鎮座していらっしゃいますねえ、ペトリュスが。日秋叔母さん、ごちになります」

喜明は言って、自分の席で居住まいを正した。

「この鴨のお肉、蒸してあるのに、なんできれいな焦げ目がついてるんですか？」

と鈴香は訊いた。

よくぞそこに気づいてくれたといった表情でギャルソン・オオヤギは、ブレゼの前に丁寧にリソレしてあるのですと答えた。

「リソレというのは焼くことです。ローストですね」

切り分けた鴨肉は真ん中に深い凹みのある大皿に入れられて各自の前に置かれてから湯気の立ち上る血のソースがかけられた。

こんなにたくさんソースをかけるのかと思いながら、綾乃はワイングラスに注がれるペトリュスにいまにもつかみかかりそうな顔つきで睨みつけている春明の目を見つめた。

「ワインと喧嘩してるって目やなぁ」

と綾乃は言ったが、春明は目の前の赤ワインに集中しているらしく、まったく応じなかった。

「このペトリュスはパリの日秋からのプレゼントや。まさかこんな大きな壜を送ってくれるとは思えへんかったし、シャトー・マルゴーを充分に味わいました。わたしたち八人はそれほどお酒に強くないので、このペトリュスの三分の一は残すようにしましょう。厨房のみなさんと客席担当のかたたちへのおすそ分けに置いていくことにしましょう。大酒飲みの玉枝さん、贅同していただけますか？」

徳子おばあちゃんの言葉に、みんなはいっせいに拍手で応えた。

「お義母さん、わたし、ほんまに大酒飲みやと誤解されますよ」

そう言いながら、みんなが乾杯のときを見はからって立ち上がったとき、母はひとりで先にペトリュスを飲んだ。

春菜の、

「あっ」

という声で自分の失態に気づき、狼狽した母は、なにを思ったのか、万歳を三唱して、

「お義母さん、九十歳、おめでとうございます」

と言った。

「先に景気よく飲んだねぇ。どうです？　感想は」

と父に訊かれ、母は椅子に腰を降ろすと、しばらく口全体を動かしてから、パンをちぎってフォークに刺して、それを鴨料理の血のソースに浸した。そして、そのソースをたっぷりと含んだパンを食べ、再びワインを飲んだ。

口までグラスを持って行っていた喜明や春明も、グラスを持つ手を止めて、母の一風変わった挙動を見つめた。

「マルゴーとは似てるようでぜんぜん違う。マルゴーが女性やとしたら、このペトリュスは男性やって気がする。こんなおいしいワインには、もう一生出会えへんと思うわ」

母の言葉を聞き終わると、みんなはそれぞれの顔を無言で見つめあいながら、ペトリュスを飲んだ。

ペトリュスを飲んだ人が、鳥肌が立つほどおいしかったと書いていたなと綾乃は思いだした。綾乃はほんの少し口のなかを湿らす程度にひと口目を飲むと、母がやったのを真似て、パンにソースを含ませて食べてから、鴨の骨付きもも肉の部分を味わった。意外なほどに香ばしかった。その香ばしさを血のソースの少し鉄分を感じさせる強さがひきたてていた。

「なんやねん、このうまさは」

と春明はつぶやいた。

「シャトー・マルゴーもうまかったけど、このペトリュスもうまい。そやけど鴨がうまい。さあ殺せぇ、と叫びたいくらいにうまい」

その春明の言葉に、

「ハルッチの言葉は日本語になってないわ」

と言って笑い、綾乃はこの血のソースのおいしさをあらわす言葉は、日本語にはないと思った。そして、いとも当たり前みたいにやってのけた母のパンとソースの食べ方は美しかったと思った。

それが正しい作法なのかどうかはわからないが、母はこういう席に妙にふさわしい。いったいなぜだろう。なにが金井玉枝という女性に、このような晴れがましい席に馴染んでいるかのような堂々たる存在感をもたらすのであろうか。

イタリア映画に出てくる農家のおかみさんみたいな逞しさが胸元の大きくあいたドレスによって強調されるからだろうか。

「お母ちゃん、素敵やな」

と綾乃は春明の耳元でささやいた。

「ちょっとおっぱいの谷間が露出しすぎてるのが、息子としては気にいらんけどな」

「パンとソースの食べ方がかっこよかったよね」

「あれが上品か下品かは別にして、普通は先に肉を食うもんやと思うけどな」

と春明は言って、ソムリエ・ハシダのほうを振り返った。すぐにペトリュスが注がれた。

「イブニングドレスはあれくらいは普通よ。それ何杯目?」

「やっと二杯目。シャトー・マルゴーと合わせて三杯目。もっと飲みたいけど、もうあと一杯でやめとく。厨房に何人いてはるのかわからへんから。三分の一では足りんかもしれんやろ?」

「春明が心配せんでも、徳子おばあちゃんはシャトー・マルゴーも厨房に一本届けてると思うよ。徳子おばあちゃんは、そういう気遣いの実践にかけては超一流や。わたしらが引き継がないとあかん金井家の美徳や。気遣いは人一倍でも、それを実行に移さん人が多いやろ? 気遣いだけなら誰でもできるわ」

「アヤネエ、ちょっと酔っぱらってきたようで」

と春明は微笑みながら言った。

ああ、そうかもしれないと思いながら、綾乃は、世界にはこんなにおいしいワインがあったのかと思った。酸味が勝っているということもないのに、果実のふくよかさが溢れそうだ。甘い、辛い、苦いなどの味覚の要素には入らない、言葉ではあらわせないうま味はどこから生まれるのだろう。

それにこの鴨の料理。わたしはこれほど繊細な強さというものを味わったことがない。これは強い料理だ。剛直な肉料理だ。それなのに味わいはどこまでも繊細で、その繊細さのなかから、さまざまな滋養分が滲み出ている。

首の肉のこの独特の弾力は、なんと歯や舌に心地よいことだろう。このもも肉の歯ごたえ。胸肉の柔らかさ。これと同じものには、もう出会えないであろう。

綾乃はそんな自分の感想を徳子おばあちゃんや鈴香に語りたかったが、たしかに自分でも酔いを感じたので、鴨料理に少し遅れて出された野菜サラダを食べた。

小さなズッキーニとその花が、細切りした赤かぶや黄色いパプリカやスライスした白トリュフや小キャベツを花壇のなかの花々に見立てさせた。

「俺、ペトリュスよりもシャトー・マルゴーのほうが好きやな」

と春明は言った。

どちらもボルドーワインで、系統は同じらしいが、マルゴーの柔らかさのほうが奥深いような気がするという。

「こういうのは個人の好みやもんね」

ふたりでひそひそ話をしていたつもりなのに、厨房に消えたソムリエ・ハシダは別の形のワ

イングラスに赤ワインを入れて戻ってきて、

「シャトー・マルゴーです」

とささやいて、徳子おばあちゃんと笑みを交わした。

「うわっ、こんな贅沢あるやろか」

と春明は言って、まだグラスに残っているペトリュスをゆっくりと味わい始めた。

お水をお持ちしましょうか、それともペリエにいたしましょうかと訊かれて、綾乃はペリエを頼んだ。

「徳子おばあちゃん、野菜は大丈夫？　固くない？」

鈴香に訊かれて、徳子おばあちゃんは、サラダの皿の中身を見せた。徳子おばあちゃんだけブイヨンで軽く煮た温野菜が少量並んでいた。

「みんなには、最後の子羊料理のときに温野菜がつくそうやで」

と徳子おばあちゃんは言った。

「次の子羊料理がラストですね。うーん、まだ余裕がありますから。デザートのラ・フランスのケーキは二人前いただくことを宣言いたします」

と母は言った。あしたから八年計画でお金を貯めて、お父さんの古稀のお祝い用にシャトー・マルゴーとペトリュスを買おうと決めたのだという。安いワインセラーを買って、そこに二種類の赤ワインを入れて熟成させておくので、誰もワインセラーに近づいてはならない。

母は真顔で徳子おばあちゃんを見ながら言った。

「玉枝ちゃん、いまわたしを見てませんか？　もしそのワインセラーからワインが消えるようなことがあれば、犯人はあの人やと言うてるのとおんなじですけどねぇ」

徳子おばあちゃんはいかにも心外だといった顔つきで言ったが、家庭用のワインセラーをあけたら中身が消えているという映像が、急激な睡魔に襲われ始めた綾乃の頭に浮かんできた。

「さあ、さあ、さあ、さあ。これからがメインディッシュですよ。気合いを入れ直しましょう」

気が遠くなりかけていた綾乃の耳に、「あのおばはん」の声が聞こえた。

えっ？　あのおばはんも晩餐会の客だったのかと周りを見回しているうちに綾乃は覚醒した。

わが身に覚醒が起こったということをこれほど明確に感じたことはなかったので、

「わたし、いま一瞬寝てたわ」

と鈴香にささやき、さあ、さあ、さあ、さあという声で目が醒めたのだと綾乃は小声で言った。

「怖いこと言わんとってよ。あのオーナーが幽霊になって出てきて、あのさあ、さあ、さあ、さあをまた耳元でがなりたてるなんて、考えただけで怖いわ」

「いやぁ、あの人は幽霊というタイプとは違うで。お化けのほうやと思うなあ」

と春明が言ったので、綾乃は鈴香の肩を叩きながら笑った。ソムリエ・ハシダがペトリュスをついでくれた。

「あの掛け声の幻聴でわたしの睡魔は完全に退散した。わたしは飲む。一生に一度きりかもわからへんペトリュスという赤ワインをしこたま飲む」

そう宣言して、綾乃は心を静めるために目を閉じて深呼吸をした。

「綾乃が腰を据えてしこたま飲むそうや。ぼくもつきあおう」

と父は言った。父も一瞬寝落ちしたのに違いないと綾乃は思った。わたしよりもアルコールに弱いのだから。

明確に果実味を感じるのに柔らかな酸味がなんの果実のものなのかを隠している。ワインのことなどなにもわからない綾乃にもタンニンというものがいかなるものなのかがわかるほどに舌に絡んでくるが、そのタンニン独特の重みが隠れている果実味をさまざまに変化させてくる。ベリーであったり、柑橘類であったり、バナナであったり、梨であったり、ときにカカオであったりする。

それなのにどこにも尖りを感じない。ただただおいしい。甘い、しょっぱい、うまい、苦い、酸っぱいという味の基本五味のどれにも当てはまらないおいしさが、いちばん適した温度で口のなかを癒している。

こんなにおいしい飲み物が世の中にはあったのだ。なるほど、人生観が変わったという人がいるのもわかる気がする。これほどにおいしい飲み物が現実に存在していて、それをいまのいままで知らなかったという驚きは、たしかに人生観を変える出来事にちがいない。

綾乃はそう思って、

「わたしもこのワインを買うための貯金をする」

と言った。

「絶対にワインセラーが要るよ。ワインセラーを買うことが先や。消化器外科の板倉先生がそう言うてたわ。自分のワインコレクションと一緒に死ぬ気の大腸ガンの権威」

鈴香もそう言いながらソムリエ・ハシダを見やった。もう一杯ついでくれと目で訴えたのだ。

「なんでワインと一緒に死ぬの?」

と綾乃は訊いた。

「自分が集めたワイン、どれもまだ飲んでないからや。あの調子やと板倉先生は毎晩ワインセラーを開けて、一本一本ワインのラベルを眺めて、にたーっと笑うだけで、一生どれも栓を開けずに今生を終えるって噂やねん。板倉先生のおうちのワインセラーには約四十本のワインが眠ってるねん。どれも凄いワインらしいよ」

徳子おばあちゃんは、ペトリュスを味わいながら、青首鴨のブレゼのソースを一滴も残さずパンにつけて食べた。

「ほんとにおいしいワインやなあ。おいしいとしか言葉がないわ」

と言い、メインディッシュの料理名を春明に訊いた。春明はメニューを声に出して読んだ。

「子羊の鞍下肉のロティ、ペルシヤード仕立て。トルティーヤを添えて」

そして、だんだんペトリュスがうまくなってきたと言った。

「これを小売店で買ったらいくらぐらいしますか?」

春明はソムリエ・ハシダにシャトー・マルゴーの値段を訊いた。瓶詰めした年度によって差があるが、だいたい十万円から十五万円くらいであろうとハシダは答えた。

「あいだを取って十三万円として、うーん、毎月一万円の貯金でお正月に一本飲めるなあ。そやけど、青柳さんに、個人年金保険に入っとくようにって勧められてるし、ガン保険には絶対に入っとかなあかんと言われたし、もうひとつ、なんとかの保険にも入らなあかんし。いまのおれには一万円は痛いなあ」

「誰や、この素晴らしい晩餐会で所帯臭い話をしてるやつは」

と喜明は笑いながら言った。

「社長の給料は誰がきめるのん？」

と綾乃は訊いた。

「K２商会に就職するときに決めた初任給に、役員手当をプラスしたんや。青柳さんが、これではいくらなんでも少なすぎるってびっくりして、そこに三万円をプラスしてくれてん。つまり、俺の意思はどこにもないというわけや。ほとんど青柳さんの手足にされて、こき使われてる状態やなあ」

たしかに春明のいうとおりかもしれない。青柳由紀恵は決してでしゃばる女性ではないが、K２商会の現状を目の当たりにして、アドバイスせざるを得なくなったのであろう。しかし、春明の性格が、青柳由紀恵を世話焼きおばさんにさせてしまったのだ。あれこれと面倒を見ざるを得なくさせるところが春明にはあるのだ。綾乃はそう思った。

「その青柳さんに感謝やなあ。経理のことは青柳さんにまかせといたら、ちゃんとK２商会のいろんなほころびを修繕してくれはるような気がするわ」

と言って、徳子おばあちゃんはギャルソンの助手が暖炉に薪を足すのを見つめた。

「ハルッチ、小ぬか雨食堂であのアイスクリーム付きの定食を奢ってくれるのは、ことしのお盆でもええよ」

と綾乃は春明に笑みを向けて言った。

「なんで、小ぬか雨食堂で奢らなあかんねん」

憮然とした表情で訊き返した春明は、賭けを思いだして両手で頭をかかえた。以前に北山通の店で会ったレンタルショップのオーナーと井戸玲子は同一人物だと言い張った春明は、アイスクリーム付きの定食を賭けたのだ。

「あ、忘れてた。そうや、賭けをしたんや。春菜、俺たちが勝ったで」

喜明は嬉しそうに春菜と握手をした。

ワゴンに載せられてメインディッシュが運ばれてきた。ギャルソンたちは大きな銀製の蓋をかぶせたまま料理の盛られた皿を各自の前に並べた。

「子羊の鞍下肉のロティでございます。いまは日本もフランスもイギリスも真冬ですが、南半球は真夏のところが多く、子羊たちも豊かな牧草をしっかりと食べて、よく太っております。きょうの子羊は、オーストラリアの南西部の高地にある牧場で生産されたもので、年に六百頭と数は少ないのですが、家族だけで羊を育てている一家の自慢の一頭でございます。鞍下肉は文字どおり鞍を載せる背中の肉で、柔らかいのですが、赤身と脂身の比率が絶妙でございます。

背脂を薄くつけたままお出ししますが、青い草をたっぷりと食べて育ったために、肉そのものも青草の香りを放っております。最高の子羊の鞍下肉の、健康な青草の香りとともにお楽しみください。ペルシヤードはパセリとイタリアンパセリとニンニクをフードプロセッサーでほぼ液状にしてパン粉を混ぜ、マスタードを塗った肉の上からさらに塗って炙ります。夏草の青臭さをいっそう強めることで、逆にそのえぐみを肉のうまみに変えることができます。温野菜はラタトゥイユ仕立てのタマネギ、パプリカ、茄子、ズッキーニ、蕪、にんじんでございます」

扱いが乱暴になってうっかりこぼしたら大変だと思っているのであろう心の動きを如実に顔に出して、春明はペトリュスの入っているワイングラスを両手で抱きしめるように持っていた。ワイングラスには三分の一くらい赤ワインが残っていた。綾乃も同じくらいだったが、少し口に含んでギャルソンたちが銀の蓋を取るのを見つめながら自分のを春明のワイングラスに移した。

「えっ？　俺にくれるの？」

「わたしよりハルッチのほうがワインの味がわかるやろ？　わたしには猫に小判」

「ありがとう。あした、小ぬか雨食堂でアイスクリームを三つ食べてもええで」

「お腹、こわすわ」

銀製の大きな蓋が取られると、少量のソースの上に、ふたきれの子羊肉が並んでいて、皿の右側にラタトゥイユが盛られていた。

徳子おばあちゃんの子羊肉だけ背脂は取り除いてあった。

「これも、なんとなく血がしたたってるような雰囲気があるなあ」

と喜明は言って、子羊肉をナイフで切った。

「おばあちゃん、背脂のついてるのを食べたいねんやろ。なんで背脂を取ってくれって頼んだん？」

と鈴香は訊いて、自分の背脂付きの肉と徳子おばあちゃん用の肉とを取り換えた。

「そんなこと、ひとことも頼んでないよ。伸郎ちゃんが勝手に気をきかせて、背脂を取ってしもたんや。九十歳の老婆の体を気遣ってくれはったんやろけど、だいたいあの子は、子どものころから大きなお世話を焼く子やってん。わたしが家庭訪問をしてあの子の家から帰るときには、あの子がアパートの戸口のところに靴を出して並べてくれるねんけど、左右が逆やねん。ああいうのは履いてみないとわからへんやろ？　それでまた靴を並べ替え……。疲れるねん」

そう言いながら徳子おばあちゃんは子羊肉を口に入れ、しばらく目を閉じて味わい、

「なんと、ほんまに肥えた土に生えてる青草を食べてるみたいやけど、その香りはぱーっと消えて、それから肉のうまみがひろがっていくんやねえ。あの青草の香りはどこに行ったんやろ」

と微笑みながら言った。

綾乃もまったく同じ感想だった。子羊肉とはこれほどに滋味深い野性的うまさを持っていたのかと感嘆の溜息をつきたい思いだった。

「うまい。うまいなあ。しあわせやなあ。人間に生まれてきてよかった。きょうまで生きてき

てよかった。こんなにおいしいワインと、こんなにおいしい肉が食べられるなんて。なんか申し訳ないなあ」

　と春明が真顔で言ったので、全員笑いかけてから、それぞれ顔を見合わせた。

「なんかつらいことがあるんか？」

　と母は案じ顔で訊いた。

「ハルッチになんのつらいことがあるの？　求めてもないのに二十三歳で社長になってしまうし、青柳さんの裁量で銀行が融資してくれて、大きな工場の共同出資者になってしまうし、ハルッチくらいに運のええ人間はいてないわ。それで文句を言うたら罰が当たるわ。とんでもなくひどい罰が当たるわ。生きながら豚の餌になって、どぶ川に沈むわ」

　だんだん怒り顔になっていくのに、子羊肉を咀嚼する口の動きは止めない鈴香は、ラタトゥイユの黄色のパプリカをフォークで突き刺して、春明を睨んだ。

「こんなにおいしいものを食べられてしあわせやと言うただけで、なんで生きながら豚の餌になって、どぶ川に沈まなあかんねん」

　もしここが家だったら、春明は手足をばたつかせて怒ったことであろうと思い、綾乃は笑いをこらえられなくなった。

　春菜はすでに顔を下に向けて全身を震わせて笑いを抑えていた。父は謎の微笑のまま、子羊肉のひときれを食べてしまっていた。徳子おばあちゃんは吟味するかのように背脂の部分を器用に切り分けて、それだけを食べながら、ひとりで小さくうなずいていた。末っ子のことを案じて余計な質問をして騒動を起こしかけたのに、もうそんなことは忘れてしまって、パンにソースを吸わせている母は、すべてのワインをひとりで飲んだような顔をしていた。

「俺の意思なんてどこにもあれへん。勝手に周りが動いていく。なんでやねん？」

と言って、春明はペトリュスを大事そうに飲んだ。

「春明は宝物を積んだ船に乗って、好きなときに好きなところに行けるという人や。おばあちゃんはうらやましい。黙ってても、周りが力を合わせて助けてくれるんやもんね」

徳子おばあちゃんはそう言って、ペトリュスがたくさん残っている自分のワイングラスを春明の前に置いた。

「わたしも、ハルッチという弟が大好きや」

と横目で春明を見ながら鈴香は言った。

「大好きにしては猛烈な罵倒やったな。豚の餌になってどぶ川に沈め、なんてそんな言葉がよくも思いつくなあ。さすがは徳子おばあちゃんの薫陶を受けて育っただけはある。語彙が豊富で表現が多彩や」

子羊肉を口のなかで嚙んで、いままさにその肉汁を堪能しているといった顔の動きを隠さないまま喜明は言った。

「わたしは人に地獄に堕ちろなんて言ったことはありません」

と徳子おばあちゃんは言いながらラタトゥイユの茄子を食べた。

「えっ、スズネエは俺に地獄に堕ちろって言うたの？　それは聞こえんかった。大好きな弟に地獄に堕ちろとは、これ如何に」

いつのまにかソムリエもギャルソンたちも撮影クルーも姿を消していた。メインディッシュを味わいながらの家族だけの会話を楽しんでもらおうという配慮なのであろうと綾乃は思ったが、案外、全員で調理場に集まってシャトー・マルゴーを飲んでいるのかもしれないという気もした。

徳子おばあちゃんは、みんなが子羊肉を食べ終わったのを見定めてから、今夜の晩餐会がいかに素晴らしかったかを語り、坐ったまま心を込めて礼を述べた。

――わたしが最初に嫁いだ朝倉家は代々朝廷に仕える教育係で、禁裏にある学問所で史学や和歌や神学を教える学者の家系だった。江戸幕府が崩壊して江戸城が新政府に開城されたあと、都を東京に移すという遷都が行われたが、禁裏をすぐに閉鎖することは京都人をあまりにもないがしろにすることになるという意見が多く、朝廷のなかでも学問に秀でた家の者が学問所を守ることになった。それが江戸期以後の朝倉家の基礎となった。

明治四年に、政府は岩倉具視を団長とする使節団総勢百七名を欧米諸国に派遣した。岩倉使節団として知られている。帰国は明治六年秋だから、いかに欧米から多くのものを学ぼうとしたかがわかる。

その百七名は、いわば第一陣で、もっと多くの留学生が必要だということになり、第二陣、第三陣が次々と海を渡った。そのなかに朝倉家の当時の当主の子息二名が留学生として参加した。そのとき新政府側から派遣された旧大津膳所藩の高野家の跡取りと朝倉家の長男は船で同室となった。それが朝倉家と高野家の長い交際の始まりとなったのだ。

朝倉家の長男はイギリスの小学校や中学校の教育システムを研究して、八か月間ロンドンに滞在した。高野家の長男はアメリカの教育研究所で学んだあと、ロンドンに移り、ユニバーシティー・カレッジ・ロンドンに留学してから、ケンブリッジ大学に編入した。朝倉家の長男も、遅れてケンブリッジ大学に入学して、彼だけは英語教育についての専門的なレクチャーを受けるために六年間イギリスに滞在した。

岩倉使節団が日本に帰ったあと、別々の部署で官吏として勤めたが、朝倉家と高野家はまるで親戚のようなつきあいをつづけて、昭和の初期にはどちらも文部省の高官として日本の学校教育の指揮をとる立場となった。

朝倉家も高野家も当主が替わっても、深いつきあいはつづいていた。かたや京都、かたや大津という出身地も両家を結びつけたのであろう。

日本の教育界にはすこしずつ陸軍が干渉をするようになっていて、不穏な空気が満ちてきていたが、昭和の初めには、それと呼応するかのように朝倉家の当主である一之助も高野家の当主である徳太郎も、軍部にとっては邪魔な人間として左遷されてしまった。この左遷が、両家を救ったことになる。日本の軍部に嫌われた教育家として、戦後のGHQに重用される結果につながっていくからだ。

日本は世界を敵にまわして戦争をするらしい、という噂が文部省や各省庁にひろがっていったころ、つまり、二・二六事件という軍の若手将校たちによるクーデターが起こり、さらにその後、ノモンハン事件が起こって二年ほどたったころ、朝倉家と高野家は、京都ホテルのレストランで食事会を催した。わたしは子どもだったので、レストランの中央に飾られた氷柱の豪華さに驚いたという記憶しかなくて、どんな料理が供されたのか覚えていないが、その華やかさと母たちのドレス姿の美しさ、そして燕尾服を着た父たち男性の凜々しさは強く心に残った。

わたしは一九二八年生まれだから、たしか十三歳だったと思う。くるぶしまである長いスカートと母とお揃いのつばの小さな帽子があまりにも美しくて、それを身につけていることが嬉しくて仕方がなかった。

あとになって、その会食が、朝倉・高野両家による別れの晩餐会だったと知ったが、当時の京都ホテルの落ちつきと小宴会室の絢爛さも思いだすことができるし、大きなシャンデリアの輝きも思い浮かべることができる。

それなのに誰がどんな話をしたのか。不思議なほどに記憶から消えている。

後年、わたしは朝倉家の長男と結婚するが、夫婦として一緒に暮らしたのはたったの二週間だ。夫は海軍技術中尉として出征して、そのまま帰ってこなかった。

敗戦後、朝倉一之助はケンブリッジ大学卒業というキャリアと旧軍部に遠ざけられた経歴によって、文部省担当通訳としてGHQに協力することになり、一家は東京に移ることになった。

下鴨の家と土地を売ると決めたころ、義父である一之助は、まだ十七歳のわたしに手をついて謝罪して、これからどのように生きようと徳子さんの自由だと言った。息子との結婚を急いだのは、あいつが徳子さんとの結婚を待ちきれなかったからだし、軍の上級技術者の戦死は稀だと油断したからだ。なにもあんなに急ぐことはなかったのだ。もう少し、戦況を見てからでも遅くはなかった。しかし、息子は徳子さんを一日でも早く自分の妻にしたかったのだ。

わたしは、自分も同じ気持ちだったと義父に言ったが、それは嘘だった。実家の両親が朝倉家の跡取りとの結婚をどれほど望んでいたかを知っていたので、両親を喜ばせようとして、縁談を承諾したのだ。あのころの十六歳なんて、まったくの子どもで、妻になるということがどういうことかもよくわかっていなかった。とりわけわたしはそういうことに関しては晩生だったと思う。

わたしは、教師になりたいと義父に言った。それが幼いころからの夢だったのだ。師範学校への入学試験の準備も自分なりに進めていることを義父に話した。義父は即座に賛成してくれた。

「わたしの両親は、このままわたしが朝倉家の嫁としてお仕えすることを望んでおります」

とわたしは言った。

「とんでもないことだ。徳子さんは師範学校に入って教師の資格を得て、教師として新しい時代を生きてほしい。いい人がみつかったら躊躇せずに結婚するべきだ。朝倉家は文部省を意のままに動かせる。それを十二分に利用しなさい。これをコネクションというが、コネクションがあるということはじつに幸運なことなんだよ。これから先、思いっきり利用していきなさい。私も出来うるかぎりのことをすると約束しよう」

その言葉どおり、その後のわたしは京都の朝倉家というコネクションをいささかあつかましいほど利用させてもらった。

　義父は、戦前に京都ホテルで催した晩餐会を覚えているかと訊いた。

「清彦も徳子さんもまだおとなではなかったが、清彦はあのときに、高野徳子さんと結婚したいと思ったそうだよ。私も高野のお父さんも、ビーフステーキの出来が悪いので腹を立ててしまって、機嫌が悪かった。清彦はいないが、徳子さんが朝倉家にいるあいだに、あのときの晩餐会をやりなおしたいよ。あの晩餐会は命がけだったんだ」

　義父はそう言ったが、なぜ命がけだったのかは口にしなかった。だが、わたしはそのことが気にかかって仕方がなかった。命を懸けてまでなぜ晩餐会を催したのだろう。いつか、ちゃんと訊いてみなければ。そう思ったのだ。

　それから数日後、義父は朝倉家に代々伝わる端渓の硯をわたしにくれた。朝倉家でこの端渓を使えるのは徳子さんしかいない。そう言って笑いながら下鴨の家を出て、ジープに乗って京都駅に向かった。ＧＨＱのジープが迎えにくる日本人があのころに存在したということがいまでも信じられない。だが朝倉一之助はそういう珍しい日本人のひとりだったのだ。

　義父がジープに乗りかけたとき、わたしは晩餐会ではどうして男性も女性も正装するのかと訊いた。義父はしばらく考えてから、これはあるフランス人から教えてもらったのだが、その晩餐会への敬意を込めるために最高の正装で臨むそうだと答えた。

「まず自分への敬意。同席する妻や家族たちへの敬意。友人知己たちへの敬意。それから料理人や配膳係たちへの敬意。……つまり、晩餐会とは、きょう生きていることへの敬意。自分の生命への敬意と讃嘆。家族や友人たちへの生への敬意と讃嘆をあらわすためのものだということだな」

「敬意と讃嘆ですか？　自分で自分を讃嘆するのですか？」

とわたしは訊き返した。

「そうだ。晩餐会は、自分だけでなく、自分の人生に関わった人々すべての生命を褒め讃えるためのものなんだが、革命以来、その精神は消えたとそのフランス人は嘆いていたね」

わたしは義父の乗ったジープが高野川の堤と家並みのなかに消えていくまで見送ったが、自分の生命に敬意を表するとともに讃嘆するということが、とても大きな哲学であるかのように思えてきた。その瞬間、障子の紙を透かして白く光っていた庭の向こうにぼんやりと映った大きな箱のようなものが甦った。わたしはいつか愛する者たちを招いて晩餐会を催そうと思った。

わたしは、金井健次郎と結婚してからも、あの朝倉家の茶室を兼ねた八畳の間の障子紙を透かして見えていた箱の揺れ動くさまをよく思いだした。そのたびに、わたしの最初の舅であった朝倉一之助の言葉を自分に言い聞かせた。それはいつしか自分流に順序が変わり、自分を讃嘆せよ、自分に敬意を払え、という言葉になり、やがて、夫を讃嘆せよ、我が子を讃嘆せよ、教室の自分の生徒たちを讃嘆し敬意を払えという思考を作っていった。

でも、それも日常の忙しさでいつしか忘れているときのほうが多くなり、やがて教師としての定年を迎え、夫の急死という思いがけない事態に遭遇した。

ああ、わたしは大事なことを忘れていた。夫が元気なうちに、どうして夫とわたしと子どもたちを讃嘆する晩餐会をもたなかったのであろうか。しかし、どんなに後悔しても、生きている夫を晩餐会に迎えることはできないのだ。

そのとき、九十歳まで長生きできたら、わたしは自分の長寿に敬意を払い、その僥倖に敬意を払い、わたしを大切にしてくれた家族を讃嘆しようと決めたのだ。そして、元気に今夜を迎えた。みんなで楽しい晩餐会にしてくれたことに感謝している。

こうやって美しい息子夫婦を見て、美しい孫たちを見て、外国に暮らしているためにここに来られなかったふたりの娘の顔を思い描き、わたしはあの大きな箱を思いだしている。あの大きな箱に深く頭を垂れて感謝を捧げ、お礼の挨拶とさせていただく。妙音菩薩の地球の二十四倍という大きさには敵わないが、わたしの夫も大きな人だった。——

「大きな箱」がいったい何なのか、ヨシニィも鈴香も春明も知らない。あした、いや起きていれば今夜、わたしが三人に話してやろうと綾乃は思った。

テーブルクロスを手早く掃除しながら、ギャルソン・オオヤギは金井徳子に笑みを注いだ。徳子おばあちゃんも笑みを返し、厨房へとつながる通路を覗き見た。撮影クルーも戻ってきた。

そうか、わたしたちがメインディッシュを食べて、徳子おばあちゃんが話をしているあいだに、スタッフたちは休憩をかねて厨房に集まっていたのだ。そして、徳子おばあちゃんが差し入れたシャトー・マルゴーを味わっていたのにちがいない。綾乃はそう思って嬉しくなり、徳子おばあちゃんを見て笑みを浮かべた。

「さあ、どんなケーキになってるやろ」

と徳子おばあちゃんは言った。

「リング状にひとつにしてしまうのは難しかったので、一個ずつのケーキにするしかなかったようですよ」

とギャルソン・オオヤギは言った。

「リング状にすると切り分けるときに、かなりの量の果汁がこぼれてしまうんです。スポンジも崩れますので、あきらめました」

そうギャルソン・オオヤギが説明していると、ワゴンに載ったケーキとコーヒーポットが運ばれてきて、コーヒーカップが各自の前に並べられた。

長方形のごく平凡なケーキだった。生クリームでコーティングされて、上にサイコロ状に小さく切ったラ・フランスの果肉が載っている。

「そやけど、口に入れたら、ラ・フランスのどぼどぼジュースが溢れ出るのだあ」

と綾乃は胸の内で叫んだ。

「気持ち悪い笑いやなあ」

と春明が綾乃を横目で見やって言った。本当に気味悪そうだった。

ほのかなラ・フランスの香りをコーヒーの濃厚な湯気が消した。

「徳子様、入刀式をなさいますか?」

とギャルソン・オオヤギは笑顔で言って、ケーキ用のナイフを手渡した。

「さあ、思いどおりのケーキになってるやろか」

と言いながら、徳子おばあちゃんはケーキの真ん中をナイフで切った。生クリームにくるまれるようにして、ラ・フランスの果汁をたっぷりと吸ったスポンジケーキがあらわれた。

綾乃と再び目を合わせて微笑んだ徳子おばあちゃんは、スポンジが崩れないように丁寧にケーキを切り分けて口に入れた。綾乃は、自分も含めて全員が息を止めたような気がした。

「うーん、おいしい。ほんまにおいしい。けど、ちょっと果汁を吸わせ過ぎたねえ。綾乃、やっぱり過ぎたるは及ばざるが如し、や」

徳子おばあちゃんは言って、みんなにも食べるようにと促した。

「でも、素晴らしいアイデアだと思いますよ」

とギャルソン・オオヤギは言った。

「こういうケーキを作った経験があまりないので、シェフの古い友人のパティシエも、スポンジの固さの調節にてこずったのだと思います。わたしは、もうちょっと固く、ビスケットの柔らかいのくらいがいいのではと思います。イギリスのティータイムに食べるビスケットですね。あれもミルクティーに浸して、どぼどぼにして食べるのがおいしいですからね」

ギャルソン・オオヤギはそう言ってから、このケーキ十五個で、ラ・フランスを三十六個使ったとつけ加えた。そして撮影クルーのための場所をあけた。

「これ、失敗作ですか？　わたしはこれまで食べたケーキのなかで図抜けておいしいですけど」

と春菜は言った。

玉木シェフは、もう一種のケーキも用意してくれていた。ザッハー・トルテだった。

ソムリエ・ハシダは食後酒とチーズを勧めたが、ひとりとして手をあげる者はいなかった。

「ぼくらの胃袋は、やっぱり日本人サイズです」

と喜明は言った。

コーヒーを注いで、またスタッフたちは厨房に消えた。

「さあ、おひらきにしましょう。今夜はありがとう」

徳子おばあちゃんはそう言うと、父と母が階段の降り口まで来るのを待った。そして、三人で他の者たちを見送った。

「晩餐会ですので、シェフはご挨拶には出ません。みなさまになにとぞよろしくお伝えくださいとのことでした」

とギャルソン・オオヤギは言った。

綾乃たち孫は先に「仁」を出て、さらに数が増えた白川沿いの人波を縫って、隣りのホテルに戻ると、一階のロビーで徳子おばあちゃんと両親が帰ってくるのを待った。

「玉木シェフと話をせんでもええのかなあ」

と春明は言った。

「あした、おばあちゃんが疲れてなかったら、きび屋で一緒に蕎麦を食べるらしいで」

と喜明は言った。

「ああ、おばあちゃんはあそこのお蕎麦が好きやねん。わたしも好きやけど、あそこは他の蕎麦屋よりも倍くらい高いねん」

そう綾乃が言ったとき、両親が徳子おばあちゃんを両側から抱きかかえるようにして玄関の格子戸をあけた。綾乃たちはロビーの絨毯の上に正座して、徳子おばあちゃんに礼を述べた。

「綾乃、あのケーキ、なかなかいけるなあ。そやけど、ザッハー・トルテには負けた」

と徳子おばあちゃんは言って、母と一緒に二人乗りのエレベーターで二階へ上がっていった。

「おばあちゃんをお風呂に入れるのはお母ちゃんと鈴香。女性のドレスとアクセサリーを片づけて、簡易ブースのなかのハンガーに吊るすのはわたしと春菜ちゃん。男性のタキシードとか小物類はヨシニイとハルッチにまかせたよ。あした、それらをまとめて車に積んで北山通のお店に返しに行くのは鈴香とハルッチ」

綾乃がそう言っているうちに、鈴香は徳子おばあちゃんをお風呂に入れるために二階に上がっていった。その前に二、三十分休憩するらしい。

全員の携帯電話はひとまとめにしてビニール袋に入れて、三階の押し入れにしまってある。鈴香はまずそれを出して、全員に配ったあと、二階の内風呂に湯を張るのだ。それは晩餐会が始まる前に急遽決めた役割分担だった。

鈴香が呼んだので、春明が携帯電話を取りに上がった。

綾乃は、春明と並び、兄に頼んで写真を撮ってもらった。

「ええ写真や。ふたりとも、実物よりも美男美女に写ってる。ドレスとタキシードがよう似合ってるよ」

と喜明は言った。

「ほんまや。我ながらほれぼれするがな。あ、青柳さんに送ってやろう」

そう言って、春明はスマホで写真を送信した。

わたしも送ろう。といっても、誰に送ったらいいのか。そうだ、棚田に送ろう。棚田光博は今夜の晩餐会のことを知っているのだから。

綾乃はそう思って、棚田へのメールに写真を添付して送った。

――隣りは弟です。晩餐会、大成功でした。

そこまでは考えなくても文章が書けたが、そのあとがつづかなかった。仕方がないので、

――例のご恩返し、神楽坂のお寿司屋さんでいかがですか。来週の土曜日ならわたしはとてもありがたいです。――

と送ったら、五分もたたないうちに棚田から返信があった。

――これほんとに綾乃か？　あんまりきれいだから、どきどきしたよ。神楽坂、了解。あとで店名教えて下さい。六時に店に行きます。俺、三月から京都の税理士事務所で働くことになりました。だから京都に引っ越しです。――

綾乃は早くドレスを脱いで、いつものジャージのパジャマに着替えたかったが、風呂に入る順番も決めてあったので、あと三十分くらいは待たなければならなかった。

部屋の東側の坪庭が見えるガラス戸のところに横になれる長いソファがあったので、綾乃はそこに移って寝そべり、棚田光博からのメールを読み返した。

「京都へ引っ越し？　わたしたちって恋人でもないのにすれちがうのねえ」

とひとりごとを言い、しばらく天井の美しい杉板を眺めているうちに、そこに大きな箱のようなものが映しだされていくのを感じた。

二十

ことしはいやに冬が長いような気がするな。きょうはまだ二月一日だ。三沢兵馬はそう思いながら幼稚園の園庭の横まで行くには行ったが、風が予想よりも冷たかったので、すぐに家に引き返そうとしてマフラーをブルゾンの襟元で巻き直した。夜の十二時半だった。

「ウニ、ヤニ、ハニ、アニ、ムニ、ギニ」

という呪文を聞いてから帰ろうと思って、園庭のなかの欅の古木たちを見あげた。

「お父さん、あの欅だよ、ウニって最初に言うのは」

という十歳の克哉《かつや》の黒々と光る眼が、うずくような心の騒ぎとなって甦った。

「あの欅がウニって言わないと、このいちばん太い欅がヤニって返事をしないんだ」

また言いだしたぞとあきれながらも、兵馬は、ウニ、ヤニ、ハニ、アニと克哉の耳には聞こえるという木々の声を胸のうちでつぶやいたものだった。

克哉はおかしな子だ。もしほんとにそんな呪文のような声が何本もの欅から聞こえるとしたら、冗談では済まないかもしれない。いちど先に俺だけが病院に行って医者に相談したほうがいいのではないか。耳鼻科だろうか。精神科だろうか。

ふとそう思ったのが二月一日の夜だったのだ。俺は三十五歳だったから、いまから三十七年前の二月一日だ。俺と息子との小さな葛藤が生まれた夜ということになる。まさかその葛藤が、完全な断絶として、俺と克哉の親でもなければ子でもないという関係へと発展するとは思いも寄らなかった。

「ウニとかアニとかって声がほんとに聞こえるのか？　木が喋るって？　耳を調べてもらったほうがいいかもしれんなあ」

俺がそう言うと、なんだか機嫌の悪そうな、同時にどこか不思議そうな表情で父親を見あげた克哉の顔がなぜか最近しばしば鮮明に甦る。十歳の克哉の顔だ。悲しげな上目遣いだったなと思う。

いま、どこでなにをして生きているのか、俺は知らない。二十一のとき、あいつは俺を殴ろうとした。本人は、そんなことはしていない、親父の考え過ぎだと言うかもしれないが、あいつは間違いなくあの瞬間父親を殴ろうとしたのだ。かろうじて自分を制御して、あげかけた拳を降ろしたが、一瞬にせよ自分の父親を殴ろうとしたという心の歴史は消えないぞ。俺は忘れないし、あいつも忘れられないはずだ。

あいつはそれから二週間ほどたってから家を出ていった。母親にはしばらくしてから連絡してきたはずだが、どこに行ったのかと俺は訊かなかった。あれから二十六年。俺はいちどもあいつがいまどこでなにをしているのかを妻にも娘にも訊いたことはない。親子の縁を切るというのは、そういうことなのだ。あいつがひとこと、お父さん、すみませんでした、と言ってくれたらそれですべては氷解するのだ。すべては水に流せるのだ。

だが、そんなことはもう起こらないだろう。二十六年……。なんと長い歳月だろう。

「出ていく？　ああ、そうか、この家から出ていくのか。それがどういう意味なのかわかってるんだろうな。俺や母さんとは親でもなければ子でもないっていうことになるんだぞ。それでいいんだな？」

「あんたと親子でなくなるの？　へえ、そんなしあわせなことが起こるなんて、我慢して生きてきてよかったよ。もう親でもなきゃあ子でもないんだ。せいせいするよ。俺が出ていったら、自分の思い通りに生きてくれる子どもをどこかで調達してきて、勉強ばっかりさせて偏差値の高い有名大学へ行かせて、自己満足にひたってりゃいいよ」

これ以上の口論は暴力にしか行き着かないな。俺はそう思って口を閉じた。本気の殴り合いになったら勝てる自信はなかったのだ。克哉は高校生になったころから急速に背が伸び始めて、肩幅も広くなり、父親を見下ろすような姿勢をとるようになっていて、それはつねに俺を挑発してケンカを売ってきているような気配を感じさせてきたのだ。

気を落ち着かせようと台所に行ったら、妻が椅子にうずくまって泣いていた。高校三年生の娘の美紀《みき》は腹を立てているのが兄に対してなのか、それとも父親になのかわからない怒りの表情で流しのなかを見つめて突っ立っていた。

リビングに戻りながら、

「それでお前、どうやって食っていくつもりなんだ。高校を一年で辞めたやつが、どんな仕事につくんだ。あてがあるのか？」

と俺は言ったが、克哉の姿は家から消えていた。それきり、あいつとは会っていない。

俺が克哉に失望したのは、あいつが中学二年生のときだ。克哉は勉強が苦手だったので、東小金井駅の近くの学習塾に行かせたが、志望の中学には入学できなかった。高校進学のときには俺や母親に激励されて目指す学校に合格しようと、本人もその気になって勉強を始めたようだったが、じつは塾には行かずに、東小金井駅からはまったく方角の違う玉川上水の近くの友だちの家で遊んでいたのだ。俺は小学校で仲がよかったという塾仲間に訊いて回って、克哉がいまどんな連中とつきあっているのかを初めて知ることになった。

塾に行くふりをして遊んでいたのは、自動車の修理と板金塗装をする工場の作業場だった。克哉の遊び友だちはその界隈では同じ年頃の少年たちから一目置かれていたワルで、自動車修理工場の経営者の三男。兄のバイクを勝手に乗り回して、すでに無免許運転で補導されたり、ケンカ沙汰でも警察の厄介になっていた。

もう一か月ほど塾に来ていないのだが、なにか塾にご不満でもあるのだろうかと学習塾から電話がかかってきて、克哉がその時間にどこでなにをしていたのかをつきとめたのだ。

あのときも、もうちょっと上手な叱り方があったはずだなと兵馬は思い、三沢家の四合院造りの四棟がすべて眺められる丸門を背にして、冬の夜の庭と井戸と石畳の光沢に見入った。

俺はかっとなって、車を走らせて玉川上水の畔まで行き、自動車の修理工場を探した。なにも克哉の友だちの家に乗り込まなくても、帰りを待って穏やかに親子だけで話をすればよかったのだが、俺の息子はもう一か月近くも平然と親を騙しつづけて、このあたりでは名うての不良とバイクに乗って遊んでいたのだと知って、怒りを抑えることができなかった。俺の息子は平然と上手に嘘をつける人間なのだという驚きと衝撃で手が震えつづけた。

モルタルとスレートで建てられた工場のなかから少年たちの笑い声が聞こえて、そこが友だちの家だとわかった。夏だったので工場の大きなシャッターはあけたままだった。

数台の故障車と油圧ジャッキが並ぶ工場の空きスペースで克哉は子ども用のビニールのプールに手製のボートを浮かべて、リモコンで操作していたが、父親の顔を見ると真っ青になって、リモコンをプールの水のなかに落とした。

「お前、お父さんやお母さんを騙したな」

俺はそう言って克哉の手首をつかみ、ワルの友だちに、

「もう二度とうちの子に近づかないでくれ。約束してくれ」

と言って、工場から出るとそのまま克哉を車に乗せて家に帰った。正門をくぐりかけたとき、克哉は手をふりほどき、東小金井駅のほうへと走った。そのまま夜中の一時近くまで帰ってこなかった。

克哉が俺とはひとことも口をきかなくなったのはその日からだ。塾もやめてしまい、学校には行くが、家では勉強などまったく放棄して、ゲームと模型の船造りで終日部屋に閉じこもるようになった。

いったい何度、俺はあいつを叱り、意を尽くして話をしたことだろう。しかし、あいつはひとことも話そうとはしなかった。俺は我が子を何回か殴りもした。もう言葉という言葉はすべて使い果たして、暴力を使うしかなかったのだ。

克哉は母親にさとされて、なんとか地元の高校に入ったが、登校したのは最初の一学期だけで、夏休みが終わっても学校に行こうとはしなかった。

担任の教師は三回家を訪ねてくれたが、克哉はその教師とも口をきかなかった。結局、高校もやめるしかなかった。

俺は、なにがなんだかわからなかった。親に叱られることが、どうしてそんなにも激しい反抗の種となるのかが理解できなかったのだ。しかも、叱られることをしたのは自分ではないか。親に嘘をついて塾をサボって、褒めてくれるとでも思ったのか。学校に行かなくなって自分の部屋に引きこもって、喜んでくれる親がどこにいる。

俺の息子はそんなこともわからないのか。やっぱり、幼稚園の欅の木の言葉を聞き取れると知ったとき、病院につれていくべきだったのだろうか。

そう思うたびに、俺はなぜか胸騒ぎがしてくる。ひょっとしたら、あいつはときどき東小金井駅まで電車に乗ってきて、あの欅の木々が風に揺れる音に聞き入っているのではあるまいかと思ってしまうのだ。

あいつは、木々が夜の園庭でつぶやき合う声を聞きわけられることが嬉しくてたまらなかったのだ。それができるのは自分だけなのだ。父も、首をかしげている。聞こえないからだ。でも自分には聞こえる。秘密の言葉が聞こえるのだ。

あのころは子どもだったから聞こえたのだろうか。いまはどうだろう。四十七歳になったいまでも、聞こえるだろうか。

あいつはそう思って、夜遅くに、あの幼稚園の園庭の近くまで来ているのではあるまいか。

俺は、考えまいと自分に言い聞かせながらも、万にひとつでもその予感が当たったら、克哉に家に帰ってこいと言おうと思ってしまうのだ。

俺はなにか大きな過ちを犯したようだ。俺はそれを過ちと気づいていないので、いったいどんな行動が、どんな言葉が、どんな表情が、親子の縁を切るほどに取り返しのつかないものだったのかを教えてくれ。

俺はそんなに大きな過ちを犯したのか？　父親が我が子を叱るというのは、そんなに難しいことなのか？　高度な教育学的技術が求められることなのか？

兵馬は井戸のところへ行き、蓋を椅子代わりにして坐り、振り返って倒坐房の二階を見やった。もう明かりは消えていた。東廂房の塩見家も明かりが消えている。長男の大学入学試験は終わったのだろうか。いや、まだだろう。二月の下旬と聞いた気がする。

西廂房の高山家は階下のリビングの明かりが灯っている。

あれやこれやと心のなかで自分と会話しているうちに、兵馬は気持ちが落ちつくどころか、いっそう胸騒ぎのようなものが強くなっていくのを感じて、正門の下側のくぐり戸の鍵をかけて、自分の住まいである正房へと歩きながら東廂房を見やった。美紀が中学生になったとき、克哉も美紀もいまは塩見家に貸している東廂房で暮らすようになったのだ。東廂房での兄妹の暮らしは克哉が二十一歳で家を出ていくまでつづいた。

そのころ、南側の倒坐房と西廂房は人に貸していた。もう名前も正しく記憶していないが、そのふたつの家族は克哉がいなくなって五年ほどたって引っ越していき、すぐに寺島《てらしま》博志と満里子という温厚な夫婦が倒坐房の新しい住人となった。当時、夫は大手の食品会社に勤めていて、妻は渋谷の有名女子校の教師だった。

西廂房は一年ほど借り手が決まらなかった。家賃がこの界隈の賃貸住宅に比して高かったのだ。

しかし、中国伝統の四合院造りと聞いて、建物を見に来た高山佐久江と桐夫《きりお》の母子は、その日のうちに借りることを決め、三日後には引っ越してきた。高山桐夫は住宅ではなく店舗を専門とする建築士で、離婚してさほど日がたっていなかった。

「じつに正統な四合院造りですねえ。暇なときに手仕事で回廊を取りつけたいくらいですよ。十年計画で」

と腕組みをしたまま言った高山桐夫の奇妙なほどに白い歯の輝きを兵馬はいやに鮮明に覚えている。前歯になにか蛍光塗料でも塗っているのかなと思ったのだ。それはいまでも変わっていない。高山桐夫は建設現場にしょっちゅう立ち会うので日に灼けて、白い歯が余計に白く光るのだ。

三沢家の敷地内にこの二組の借家人が来たことで、克哉が家を出てからも東廂房でひとり暮らしていた美紀は、両親の住む正房に移った。東廂房も人に貸して家賃収入を得たほうがいいと美紀が言いだしたのだ。

美紀が東廂房から正房へ引っ越すとき、兵馬は数年ぶりに東廂房に行き、克哉が使っていた二階の部屋に入った。いなくなってから、美紀や喜和子が部屋を掃除したり片づけたりしたのであろうと思ったが、全数十巻のコミック本や、克哉が小学生のときから描き溜めてきた船の絵が本棚や壁に整然と並べられていて、そのたたずまいに持ち主でなければ発揮できないであろう丁寧さと、そのものに対する愛情のようなものを感じて、兵馬は妻の喜和子に、お前がこの部屋を片づけてやったのかと訊いた。一度には無理だろうから、ちょっとずつ片づけながら、必要なものを克哉に届けてやっているのか、と。

「あの子が出ていったときのままよ。わたしも美紀も、この部屋のものはなにひとつ触ってないわ」

と喜和子は庭に面した大窓をあけながら言った。

「きれいに片づき過ぎだろう。こんなの二十歳そこそこの男の部屋じゃないよ」

「克哉は片づけ上手なのよ。小さいときからそうだったじゃない」

「へえ、そうだったか？」

あいつはいまどこに住んでいるのか。どんな仕事をしているのか。お前や美紀はときおり会っているのか。

兵馬はそう訊こうとして、振り返って喜和子を見た。喜和子は克哉が船の模型を作るときに使っていた丸椅子に腰かけて、烈しい目で夫を見ていた。

「なんだよ、その目は」

と兵馬は訊いた。

「へいちゃん、あの子、自分が産んだつもりなの？」

と喜和子は言った。若いころ、兵馬のことを「へいちゃん」と呼んでいたが、いつのころから「パパ」と呼ぶようになって、「へいちゃん」は消えてしまっていたのだが、久しぶりにそう呼ばれて、兵馬は新しい敵が来たような気がした。

「十か月もお腹のなかで育てて、死ぬほどの苦しい思いをして産んで、一日に何回もお乳をやって、何年もおしめを交換して、抱いて寝て、抱いて買い物に行って、汗まみれになって育てあげたのは、このわたしなの。そんなわたしの許しも得ずに、よくも克哉と親子の縁を切ったわね。あの子が片づけが上手だってことも知らずに、なにが親でもない子でもない、よ。わたしの許しを得てから言ってもらいたかったわよ。片づけ上手な子は、ちょっと曲がる時期はあっても、ちゃんと立派におとなになるの。あの子はとても繊細で、なにもかもが晩生なのよ。そういうことは母親に訊いてもらいたかったわね」

あのとき、美紀が二階にあがってこなかったら大げんかになっていただろうと兵馬は思った。怒りがおさまってくると、兵馬は金輪際、自分の口から克哉という名を出さずに一生を終えてやると、まるで子どもが意地を張るように己に誓ったのだ。

正房の玄関の鍵を閉めて、喜和子が一階のどの部屋にもいないことを確かめると、兵馬はガスストーブの火で手を温めて、テレビの前のソファに坐った。

この三沢家の三百八十坪の土地と四合院造りの四棟をどうするのか、そろそろ結論を下さなければならない。

正房には、俺と喜和子の夫婦が住む。西廂房の高山家は、もしこの土地を四分割して売ってくれるなら買いたいと以前から申し出ているし、倒坐房の寺島博志と満里子の夫婦も、同じ考えだと意思を明確にして、俺の返事を待っている。

問題は東廂房であろう。塩見家は、自分たちにはこの土地と建物を買う財力はないし、息子がもし志望の東大医学部へ入学できなかったら、学費をどう捻出するか頭が痛いと正直に話してくれた。俺がこの土地を四分割して、東廂房の分だけを賃貸にしてくれるなら、どれほどありがたいかわからないと言ったが、そんな四分の一だけは賃貸にするという面倒なことを三沢さんに求めることはあまりに厚かましいと承知しているとつけ加えた。つまり、そのときが来たら、塩見家は出ていくということになる。

住人のことはそれで片づくし、四分割して土地登記で分筆して、という煩瑣な手続きは、司法書士という自分の本業から見れば日常的なものなのだ。もちろん父の夢の実現として建てられた四合院造りの家を壊して更地にして、この三百八十坪をまとめて不動産業者に売ってしまうほうが、はるかに大きな金額になるとわかっているのだ。

問題はまとめて売ろうが、四分割して売ろうが、その売買によって得た収入を誰にどう分与するかなのだ。

俺も喜和子も、もうあと二十年も生きているわけではない。ここを売ったときに、生前贈与すれば、幾分かは節税になる。その際、俺は娘の美紀にだけ相続してもらうつもりだが、喜和子は決して承知はするまい。相続者のなかに三沢家の長男である克哉を外すことは断じて認めないに違いなかった。

それは二十年前、東廂房の二階で突然牙を剝いた母親としての喜和子の啖呵の切り方で想像がつくのだ。

いま思いだしても、なんだかぞっとするなと兵馬は苦笑して、ポットの湯を急須に注いだ。まだ茶葉を捨てずに置いていたので、茶を飲んでから二階の寝室に上がろうと思ったのだ。

この件に関してだけは喜和子と冷静に話し合わなければならないと兵馬は思った。

兵馬には三つ上の姉がいたが、小学校四年生のときに白血病で死んだ。病名が確定されてから亡くなるまでは早かった。

三沢家には子どもは兵馬だけだったので、それ以後は一人っ子として育ったようなものなのだ。

だから母が死んだとき、遺産はすべて兵馬が相続した。兵馬の母は、克哉との葛藤が始まったころに死んだのだ。

娘の美紀は大学を卒業すると銀行に就職したが、二年働いただけで学生のときからつきあっていた男と結婚した。男は歯科大を出て歯科医となり、十年ほど前に荻窪で歯科クリニックを開業した。歯科医は過当競争で経営が大変だと言われているが、羽柴クリニックは看護師を三人、歯科衛生士も三人雇って繁盛しているらしい。

美紀のふたりの子はもうどちらも中学生になった。上は女で中学三年生、下は男で中学一年生だ。

三か月に一度くらいの割合で遊びに来るが、どうも孫ふたりは仲が悪い。なにかというとなじりあって、ときには口をきかなくなる。あの年頃の子どもはどうも苦手だ。気難しくて生意気で、なんとなく癇にさわるフェロモンを撒き散らして、傍にいると神経が乱れる。

そう思って、茶を急須から茶碗に注いだとき、喜和子が階段を降りてきた。

「寝られないのか？」

と兵馬は訊いた。

「きょうは夕方から腰が痛むの」

と喜和子は言って、紅茶のティーバッグを出すとマグカップに湯を注いだ。

喜和子は五年前に家のなかで尻もちをついた拍子に脊椎の二つが圧迫骨折して入院し、退院してからもコルセットを腰に巻きつづける日々が半年近くつづいたが、以来、寒い時期は調子が悪いのだ。

「きのうからずっと日本海側は雪ですって。寒さはまだつづくってネットのニュースには書いてたわ」

いい機会だから、この家のことから話してみようか。兵馬はそう思って、まず頭のなかで自分の希望をまとめ、それから話しだした。

――確かに土地売却による大きな収入は、今後の夫婦の生活に精神的な安定をもたらす。だから理屈のうえでは、三百八十坪をまとめて不動産業者に売ってしまうのがいいのだ。

しかし、死んだ父にとってはまだ未完成なままのこの四合院造りの家と庭をブルドーザーで押しつぶして破壊してしまっていいものかという迷いがある。四分割して、そのうちのふたつを寺島さんと高山さんに売り、自分たちはこのまま正房に住みつづけるという案も捨てきれない。

俺は、この三沢家の四合院造りを俺の代で消滅させたくない。この建物は、壊してしまったらもう二度と建てられないのだ。俺はもうじき、司法書士という仕事からリタイアするつもりだが、そうしたら高山さんにアドバイスしてもらいながら、まず正房と西廂房とのあいだに回廊を作ろうと思う。日曜大工で棚を取りつけるのでさえ指を金槌で叩くやつに回廊なんて作れるはずがあるまいと思うだろうが、高山さんは、大丈夫、やってるうちにうまくなっていきますよと笑っていた。

寺島さんの奥さんも、長くてもあと二年ほどで日本に帰るし、夫は大工仕事が得意なんですよってあの明るい喋り方で言った。このあいだ、ＬＩＮＥの電話でバンコクの寺島夫妻と話したんだ。

つまり、俺はこの土地を不動産屋に売ってしまいたくないのだ。回廊を取りつけて、親父の見果てぬ夢を完成させたいんだ。おれはこの世になにも残せなかった。他人の土地や建物を役所であっちへ動かし、こっちへ分筆してただけで、俺でなければできない仕事なんてひとつもなかったのだ。

親父が資金不足で途中で断念した作業を、息子の俺が完成させるっていうのは、楽しい挑戦だと思わないか？

でも、どっちにしても、問題がひとつ厳然と存在してるんだ。――

一呼吸置いて、さらに話をつづけようとすると、喜和子は老眼鏡を鼻眼鏡にしたまま、そんな兵馬を制して、腰に手をあてがってかばいながら階段をあがっていき、何枚かのパンフレットと地図を持って下りてきた。

喜和子は立ったまま、手に持ったパンフレット類をテーブルに置き、

「克哉がねえ、結婚したい人ができたんだって」

と言った。

兵馬は顔を少ししかめて、どう応じようかと考えていると、喜和子はさらにつづけた。

「その人に会ってもらえないかって。ねえ、間違えないでね。わたしに頼んでるんじゃないのよ。克哉は、パパに会ってもらえないかって頼んでるのよ」

喜和子の言葉の最後は震えていた。

「それはお前の深読みじゃないのか？　克哉はほんとに俺にその人と会ってもらえないかって頼んできたのか？」

兵馬は、俺は死んでも泣かんぞと思いながら泣いた。涙がしたたり落ちるままぬぐおうともせず、兵馬は妻の前で泣くのは初めてだなと思った。

夫が泣くのを初めて目にした喜和子は驚き顔で兵馬を見つめ、顔色を窺うような表情で、

「相手の女性はねえ、克哉よりも八歳も年上なの。そのうえ三人の子どもがいて、いちばん上は男で二十六歳。おととし結婚して、去年女の子が生まれたんだって」

と言い、食器棚の抽斗からメモ用紙を出した。

「八つ年上？　克哉は四十七だぞ。ってことは相手は五十五かい？」

「そういうことになるわね。お子さんは三人いらっしゃるのよ。真ん中も男で二十三歳。高校を卒業して美容師の学校に行って、ことし広島市内の美容室に就職が決まったそうよ。いちばん下は女の子で高校三年生。この子は福山市の専門学校に入学して歯科衛生士を目指すんだって。入学金や授業料は上のお兄ちゃんが三分の一、克哉が三分の二を出すそうよ。とっても仲のいい兄妹なんだって克哉が言ってたわ」

「ちょっと待ってくれ。広島とか福山とかって地名が出てるけど、克哉はいまどこでなにをしてるんだ？」

「広島県福山市の瀬戸内海の沼隈《ぬまくま》半島ってとこの鞆《とも》の浦《うら》って港町で暮らしてるわ。勤め先も鞆の浦にあるそうよ」

と言い、喜和子はメモ用紙をひろげた。ボールペンで走り書きした乱雑な大小不揃いな文字は、喜和子がいかに慌てて書き写したかを物語っていた。

「鞆の浦……。沼隈半島？　そこでなにをしてるんだ？」

「船のスクリューを専門に作る工場で働いてるのよ。サカタ製作所って会社よ。そこで働くよ

うになってことしでもう八年になるわね。いろんなところで働いて、やっと克哉が大好きな船の仕事についたのね。去年、工場長になったんだって」

「お前は克哉とずっと連絡を取り合ってきたんだろう?」

兵馬の問いに、喜和子は首を横に振った。

「三年ほど音信不通のときがあったわね。克哉が築地の魚屋さんを辞めたときよ」

「築地で働いてたのか?」

「決まったお寿司屋さんと高級料亭にだけ東京湾の穴子と車エビを調達する鮮魚卸し店で六年働いたの。知る人ぞ知る超有名なお店だって。その六年のあいだに、いったん社会に出た人たちに高校教育を受けさせる学校へ通ったの。パートタイム方式だから、卒業に六年かかったけど、克哉は高校卒業の資格を取って、そのあと浜松へ行ったの。築地で知り合った人の紹介だったんだって。築地の卸し店にはわたしの友人のご主人に口をきいてもらったから、辞めるってことをわたしに言いにくかったらしいわね。あの子は、そういうところがすごく気が弱いのよ」

喜和子は冷めてしまったであろう紅茶を飲み、連絡を取り合うといっても、わたしのほうから週に一回くらいで、克哉のほうから電話やメールが届くのは月に一度くらいだとつづけた。

「浜松では、なにをしてたんだ?」

「浜松には競艇場があるでしょう? レース用の特殊なボートは故障しやすいし、絶えず改造が必要だから、そのための専門の技師がたくさん腕を競ってるのよ。克哉はそれを学びたかったらしいわ。そこで十二年も働いたのよ。たくさんの仲間が引き止めてくれたって。だけど、克哉はどうしても自分で船を造る仕事がしたかったのね。浜松の技師仲間のひとりが鞆の浦出身で、サカタ製作所の社長の甥っ子さんだったの。その人が推薦してくれて、半年間は見習いっていうことで働き始めて、半年後に正社員になって、ことしで八年目。相手の葵《あおい》さん……」

兵馬は喜和子の肩を軽く叩いて制すると、

「葵さんていうのか。その人のことは、あしたにしよう。お前、興奮して眠れなくなっちゃうぞ」

と微笑みながら言った。

「で、いつ行く？」

と喜和子は訊いた。

兵馬は椅子から立ちあがってテレビの上の棚に押しピンでとめてあるカレンダーを見た。

「来週は土日月と三連休だよ。月曜が建国記念日なんだ。ここに決めよう。克哉たちもそのほうがいいだろう。雨天決行だ」

「鞆の浦にはどうやって行くのかしら」

と喜和子は流しの前とリビングの入口までを行ったり来たりしながら言った。

「お前、腰が痛いんじゃないのか」

「あ、忘れてたわ。そうよ、痛いのよ。わたし、鞆の浦まで行けるかなあ」

兵馬は、正門のくぐり戸を閉めたことはわかっていたが、鍵をかけ忘れたと嘘をついて正房から出ると足音を忍ばせて井戸のところへと行き、蓋の上に腰かけた。風は弱まっていたが冷気は増していた。

「ここに坐ってると、壮大な物語のなかに登場する生き物に飲み込まれてるような気がしてきますね」

一月半ばの夜にここでほんの少し話をしただけの金井綾乃の父親の静かで屈託のない言葉が、深い意味を持って兵馬の心に迫ってきた。

二十一

新幹線で広島県の福山駅に行き、そこからタクシーで鞆の浦へというのが最も効率がいいようだったので、三沢兵馬は新宿駅の切符売り場でチケットを買った。一時間に一、二本、福山駅に停車するのぞみがあった。東京駅から福山駅までは三時間三十分だという。

東小金井の家に帰り、ネットで検索して福山駅の横に立つシティホテルを予約して、鞆の浦の観光案内も載っているガイドブックを読んでいると、玄関から西廂房の住人である高山桐夫の声がした。

「きょうはお休みですか」

と言いながら、兵馬は玄関からつづく板の間に置いた古いソファに高山桐夫を案内して、いま妻は出かけているので、番茶くらいしかお出しできないがと断って、台所に行った。

「お構いなく。さっき、奥さんと駅前でお会いしましたよ。国立《くにたち》駅の近くまで行くって仰るから車でお送りしました。腰が痛くて整体師のところに行くのに電車じゃあ辛いですからねぇ」

と高山は日に灼けた顔を皺だらけにして笑顔で言った。兵馬は礼を言い、

「整体師っていっても看板をあげてるわけじゃないんですよ。知ってる人だけしか施術しないって人で、関節の二、三か所をゴキッていわせるんです。そりゃぁ凄い音がしますが、家内にはそれがいちばん効くんです。整形外科医は、そういうのはよくないって、いい顔をしないんですが、あっちこっち注射して電気でぴりぴりさせて、でもまったく効かないから、その国立の整体師にだけかかるようになりました」

と説明した。

「ああいうのって、合う合わないがありますからね」

高山はそう言ってから、

「この三沢家の建物をどうするか、そろそろ結論をお出しになったかどうかをお訊きしてみようと思いまして」

と遠慮ぎみに切り出した。

茶を淹れて、それを盆に載せてソファの前の丸いテーブルに運び、高山の斜め向かいの椅子に腰かけながら、

「売らなきゃいけなくなったらいつでも売れる土地ですから、とりあえずはこの四合院造りを残していく方向で、どう処分するかの絵を描こうと決めました」

と兵馬は言った。

「それは嬉しいなあ。土地を四等分するってことですか？　そうするとぼくはどのくらいの金額を用意したらいいですか？」

「どう四等分するかは寺島さんとも話をして決めたいと思ってます」

「寺島さんはいつまでバンコクですかね」

それには答えず、

「四合院造りの家を塀ごと残したいというのが眼目ですので、土地を買ったあとで建物を建替えられるというのがいちばん困るんです」

と兵馬は言った。

「それはぼくも理解してます。それを了承しての話ですから」

「ただ、この建物は古いですからね。生活インフラも旧式です。寺島さんとこはご自分でトイレの便器を新しいのに取り替えましたが、その工事は大変でしたよ。壁が厚過ぎるんです。配管の穴をあけるのだってひと騒動です。寺島さんは、それでもあの倒坐房を買いたいって言ってます。寺島さんもわたしの返事を待ってるんです。たぶん、バンコク駐在もことし一杯で終わりそうなんだって言ってました」

三沢兵馬は、この土地を息子に譲りたいと思っていると言いたくて仕方がなかった。ただ息子夫婦は広島県福山市の鞆の浦で暮らしていて、いまのところは東京に帰ってくるつもりはないであろう。自分たちがいなくなったら、この正房も他人に売ることになる。そのとき、四合院造りの建物のまま買ってくれる人がいるとは思えない、と。

ただ、それを高山に話すことは、あまりにはしゃぎ過ぎているという羞恥心があって、兵馬は息子の話をしないでおくのに苦労した。

息子のことを知ったのは昨夜なのだ。あれから十二時間ほどしかたっていない。俺はもう少し冷静にならなくてはいけない。四十七歳の息子が、八歳年上の五十五歳の女と結婚するという。それも三人の子持ちだ。上はもう二十六歳で妻も子もいる。そんな結婚がうまくいくのだろうか。

兵馬は、何年か前の正月に寺島、塩見、高山という、いわば店子《たなこ》の男たちを家に招いて新年会を催した際に、思いだすのもぞっとするような修羅場を経て、やっと離婚できたので、もう再婚なんて考えてもいないと高山桐夫が照れくさそうに言ったことを思いだした。

なぜそれほどの修羅場が生じたのかを高山は語ろうとしなかったし、他の三人も訊こうとはしなかった。

だが、歳の離れた兵馬相手でも屈託なく会話して、相手との距離の取り方に絶妙の気配りを感じさせる五十三歳の高山桐夫になら、息子のことを話してもいいような気がしてきた。

簡単に、これまでのいきさつを話すつもりだったのに、兵馬は幼い克哉に覚えた違和感から始まって、家を出ていく日までのことを一時間近く詳しく語った。

「二十六年間も……。どっちも頑固ですねえ」

と高山は言った。

「息子さんは、きっといい人を見つけたと思いますよ」

「そうでしょうか」

「ええ、この結婚はうまくいきますよ」

「どうしてそう思うんです？」

「修羅場をくぐってきた男の勘です。なんて格好のいいことを言っちゃって」

そう言って、高山は顔中を皺だらけにして笑った。

「いまは船のスクリューを作る工場に勤めながら、手製のヨットを造る仕事をしてるんです。カスタムメイドのヨットだそうです。スクリュー工場の近くに自分の工房を借りて、そこでこつこつとヨットを造ってるんだって。いまは三隻のヨットの注文を受けてるそうですよ。これが完成するのは再来年の春だろうって。私はみんな女房経由で知ったんです」

「注文する人も、造る人も、どっちも気が長くないと待ちきれませんね。もう苛々して、出来合いのヨットを買っちゃいますよ」

「五、六人が乗れて、熱いシャワーが浴びられて、各室にトイレがあって、ベッドルームも三つあるっていうようなヨットは二億円くらいだそうですね。息子が造るのは、そんな豪華ヨットじゃないんだそうです。港を出入りするときだけ使うエンジンとトイレがついてる、えーっとなんとかクラスのヨットだそうです。それでも一隻二千万円から三千万円はするそうなんですよ」

「全部、奥様から聞いたんですね」

高山桐夫がひやかすように言ったので、兵馬は笑った。

「こんな日が来るとは思わなかったので、私は今朝起きてからも、ずっと興奮してるんです。ろくに寝てませんよ。家内は心配してます。会ったら、またケンカをするんじゃないかってね」

「もう心配しないことですよ。つまりは、父親が息子のことを心配したから始まったぶつかり合いなんですよ。ちょっとした言い方と、それをどう受け取ったかの、ほんの微妙な感情のずれなんでしょうね。ぼくも自分の親父とよくケンカしたけど、ぼくは要領がよかったので、親父の小言を適当にあしらってました。弟はそれがうまくできなくて、親父が死ぬまで、あんまり近づかなかったですね。親父と弟は仲の悪い親子でした」

俺は息子のことで自分の意見を差し挟むことは決してしないぞと兵馬は思った。相手が八歳も年上の、三人の連れ子のある女だというだけで、そんな結婚がうまくいくのだろうかともう心配してしまった。

きのうまでどこでどんな暮らしをしているのかさえわからなかった息子のことに干渉しようとしている自分にうんざりしてしまった。

ちゃんとまっとうに生きていたなあと、俺は心のなかで息子を褒めてやりたい。幼稚園児のころから好きだった船のプラモデル造りは、四十七歳になったいま、瀬戸内海の鞆の浦という港町で看板を掲げる、手製のヨット造りという立派な職業として花ひらいた。おれはできるかぎりの応援をするよ。幾分かの小金を蓄えてはいるが、そんなものはみんなお前にやるよ。

兵馬はそう思い、それを恥ずかしげもなく高山桐夫に言った。なんだかなんでも相談できる友だちができたという気がしていた。

「そうですよ。気前よく息子さんにあげちゃいましょう。それで老後の金がなくなったからって、この土地の値を上げたりしないでくださいね」

「買って三か月後にいまの家を壊して、新しい家を建てたりしないでくださいね。土地家屋の売買契約書に明記しときますからね」

「問題は塩見さんが出ていったあとの東廂房ですね」

と高山は言った。

兵馬は二階の自分の書斎に使っている部屋からこの三沢家の登記簿を持ってくると、それに添付してある測量図をひろげた。

四つに分筆するとき、どこからどこを高山家の所有にするかを大雑把に考えてみようと思ったのだが、高山はバンコクに赴任している寺島さんを外して、ふたりだけで案を練るのは公平ではない気がすると言った。

「うん、たしかにそうかもしれませんね。でも、どこからどこを買うか、なんてことくらいでバンコクから一時帰国してもらうわけにはいきませんからね」

「やっぱり、こういうことは家主の一存で決めるべきですよ。ここからここまでは高山に売る分、ここからここまでは寺島さんに売る分、っていうふうにね」

住宅用としてはかなり大きな土地取引になるだろうに、なんだかのんびりとした会話だなあと思い、兵馬はガスストーブの火を小さくした。

「鞆の浦かあ。不思議な港町ですよ」

と高山は言った。

「不思議な？　高山さんは行ったことがあるんですか？」

「十二、三年前に、広島市内で仕事をしたんです。広島でいちばんにぎやかなところです。そこに銀座の『えんどう』っていう料理屋が支店を出すことになって、その『広島　えんどう』の店舗設計を任されたんです。完成して、お披露目のパーティーをやって、その翌日に施工業者たちと福山のゴルフ場でゴルフをして、そのあくる日、夕方の飛行機で東京に帰ったんですが、空港へ行くまで時間が余り過ぎて、時間つぶしに地元の人に勧められて鞆の浦へ行ったんですよ。べつになんの目的もない観光ですね。不思議な港町を歩いてみませんか、って誘われてね。日本書紀にすでにその地名が登場する汐待ち港ですよ、って。いまから思うと、その人、相当な歴史オタクですね。そりゃあ詳しかったですよ。鞆の浦っていう港町について、歩きながら延々と喋りつづけてました。ぼくはもうその人の喋りが煩わしくて、ちょっと黙っててほしかったんだけど、足利尊氏から始まって室町時代の鞆の浦の様子や、幕末の坂本竜馬のいろは丸事件で、竜馬がいろは丸を鞆の浦沖で沈没させた紀州藩相手に賠償金を支払わせたことなんかを、もう勘弁してくださいって頼みたくなるくらい聞かされましたよ。頭に残ったのは、あのあたりの瀬戸内海沿いが明治以後、鉄工業の町として大きく発展したってことですね。その鉄工がやがて船具に特化されていくんです。船にはいったいどれほどの船具が使われてるって思います？」

突然訊かれて、兵馬は答えに窮した。船具などというものについて学んだことはなかったし、どんなものが船具と呼ばれるのかさえ知らなかったのだ。

しかし、観光船やフェリーに乗ったことはあったので、記憶に残っている甲板の光景を思い浮かべてみると、あっちこっち船具だらけだったような気がして、膨大な種類の船具があるのだろうと思いながら、高山の顔を見つめた。

金属で造る船具といえば、まず鋲《びょう》であろう。船の至るところが鋲で留められている。船を造るのに鋲は必須だ。スクリュー、錨、大小さまざまなフック、鎖、ワイヤークリップ、ボートハッカー、回転リング、スナップシャックル、ロープコース、滑車。

うーん、あとが出てこない。いま言ったのはほんの一部だ。金属以外のもので造る船具まで入れたら、数えきれない。

高山はそう言って、冷めてしまった番茶をすすった。兵馬は疲れてきて、ひとりになりたくなったが、いったい鞆の浦がなぜ不思議な港町なのかを知りたくて、台所に行くと急須に熱湯を注いで玄関からつづく板の間に戻った。

「船の仕事をしてるわけじゃないのに、詳しいですね」

と兵馬は言いながら、熱い茶を注いだ。

「能登半島にヨットハーバーがあるんですよ。内海にね。その近くに小さなリゾートホテルがあって、そこのロビーの設計をやったんです。そのとき覚えたんです」

「能登にはヨットハーバーは多いんですか？」

と兵馬は訊いた。自分の表情がきつくなったのを感じた。兵馬は能登のヨットハーバーに妻と子どもたちをつれて行ったことがあるのを思いだしたのだ。

あれは能登半島の真ん中あたりの内海に面した狭い入り江にあった。能登中島という駅で降りたという記憶がある。克哉はその年、幼稚園に入園したのだ。美紀はまだ母親に抱かれていた。

大小さまざまなヨットが停泊していて、そこで寝起きしているらしい持ち主が甲板を洗ったりしていたが、克哉は初めて目にしたヨットにひどく惹かれたようだった。

大きな土地取引の登記を任されたのだが、そのときのクライアントが自分の別荘に招待してくれたのだ。

あまり気乗りはしなかったが、年に一度、夏しか使わないという能登の海沿いの別荘は招待客用の別棟があって、そこを自由に使ってくれていいというし、喜和子も克哉も行きたがったので、盆が終わってから親子四人で遊びに行った。

克哉がヨットに夢中になってしまって、持ち主に頼んでなかを見せてもらったり、内海を帆走したり、とにかくヨット遊びに来たかのような三泊四日だった。

よほど楽しかったらしく、また来年もつれて行ってくれと克哉は何度も言った。あの別荘の別棟を使わせてくれるなら行こうと約束したが、クライアントの不動産業はうまくいかなくなり、ヨットも別荘も人手に渡った。まだ五十代のクライアントは脳梗塞で倒れて、それきりつきあいは途絶えた。

事情を説明して、もう能登のあの家には行けなくなったと伝えたときの克哉の落胆した表情はいまでも思いだせる。

俺はそのとき克哉が可哀そうで、新宿のプラモデル屋につれて行って、ヨットのプラモデルを買ってやったのだ。小学校にあがっていない克哉には難しいプラモデルだったが、あいつは自分ひとりで完成させた。それから船のプラモデル造りに凝ってしまって、そのうちラジコンのマニアックな世界へと移っていった。

遊びで終わらせなかったな。本職のカスタムヨットの職人になってしまって、鞆の浦という不思議な港町で自分の工房を立ち上げたのだ。たいしたもんだ。俺は克哉にひれ伏すよ。俺は、どうしてあんなに人前で叱ったのだろう。子どもが小さいときは、父親も若くて、まだ未熟なのだ。だから父親は子どもを怒ってはいけないのだ。

「鞆の浦は、行ってみればわかりますが、大きな半島になってて、その半島の真ん中にはふたつの山があるんですよ」

と高山は言った。

その山は低いけれども半島のほとんどを占めている。鞆の浦はその山裾と海とに挟まれたわずかな平地に造られたのだ。だから、その狭さをうまく活用しなければならなかったので、家と家がひしめき合って、隣りの家の壁を自分の家の壁としても使うという建築法が生まれたのだ。

一階部分は同じ高さなのに、二階部分は高さがまちまちで、それが軒つづきに山と海のあいだの平地に密集するという港町が出来上がった。壁を共有しているので、家と家とのあいだに通路がない。そんな家々が東に西に延びていき、北にも南にも、東北にも西南にもつらなって増えつづけた。

住宅地として使えるところが少なかったが、港としての立地条件は揃っていて、とりわけ江戸時代には北前船の寄港地として栄えた。瀬戸内海の汐待ち港として、日本中の廻船問屋が集結するようになって、広島の鞆の浦はいわば当時の大都会と化したのだ。

西からの海流と東からの海流が鞆の浦でぶつかり合う。瀬戸の海は穏やかで、大風も滅多に吹かず、汐が荒れるということも稀だ。ぶつかり合った汐は鞆の浦の周辺で動かなくなる。西からの汐と東からの汐があそこでぶつかりあっているなとわかるのだが、白い波はどこにもない。

そんなとき、日本中からやって来た船は汐が動きだすのを待って、鞆の浦で錨を降ろし、水夫たちは体を休めるのだ。三日も四日も汐はぶつかり合って、押し合って、動かない。水夫たちはただ待つしかない。

高山桐夫は、そう説明して、

「こうやって三沢さんに話すために、あの歴史オタクの講釈を思いだしてると、また鞆の浦に行きたくなりましたよ。あのワンダーランドを歩いてみたくなりました」

と言った。

二十二

鞆の浦の常夜燈といえば定番過ぎて照れ臭いほどだが、あそこがいちばん待ち合わせの場所としてはわかりやすいし、鞆の浦がどんなところかが一目でわかるので、みんなはあそこで待っている。

お父さんとお母さんは福山駅の新幹線ホームを降りて、北側へ出てくれ。目につきやすいところに車を停めて、ぼくはそのなかで待っている。ホームまで迎えに行きたいが、最近、駅周辺は警官が駐車違反を取り締まっているので、車から離れないようにしたい。

こんなことまで書き写さなくてもと思いながら、妻の書いたメモをポケットに入れ、兵馬は中型のキャリーバッグを転がして、正房の玄関の鍵をかけて表門へと歩きだした。

倒坐房の金井綾乃が毛布にくるんだものを大事そうに胸にかかえて出てきたが、塩見家のゴンも毛布を見あげながら綾乃の足許にまとわりついていた。

金井綾乃は毛布でくるまれているものを喜和子に見せた。フレンチブルドッグの二匹の仔犬だった。ゴンの子だという。ゴンはかなり由緒正しきフレンチブルドッグなので、種付けをさせてくれという申し出が多いらしい。けれども、塩見夫婦はゴンの断種をしたいのだ。そのほうが雄犬は長生きなのだという。それで、最後の種付けをして、ちょうど一か月前に二匹の仔犬が生まれたのだ。

生後三十日がたったので、雌犬の飼い主は仔犬を塩見夫婦に見せに来たらしい。母犬は飼い主がリードをつけて中庭を散歩させていた。ゴンはいやに金井綾乃の脚にまとわりつづけている。兵馬は綾乃に近づき、毛布のなかを覗き込んだ。

「うわあ、ゴンと模様がまったくおんなじだねえ。こりゃあ、間違いなくゴンの子だよ」

兵馬がそう言うと、喜和子は一匹を毛布から出して抱きしめて、

「なんともいえないフォルムよね。神様でなきゃあ、こんなフォルムは考えつかないわねぇ」

と嬉しそうに言った。

「ゴンが、どうしてゴンと呼ばれても来ないか、わかったんです」

と金井綾乃は言った。兵馬は喜和子を目で促して、表の道で待ってくれている高山の車のほうへと歩きだした。

「へえ、なんでなの？」

と喜和子は訊いた。

「権太夫って正式なフルネームで呼んでもらいたいんだってことがきのうの夜にやっと判明したんです」

「急ぎなさいよ」

と兵馬は声に出して言って、金井綾乃を見た。あれ？　この子、こんなにきれいな娘さんだったかな、と兵馬は思ったが、喜和子をもう一度せかして高山の車へと急いだ。

「お気をつけて」

と金井綾乃が言った。

「どこへ行くのか教えたのかい？」

歩を運びながら兵馬は訊いた。

「あしたの夜に帰ってくるって言っただけよ。どこへとは言ってないわ」

と喜和子は答えた。

東小金井へ帰ってくるまで喜和子の腰が痛まないようにしなければいけない。長く歩くのがいちばんよくないという傾向がある。

兵馬はそう思いながら高山のセダンの後部座席のドアをあけた。

「慌てなくても時間は充分にありますよ。きょうは土曜日だから道も混んでないですしね」

と高山桐夫は運転席に座ったまま言った。

「お休みの日に申し訳ありません。車で送っていただいて助かります」

喜和子の言葉に、きょうは千代田区一番町というところで仕事の打ち合わせがあるので、三沢さんを八重洲口まで送るのはついでなのだと高山は言った。

八重洲口のタクシー降り場の近くで車から降り、駅地下の百貨店で弁当を選び、ゆっくりと改札口から新幹線のホームへと向かったが、福山駅に停車するのぞみのドアがあくまで十五分ほど待たなければならなかった。

兵馬は、四時間後に二十六年ぶりに息子と会ったら、まず最初にどんな言葉を口にしようかと、この数日考えてきたが、考えれば考えるほど言葉が浮かんでこなかった。

やあ、久しぶり、では軽すぎる。俺のことを覚えてくれていて、ありがとう、ではケンカを売っているようだ。久しぶりだな、元気だったか、にしよう。これがいちばん無難だ。

そう結論を出したとき、新幹線は動きだした。静岡駅を通過したとき、喜和子は弁当を出して、パパにビールをと思ったが、ぬるくなりそうな気がしたので、車内販売で買おうと思ってと言った。

兵馬は、いつのまにか昔の「パパ」という呼ばれ方をしているのに気づいたが、それには触れずに、

「ビールはいいよ。このごろ、あんまりうまいと思わないんだ。夕食前のビールは惰性で飲んでるようなもんだな」

と言った。

「そんなこと言わないでよ。年をとって、これまで好きだったものが急に嫌いになったら気をつけなきゃいけないって言うわよ」

「気をつけるって、なにを」

「ちゃんと全身を調べてもらいましょうよ。夫婦で二泊三日の人間ドックコースってのがあるのよ。夫婦で行ったら三割引きなんだって。パパが行くならわたしも行くわ」

「俺は健康診断は十か月前にやったよ。ガンはどこにもなかった。血糖値が少し高かったし、血圧もね。でもその程度だよ。七十を過ぎたら、誰だってそのくらいのガタは来るさ。お前は二年くらい健康チェックをしてないだろう。お前ひとりで人間ドックに行ってこいよ」

サイレント設定にしてあった喜和子の携帯電話が振動していた。克哉からのメールだという。喜和子はそれを読んで、兵馬に携帯電話を渡した。

——部品の納品が遅れて、新幹線が福山に着く時間に駅に迎えにいけそうにないよ。申し訳ないけど、タクシーで鞆の浦の常夜燈まで来てください。そこでみんなで待ってます。お父さんにまた叱られるね。

兵馬はなんだかほっとして克哉からのメールの最後の一行を何度も読んだ。福山駅から出たところでいきなり会ったら、なにを言ったらいいのかわからないが、鞆の浦の、不思議な港町で再会したら、父親として最大の愛情を込めた言葉で息子に謝罪の心を伝えられそうな気がしたのだ。

午後三時前に福山駅に着くと、兵馬と喜和子はタクシーで鞆の浦に向かった。駅から瀬戸内海へ行く途中で幅広い水量の多い川を渡った。

運転手が、さっきまで雨だったと教えてくれた。左側に海が見えてきたが、右側は全山竹林かと思うほどの竹の山だった。

これが高山桐夫が言っていた沼隈半島の真ん中の二つの山のひとつだなと思ううちに、アパートやマンションの並ぶ道が始まり、海沿いに建つ町工場が、なんだかワンダーランドにふさわしくない雰囲気であらわれた。

「工場街って感じですね。瀬戸内の汐待ち港の風情はどこにもないけど……」

兵馬の問いかけに、

「みんな船具を造る工場です。裏側は海に面してます。何年か前に移転しましたけど、この東側には日本でいちばん大きな鉄工所があったんです。昔から鉄工の街ですよ。日本で最初の鉄鋼団地もここに出来たんです」

運転手の言葉どおり、小さな工場には「錨」とか「スクリュー」とか「鎖、滑車」などの文字が書いてあった。

「パパ、いまサカタ製作所って工場がありましたよ」

と喜和子が嬉しそうに言った。克哉が働いているスクリュー専門の工場の名だった。

「サカタ製作所は老舗ですよ。ここの工場は小さいですけど、東福山のほうは五万トン級のスクリューも造れます」

運転手はそう教えてくれた。

「パパ、パパ、あそこ。あそこに、ほら『ヨットのミサワ』って」

喜和子の声は裏返るようだった。兵馬が振り返るとサカタ製作所の隣りに「ヨットのミサワ」という看板が掛けられたモルタルの工場があった。シャッターは閉まっていた。

「停めましょうか？」

と運転手はタクシーの速度を落としたが、いや、常夜燈の手前で降ろしてくれと兵馬は言った。

工場街は終わり、しばらく瀬戸内の海に沿っていくうちに、右側に奇妙な建物の連なりがあらわれて、それは半島の突端までひろがっているようだった。

あの木造の家はどこか変だな。いったい何が変なのか。右側の棟は二階建てなのに、それにつづく左側は高さがまちまちな三階建てなのだ。そのうえ、その左棟は向こう側の寺の屋根のほうへと延びている。継ぎ足し、継ぎ足し、タコの足のように一軒の家があちこちに延びているとしか思えない。

なるほど高山桐夫の説明は正確だ。さすがは建築家。十二、三年ほど前に一度見ただけの鞆の浦という港町の特徴をよくとらえている。

兵馬はそう感心しながら海を見つめ、タクシーを停めてもらった。常夜燈までは歩いて五分ほどだと運転手は言った。

兵馬は、キャリーバッグを転がして堤防の前に行き、海を見つめた。いかに瀬戸内の海が穏やかでも、これは穏やか過ぎる。まるで油が瀬戸内全体を覆っているようではないかと思った。白い波などどこにもない。すぐ近くの島々までが油の塊に見える。西からの海流と東からの海流がここで静かにぶつかり合って、押し合って、動かなくなっているのだ。かつては、船乗りたちはこの港で汐が動きだすのを待ったのだ。湾曲している半島の東側にも町がある。それが油のような海の向こうにもワンダーランドを造っている。まったく不思議な港町だな。

喜和子に促されて、兵馬は半島の突端への道に沿って歩いていった。遠くに江戸時代の灯台だった常夜燈が見えた。その前に、六人の人間が立ってこちらを見ていた。いや、もうひとり、赤ん坊がいた。克哉の孫ということになるのだろうか。全員、夕日を背にしているので顔は見えなかった。

その七人に近づくごとに、兵馬は心が静まり返っていくような心持になった。俺は東からの海流。克哉は西からの海流かなと兵馬は一瞬思った。もうじき西からの海流が動きだす。

克哉がぎごちない笑みを浮かべて、手を振った。夕日が眩しかったが、その笑みははっきりと見えた。妻となる女性が深く頭を下げた。小柄な童顔の女性で、五十五歳には見えなかった。三人の子と長男の妻も、誰かの号令に従うようにいっせいに揃ってお辞儀をした。喜和子はそれよりも早く、深く長くお辞儀をしていた。

参考文献

『新装版　フレンチテクニック〈上巻〉〈下巻〉』柴田書店
『フランス料理の本領　魅力のアラカルト』菊地美升　旭屋出版
『フランス料理　王道探求』手島純也　柴田書店
『フランス料理メニューノート』福永淑子　柴田書店
『大人のジュエリー　ルールとコーディネート　あなたがもっと輝くための宝石のグッドスタイリング』
監修・ジュエリーコーディネート研究会　誠文堂新光社
『日・中・韓伝統インテリア　四合院、書院造、班家韓屋の装飾と美』パク・ソンヒ　訳・吉川凪　クオン
『梵漢和対照・現代語訳　法華経〈上〉〈下〉』訳・植木雅俊　岩波書店
『新編日本古典文学全集21　源氏物語2』校注／訳・阿部秋生　秋山虔　今井源衛　鈴木日出男　小学館
『日本の宝　鞆の浦を歩く』三浦正幸　南々社

初出　「すばる」二〇二一年一月号～九月号、
十一月号、十二月号、二〇二二年四月号～十月号
カバー写真　「球を運ぶ女」イイノナホ・iinonaho
装丁　大久保伸子

宮本輝（みやもと・てる）

一九四七年兵庫県生まれ。追手門学院大学文学部卒業。七七年「泥の河」で太宰治賞、七八年「螢川」で芥川賞、八七年『優駿』で吉川英治文学賞、二〇〇四年『約束の冬』で芸術選奨文部科学大臣賞文学部門、〇九年『骸骨ビルの庭』で司馬遼太郎賞、一九年「流転の海」シリーズ完結で毎日芸術賞を受賞。著作に、『水のかたち』『田園発 港行き自転車』『草花たちの静かな誓い』『灯台からの響き』など。一〇年秋に紫綬褒章、二〇年春に旭日小綬章を受章。

よき時《とき》を思《おも》う

二〇二三年一月三〇日　第一刷発行

著　者　宮本《みやもと》輝《てる》
発行者　樋口尚也
発行所　株式会社集英社
〒一〇一-八〇五〇
東京都千代田区一ッ橋二-五-一〇
電話　〇三-三二三〇-六一〇〇（編集部）
〇三-三二三〇-六〇八〇（読者係）
〇三-三二三〇-六三九三（販売部）書店専用

印刷所　大日本印刷株式会社
製本所　加藤製本株式会社

ISBN978-4-08-771822-5　C0093

宮本輝の本

田園発 港行き自転車（上・下）

富山県の滑川駅で父が突然亡くなった。駅前には一台の自転車が
取り残されていた。宮崎へ出張だったはずの父が、なぜ――。
15年後、絵本作家になった真帆は、父の足跡を辿り始める。
予期せぬ出会い、「縁」という不思議な糸が紡ぐ、美しい運命の物語。
解説／島本理生（文庫）

草花たちの静かな誓い

アメリカに住んでいた亡き叔母の莫大な遺産と秘められた謎。
叔母と行方不明の娘との間にどんな人生があったのか――。
運命の軌跡を辿る長編小説。解説／中江有里（文庫）

ひとたびはポプラに臥す

20年来の夢を賭け、中国・西安からパキスタン・イスラマバードまで、
6700キロのシルクロードの旅へ！　感動の紀行エッセイ〈新装版〉。（文庫）
＊全3巻、順次刊行予定

灯台からの響き

本の間から見つかった、亡き妻宛ての古いハガキ。
妻の知られざる過去を追い、男は灯台を巡る旅に出る――。
市井の人々の姿を通じて、人生の尊さを伝える傑作長編。（単行本）